かくりよの宿飯

あやかしお宿に嫁入りします。

友麻 碧

富士見Ｌ文庫

目次

私を育ててくれた祖父、津場木史郎《つばきしろう》が死んだ。

悲しんでいたのは、私だけだったのだろうか。

あの時の、誰もが歓喜にむせび泣いた、お祭りのような葬式を、私はよく覚えている。

祖父は驚く程の色男だったらしいが、残念ながらこの真面目さを重んじる日本社会での〝クズ野郎〟に相当する。

なぜならあの人は一つの場所に留《とど》まる事が出来ず、また定職も持たず全国を津々浦々と移動する自由人だったこともあり、現地妻とか言われる複数の女性の間に、目眩《めまい》がしそうなほど多くの子供がいたからだ。

それでも結婚はせず、責任も持たず、常にふらふらふらと捉《とら》えどころのない動きで世間のしがらみから逃れ、祖父は関わった者たちを翻弄《ほんろう》し続けた。

葬式に参列した者たちは、それまで、祖父に多大な迷惑を被ってきたのだろう。祖父の悪口をぽつぽつと零《こぼ》すうちに、それがヒートアップして宴会となった。

共感し合える存在と出会えた喜びに沸く彼らを見て、私は祖父の所業の罪深さを思い知らされたものだ。

それでも祖父は、ある意味で偉大な人物だったと思う。

葬式に訪れた人数が、祖父の影響力を示している。

彼を弔う列は、どこまでもどこまでも長く——まるで、絵巻物でみる百鬼夜行のようだった。

○

開け放った窓から、側を通った電車の走行音が通り抜け、私はハッとさせられた。

春のまどろみは、ほんのひと月前の祖父の葬式を鮮明に思い出させる。

「いけない、片付けなくっちゃ」

祖父の死後、それまであまりいじる事のなかった祖父の部屋を片付けていた所だ。

押し入れの中にあった宝箱なるものをひっくり返し、畳の上に座り込んで、出てきたものを一つ一つ眺めている。日焼けした文庫本や、不思議な模様の書かれた謎のお札や、古い映画の半券。そして、大量の写真。

その中でも、特別気になった白黒写真があった。

古く色あせかけた写真だったけど、それを掲げて首を傾げる。

「天神屋《てんじんや》？」

どこかの旅館の前だと思う。写真に写る宿の大きな看板には「天神屋」と書かれていて、写真だけでは宿の全貌《ぜんぼう》を知る事は出来ない。でも、きっと老舗《しにせ》の良い旅館だ。

「おじいちゃん若いな～、今の私くらいかしら」

この写真の中心に写っているのが祖父だと、すぐに分かった。生意気そうだが、華のある顔立ちをしている。若い頃は、やっぱりイケメンだったんだな。

どうやら宿屋の従業員たちとこの写真を撮ったようで、祖父の周囲には沢山の人が並んでいた。宿の従業員たちは皆着物を着ていて美しいが、どこかわざとらしい笑顔だ。とにかく血の気のない笑みで、顔なんて貼り付けた偽物のよう。

その中でも、祖父の隣に並んでいた黒髪の青年が一際気になる。黒く裾《すそ》の長い羽織を着ていて長身で、切れ長の涼しげな目元をした色男だ。

祖父の小柄な体格や、ちゃらちゃらした雰囲気とは、正反対な重い出《い》で立ちに思う。見た目は若くとも、どっしりとした威厳があるというか。

ただ、その黒髪の男を含め、白黒写真に写る胡散臭《うさんくさ》い空気を纏《まと》った者たちに、私は言い知れぬ違和感と一抹の不安を抱いていた。

まるで人ではないかのようだと思ったけれど、本当に人ではないのかも……

ごくりと息を呑《の》み、写真を裏返しにしてみると、あからさまに怪しい殴り書きがある。

　　かくりよの宿屋に泊まりけり

重大な約束事あり
　忘れるべからず　まだ果たされていないのだから

「なにこれ」

読み終わった途端に、何故か寒気がした。冷や汗が一筋、頬を流れる。

かくりよ？　どこかの地名かしら。

何となく、この写真は見なかったことにするのが良い、と思った。ちゃらんぽらんだった祖父の残した約束事など、厄介な匂いしかしない。

もしかして、もしかしなくとも、人ならざる〝奴ら〟絡みの事情かもしれないし……

写真を仕舞おうとして、でも少しだけ落ち着くよう、大げさに呼吸をした。

そして、私はもう一度その写真に視線を落とす。

若かりし頃の祖父の姿でも、何だか懐かしい。そっと、写真上の祖父の顔に触れた。

祖父が死んで、ひと月ほど経った。

今でも、祖父がいなくなった実感が湧かない。

祖父は確かに多くの悪名を残して死んだようだが、私はそんな祖父を心から愛し、尊敬していた。なぜなら、私、津場木葵《あおい》にとって本当の家族と言える者は、祖父の津場木史郎だけだったからだ。

母に多くの問題があり、私は幼い頃、施設で暮らしていた。

そんな私を、祖父が迎えにきてくれた日の事は、絶対に忘れられない。

祖父はそれまで適当な生活をしていたらしいが、どこかで私の存在を知ったらしく、施設までやってきて私を引き取り、必死に育ててくれたのだ。

それまでたった一人で、なにもかも自由奔放に生きてきた祖父が、孫娘を引き取ったことで一つの場所に留まり、懸命に働いた。あいつはすっかり丸くなってしまったのだと、誰もが言った。

また、私を引き取った事で多くの自由を失った祖父の楽しみは、何より食べる事だった。

食べる事の喜びを、私にも教えてくれたのも祖父だ。この頃の私にとって〝食べる事〟は、何より特別な意味を持っていたからだ。

祖父は料理が得意だったこともあり、私に多くの料理を振る舞い、また一から料理を教えてくれた。長期休暇があれば私を旅行に連れていき、あちこちの美味《おい》しいご飯をお腹いっぱいに食べさせてくれた。

祖父のおかげで、私は愉快な食事と、満腹感による幸福、料理の楽しみを知ったのだ。

そのうちに、祖父に料理を振る舞う事が、私の生き甲斐《がい》となった。祖父に喜んでもらえる料理を、何より最優先に追究した。

『人生最後の食事は、葵の手料理が良い』

お酒を飲むたびに、しみじみとそう言っていた祖父。

だけど、死んでしまった。それはもうあっけなく。

殺しても死なない男だと、皮肉も沢山言われていたのに、階段で転んで、頭を強く打って、死んだ。

祖父の、最後の食事は病院食だった。

第一話　あやかしに飯を与えてはならぬ

私は魚町《うおまち》商店街を突っ切って歩いていた。

魚町商店街は、昔から細々と続く店舗が軒を連ねる、年配向けの落ち着いた商店街だ。

早朝という事もあるが、寂れた商店街には人っ子一人もおらず、見上げるアーケードは随分と古くなっていて、春の強い風が吹く度にキシキシと嫌な音を立てている。

ただ、そんなアーケードを支える骨組みに、ちょろちょろと動く黒い影のようなものがあった。よくよく周囲を確認すると、路地の隙間にも、何かが蠢《うごめ》いている。

人はいなくとも〝奴ら〟はやっぱりいるのよね……

私はその存在に気がついていながらも、ただ前を向いて、カッカッとヒールの音を鳴らし、早歩きで歩く。

奴らは、私を気にしていた。ひんやりとした視線や気配は、確実にこちらに向けられていたが、さっきからずっと無視をしている。

今日から大学二年生だ。

祖父が残してくれた学費で、しっかりと勉強をして、ちゃんと就職をして、真っ当な人間にならなければならない。〝奴ら〟にも、むやみにかまってはいられない。

早足で商店街を抜けると、道路の向かい側に古い神社の鳥居が見えた。

それは丘の上にある神社の入り口で、その鳥居を越えた所にある長い石段の両脇には桜の木が並んでいて、今の時期は満開だ。石段の上の赤鳥居の色が、いつもより鮮やかに思えるのはそのせいだろう。

だけど、その赤鳥居の下に誰かが座っている事に気がついて、私はぎょっとする。

鬼のお面をつけ、黒い着物を纏った不審な身なりの者だったからだ。

「…………」

早朝の清々《すがすが》しい時間帯。張りつめた何かに、息を呑んだ。

逢瀬《おうせ》の瞬間は、散る桜の花びらの不規則な動きも相まって、不思議な感覚に見舞われるものだった。そいつは一見人のようだが、あからさまに怪しい出で立ちと言える。

――ああ、あやかしだわ。

それに気がつくのに、時間はかからなかった。私は条件反射的に、眉間《みけん》にしわを寄せ、難しい顔になる。

あやかしとは、その名の通り、人ならざる存在だ。一般的に妖怪《ようかい》とも言う。

〝奴ら〟は普通の人間には見る事も出来ないが、その存在は度々世間を賑《にぎ》わせて、怪奇現象や、解決できない事件、悪事を引き起こしたりする。

だけど、全てのあやかしが悪という訳ではない。奴らは気まぐれで気分屋で、実に面倒くさい性格をしているが、ほとんどは人間社会の隅っこに追いやられる形で、細々と暮らしている。出来るだけ人と関わらないように心がけている。

ただ奴らにとって、この現代日本はとてもとても住みにくいらしい。何しろ食べるものがなく、腹を空《す》かして、いよいよ人間を襲って食う事もある。好んで人を襲う悪いあやかしもいるが、ほとんどは、生きる為に仕方がなく、というあやかしばかりだ。

狙われやすいのは、奴らが〝見えている〟人間だ。

「腹が減ったなあ……ああ、腹が減った」

赤鳥居の下にいたお面のあやかしは、じっと私の方を見て、あからさまにそうぼやく。

その言葉に、私はぴくりと眉《まゆ》を動かした。奴は、寄ってくる訳でも、ちょっかいを出してくる訳でもないが、ただ腹を空かせた様子で、気怠《けだる》げにしている。

「……腹が減ったなあ」

またぼやいた。気になって仕方がないが、今まで見た事も話した事もない、見るからに怪しいあやかしの言う事に、言葉を返したりしない。

――見えているのだと、バレてはいけない。

立ち止まっていてはマズいと思って、私は慌てて顔を背け、逃げるようにしてその場を去ろうとした。

しかし、途中で思いとどまり立ち止まる。一人で唸《うな》ったり、首を傾げたり、あれこれ葛《かっ》藤《とう》した末に、今度は引き返した。

あの神社の石段を上り、黒い着物の、鬼のお面のあやかしの前までやってきて、堂々と立つ。なんかもう、目の前のあやかしは傍目《はため》を気にせず、ぐでっと倒れている。

やはり少し躊躇《ためら》われたが、ぎゅっと表情を引き締め、私はお面のあやかしに、地味なスチールの、平たいお弁当箱を差し出した。

「ねえあんた、これ食べる？　私のお昼のお弁当だったんだけど」

あやかしはゆっくりと起き上がり、私を見上げた。

「お腹がすいてるんでしょう？　ずっと、腹減ったたって、あんた五月蠅《うるさ》いじゃない。空腹で人を襲い始めても困るし……」

私はあやかしの被《かぶ》っているお面の、どこでもない一点を見つめていた。

あやかしは、再びゆっくりと弁当箱に目を向けて、長い着物の袖《そで》から手を伸ばし、弁当箱を受け取った。手は人間の男の人とそう変わらない大きさだったが、少し爪が長くて、弁当箱を受け取る際、僅《わず》かに私の手の甲をひっかいた。ちょっぴり痛い。

あやかしが弁当箱の蓋《ふた》を開けた。桜の花びらが、お弁当の半分を占めている白米にのって、彩る。

具材は、至ってシンプルだ。梅風味の、豚ロースのショウガ焼きが主役のおかず。

脇にはれんこんのきんぴら、小松菜のおひたし、しめじと舞茸《まいたけ》を鰹節《かつおぶし》で炒《いた》めたものに、ネギ入りの卵焼きが並ぶ。白米の脇には、たくあんが二枚。

「…………」

しばらく、あやかしはじっとお弁当の中身を見ていたが、僅かにお面をずらして口を晒《さら》す。案外若い男の顔をしている気がした。

まあ、あやかしに見た目の歳なんて関係ないのかもしれないけれど。

手前に転がった箸《はし》を持って、あやかしらしくない丁寧な様子で「いただきます」と言って、一口、まずれんこんのきんぴらを食べていた。

自分の料理を、目の前のあやかしが食べている所をぼんやりと見つめながら、自らに対して諦《あきら》めのため息をついた。

ああ、私って本当に馬鹿だわ。なんだかんだと言って、お腹を空かせたあやかしには甘いんだから……

「じゃ、私は大学があるから行くわね。食べ終わったお弁当箱は、どこかそこらへんに置いといて。帰りに取りにくるわ」

お面のあやかしは無言でむしゃむしゃと食べていたが、私が背を向けると、落ち着いた声で呟《つぶや》く。

「美味しいよ、葵《あおい》」

その言葉に少し驚いて、思わず立ち止まる。

美味しいと言ってもらえるのは素直に嬉《うれ》しいと思う。

とは言え、初めて関わったあやかし相手に、油断を見せたくない私は「だったら残すんじゃないわよ」と強気な態度で、ぶっきらぼうに答えただけだった。振り向きもせずに石段をかけ降り、再び、駅の方向へ向かってしゃきしゃきと歩く。

しかし待て。

「……なんであいつ、私の名前を知っているのかしら」

道の途中、ひらりと水色のワンピースを翻し、怪訝《けげん》そうな表情をいっそう歪《ゆが》め、遠くに見える神社を囲む丘の樹林を見つめる。肩に載っていた小さな桜の花びらが、振り返った拍子に地面に落ちた。

変なのに会ってしまった。

そう思っても、奴らとの出会いはいつも突然で、逃れられるものでもない。

私のような、〝見える〟人間には、彼らの営みというものは嫌でも視界に入る。この現代社会においても、あやかしとは我々人間の身近な場所で、ひっそりと存在しているものなのだから。

「えっほ、えっほ」

駅の側の小川の土手にも、あるあやかしたちが住んでいる。一生懸命、私を目指して登ってくる、小さな河童《かっぱ》たちだ。

手鞠程の大きさで、丸っとしたマスコットキャラクターのような見た目をしているため、祖父は手鞠河童と呼んでいた。彼らは群れを成して生活する、無害代表のひ弱なあやかしたちで、その愛らしい容姿を利用して私に何かと食べ物を催促しに来るのだった。

「葵しゃま〜〜、きゅうりくだしゃい」

ほら来た。私は「ちょっと待って」と手鞠河童たちをそこに待機させ、周囲に人がいないかをキョロキョロと確認する。早朝に大学へ行くのは、こいつらがいるからだ。

バッグから取り出したるは、プラスチックの容器。その中には沢山の小さなおにぎりが詰まっている。小刻みのきゅうりと鶏そぼろの味噌《みそ》漬《づ》けを、玄米飯で握ったものだ。

河童たちはやっぱり、きゅうりが大好き。

これを差し出すと、鯉の池に餌を撒《ま》いたような、激しい飯の争奪戦が始まるのだった。

「いつもありがとございましゅ〜。この冷たい現世でかっぱが飯を食っていくのはなかなか困難でして」

「かっぱはもう葵しゃまに餌付《えづ》けされてしまいましたでしゅ」

圧倒的なあざとさを見せつけながら、手鞠河童たちはおにぎりを抱きしめ、私のくるぶし辺りにすりすりと頬擦りしていた。

可愛いけれど時々イラッとする。こいつらに投資して、何かご利益があるならまだしも。

容器をバッグに仕舞いながら、私はそこらにうようよいる手鞠河童たちを払った。

「ほらほら、いつまでも人に媚《こ》びてないで、さっさと河に戻りなさい。あんたたちと喋《しゃべ》っている所なんて、人に見られたら私が不審者扱いになるんだからね。かっぱなんて、一般の人には見えないんだから」

ビー玉みたいな目をくりくりとさせて、くるぶしに張り付く手鞠河童が、口元に小さな手を当てて、小首を傾げた。

「まだ物足りないのでしゅ」「最近手抜きなのでしゅ〜」

調子に乗り始めた河童たちが文句を言う。私は沸々とこみ上げてくる怒りを抑えつつ、目を細めて、奴らを見下ろした。

「何よ。あんたたち、私がそんなに気が長くない事を知っているでしょう？　文句があるのなら、衣をつけて油でからっと揚げてやるわよ。天ぷらにして食べてやる」

「かっぱなんて食べらんないのでしゅ。まずいのでしゅ」

「嘘よ。ウーパールーパーの唐揚げみたいな味がするって、おじいちゃんが言ってた」

「あっ、あわわわわわわわ」

手鞠河童は具体的な味を挙げられ、今よりいっそう青ざめた。カチカチとくちばしを震わせながら、転がるようにして川縁《かわべり》に戻っていく。

「……ったく。すぐ調子に乗るんだから、あの低級かっぱ共」

自分の髪を払いながら、不満ごとをぶつぶつ呟いた。

でも、ここへ来る時はいつも河童たちにご飯を持ってきてしまう。いっそここら辺に、『河童に餌を与えないでください』っていう看板を立てて欲しいくらいだわ。

「葵しゃ〜ん」

「ん？　あれ、どうしたのあんた」

一際チビな手鞠河童が、まだ足下にいた。おそらく手鞠河童の中でも子供だ。

チビはぺたんと座り込んで、つぶらな瞳《ひとみ》をこちらに向け「この世は弱肉強食なのでしゅ」とか切ない事実を語る。おそらく、食いそびれたのだろう。

「仕方がないわね」

もう一つため息をついて、鞄《かばん》の中から、自分のためのおにぎりを取り出し与えた。

チビは座り込んだまま、手足をばたばたさせてはしゃぐ。

「ありがとうございましゅ〜」

「私の分だったんだからね。心して食べてちょうだい」

チビは「あい〜」とあざとい返事をして、無我夢中で食べていた。屈《かが》んでその様子を見ながら、人差し指で膨れた頬をつんつんとつつく。

「美味《おい》しい？」

問いかけると、チビは小さく頷《うなず》いた。潤んだつぶらな瞳で、私を見上げる。

「葵しゃんは変わった人間でしゅねえ。あやかしにご飯をくれる人間なんて、葵しゃんくらいのものでしゅ」

「そりゃ、あやかしが見える人間は少ないでしょうからね」

「見える奴らは大概、僕たちを消そうとするのでしゅ」

「私だって、そんな力があったら、そうしているでしょうよ」

適当に答えたが、チビは食べながらも首を傾げた。

「葵しゃんはそんなことしないのでしゅ。僕知ってましゅ」

「…………」

河童の言う事に鼻で笑って、立ち上がって膝《ひざ》をはたいた。

あまり河童たちに構ってもいられない。そろそろこの辺りも、人が通り始める。

誰もいないはずの場所に語りかけていたら、途端に気味悪がられるのだから。


幼い頃からずっと、この世の人ならざるもの、あやかしが見える。

この特異な体質のせいで、私は母に忌み嫌われ、周囲に気味悪く思われていた。

その孤独から救い出してくれたのが、祖父・津場木史郎《つばきしろう》だったのだが、祖父もまた、あやかしの見える浮世離れした人間だった。

祖父の名はあやかしたちにもよく知れ渡っていた。しかも人間ばかりではなく、あやかしたちからも散々嫌われていたのだから、どうしようもない。

私もまた、祖父のせいで、あやかし関連の厄介事に巻き込まれた事は幾度もあった。

そんな時は、あやかしに対し料理を振る舞うのが、私のやり方だ。

奴らはお腹を空《す》かしている事が多々あり、それが行きすぎると人を食うし、奴らが率先して食うタイプの人間は、あやかしが〝見える〟ほど霊力の強い者で、私はそれに当たる。

要するに、それなりに狙われやすい。だけど先に料理を手渡す事で、腹を空かせたあやかしから襲われるのを、ある程度回避できるのだった。

まあ、そんな事は関係なく、お腹をすかせているあやかしを放っておけない個人的な理由もある。

私は祖父に引き取られる前、ある不思議なあやかしに命を助けてもらった事がある。

私には空腹に苦しめられていた幼少期の事情があり、その時、見知らぬあやかしが私に食べ物を分けてくれたのだった。

空腹は苦しい。人でもあやかしでも、黙って見ていられるものじゃない。

だから私は、お腹をすかせたあやかしだけは無視できず、何かと料理を振る舞うのかもしれない。

さて。この日の帰り道での事だ。

最寄り駅を出て、手鞠河童たちの住む河原を進み、魚町商店街の側にある例の神社に立ち寄った。今朝、鬼のお面のあやかしに与えたお弁当の、お弁当箱を回収する為だ。

あのお面のあやかしは、ちゃんとお弁当を食べてくれただろうか。

奴はもうそこにはいなかったが、石段を上って赤鳥居の足下をみてみると、今朝手渡したスチールのお弁当箱、ではなく、謎の模様の手ぬぐいに包まれたお弁当箱がそっと置かれていた。

それがここに置かれて、随分と時間が経ったかのように、桜の花びらが降り積もっていている。手ぬぐいの結び目に、美しい簪《かんざし》が挿されているのに気がついた。

「へえ……この手ぬぐいと簪、くれるのかな」

私は思わずその石段に座り込んで、手ぬぐいの結び目から簪を抜き取り、宙に掲げてみた。

派手さはないが、品の良いものだと思う。季節外れの小さな椿のつぼみの簪。

ガラス製かしら。何かの石かしら。透き通った赤に目を奪われる。

「きれー……」

人気のない静かな境内だ。

木漏れ日の下で簪をくるくると回しながら、煌《きら》めく色を見つめていた。

一度強く風がふいて、ざわざわと木々が揺れる。桜の花びらはより沢山散ったのか、簪の椿のつぼみに、また不思議めいた色合いをもたらした。

「あ、あのお面、ちゃんとお弁当食べたかしら」

弁当箱を包んでいた手ぬぐいを解《ほど》いて、弁当の中身を確認すると、これまた律儀に洗われていて、感心してしまう。

「案外真面目なあやかしだったのかも……」

今度は手ぬぐいを広げて見てみた。昼下がりの木漏れ日が、綿布の隙間から模様をいっそう濃く浮き上がらせる。ミミズが這《は》っているような模様が、何を意味しているのかはさっぱり分からなかった。

しかし、瞬時に異変に気がつく。長い手ぬぐいが生き物のように勝手に動き、ひらりと宙に舞って、目の前でうねうねと踊り始めたからだ。

手ぬぐいは、やがて四隅が引っ張られたように、縦長くピンと張った。まるで大きなお札が、目の前に突きつけられているようだ。

「は……え？」

流石の私も、瞬きすら出来ずに、戸惑いの声を漏らした。

手ぬぐいから目を逸《そ》らせずにいたら、ミミズ模様がその綿布の上で蠢《うごめ》き、一点に集まりだし、巨大な黒塗りの丸を描いた。かと思うと、いきなりその黒丸がパンと弾《はじ》け、綿布上から飛び出し、まるで墨を浴びせかけるように私の視界を暗黒に塗りつぶす。

昼下がりの、明るい時間帯だったはずだ。なのに、この闇はなんだろう。

視界の暗闇を意識した直後、私は不意に、足を踏み外したかのような落下の感覚に見舞われた。

音もなく、温《ぬる》い暗黒の水の中に突き落とされたような衝撃が、体に感じられた。体を包む気泡がこそばゆい。

この状況を私にはどうする事も出来ず、ただどこまでも、その暗いぬるま湯の中を落ちていく。息苦しくて、水の中を必死にもがいた。そのうちに、遠くに一つの光が見えて、必死になって手を伸ばしたら、何かに腕を掴《つか》まれ、強く引き上げられる。

——ようこそ、かくりよへ。僕の花嫁殿

耳元で誰かが私に囁《ささや》いた。

聞き覚えのある、あの鬼のお面のあやかしの、低い声だった。

第二話　鬼神の大旦那

『葵《あおい》、あやかしに気を許しちゃいけない。お前は特別、あいつらに攫《さら》われやすいから』

『葵は攫われやすいの？』

『そうだよ。あやかしの見える人間はあやかしに狙われやすい。食われやすいし利用されやすい。好かれやすいし嫌われやすい。愛されやすいし、憎まれやすい。要するにとんでもない興味の対象なんだ』

　かつて祖父は真面目な顔をして、私の手を取り、忠告した事がある。

　だけど幼い私には、この言葉の意味がさっぱり分からなかった。

『食べられたくないよ。食べるのは好きだけど。それに葵、おじいちゃんと離れたくないよ』

『そうだね。おじいちゃんだって、葵と離れたくないし、葵が連れていかれるのは嫌だな。……葵、特に鬼には気をつけるんだよ』

『鬼？　鬼なんて、葵、見た事がないよ』

『あいつらは、ほとんど人と同じ姿をしているから、もしかしたら分かり辛《づら》いかもね』

『人なの？』

『いいや。あいつらは人じゃない。人とは相容《あいい》れない』

強く首を振って、祖父は否定した。

『極悪非道で、冷徹だ。欲しいものは何としてでも手に入れたがるし、自分の思い通りにならなければ気が済まない。だから、葵……鬼にだけは、気を許すな』

祖父は、いつもいつも、鬼には気をつけろと言っていた。

鬼には……

◯

ドテッと、どこかに落ちた感覚があった。

「あいたっ！」

激しく腰を強打して、私は鈍い悲鳴を漏らす。その場で、無様にごろっと倒れた。

目を開けると、どうにも見覚えのない天井が見える。天井には、おぞましくも煌びやかな、あやかしたちの乱舞する絵が描かれていて、内心ドキッとした。

要するに私は、いつの間にやら、どこぞの見知らぬ広間の中にいた。

なぜだろう。凄《すご》く寒い。後から、自分の体が酷《ひど》く濡《ぬ》れている事に気がついた。

「葵」

低く落ち着いた、嫌に通る声が私の名を呼んだ。

ひょいと顔を覗《のぞ》き込んだのは、物々しい鬼のお面のあやかし。神社で出会い、お弁当を恵んであげた、あのあやかしだった。

「あ、あんた今朝のお面！　これは、いったい……」

驚きの声を上げ、私は腰を押さえながら起き上がった。

チラリと、視線だけであたりを確認する。ここは畳の広間で、薄暗く、異様な空気が漂っている。ただ豪華絢爛《けんらん》な造りをしている事は良く分かった。

どきっとしたのは、置物のようにひっそりと部屋の脇に座る異形の者たちが、皆あやかしだと分かったからだ。

誰もが着物を纏《まと》い、それぞれ違うお面を被《かぶ》っている。その表情を窺《うかが》う事は出来ないが、じっと私を観察しているのだと分かる。敵意のような殺意のようなものを、先ほどからビリビリと肌に感じるからだ。

自分とは相容れない何かが、〝私〟という獲物を狙うかのようだ。禍《まが》々《まが》しい嫌な気が、静かに体に絡み付く。

私は今、あやかしたちに囲まれているのだ。

血の気が引いていくのが分かった。あやかしを見慣れていても、こんな事態は初めてだ。

ここは私の知らない場所で、私の味方は一人もいない。流石に、じわじわと冷たい恐怖に襲われる。

気をしっかり持ち直し、再び、目の前の鬼のお面のあやかしに顔を向けた。話ができそうなのは、このあやかししかいないと思った。

「……えっ」

だけど、そいつは不意に私の目の前で屈《かが》んで、ゆっくりと、そのお面を取り外した。

思わず目を見開く。奴の素顔は、あの祖父の遺品の白黒写真に写っていた男の顔だったからだ。人間味のない青白い顔と、切れ長の涼しげな瞳《ひとみ》。息がとまりそうな程冷たい美貌《びぼう》の、黒髪の男。

切れ長の瞳を細めて品のある笑みを湛《たた》えている。よくよく見ると、男の頭には鋭く尖《とが》った角のようなものがあり、瞳は赤い。当然、人間ではない。

すぐに察する。こいつは……こいつが、鬼だ。

「気分はどうだい、花嫁殿」

「え？　は？」

鬼の言葉に、私はきょろきょろと両脇を確認するが、それらしき人はいない。

「気分はどうだい、と聞いているんだよ、花嫁殿」

「それって、私に聞いているの？」

「そうだとも。葵、君の事だよ。君は僕の花嫁だ」

「………正直、意味が分からない上に、気分は良くないわね」

真顔で答えた。目の前の鬼は相変わらず、貼付けたような胡散臭《うさんくさ》い笑みを浮かべ頷《うなず》いただけだった。

花嫁？　この鬼、何言ってるんだろう……

美形とは言え、祖父に警戒するよう言われていた鬼が相手だ。あまりに怪しい。

体が冷たい。ああ、そう言えばびしょ濡れだった。

ワンピースはべちゃべちゃで透け透け。ストッキングは破れているし、髪は顔に張り付いているし、きっと顔は化粧も乱れてもっと酷い事になっているんだろう。

普通はとても恥ずかしい格好だけど、それを気にしている余裕はないみたいだ。

意味不明な状況のせいか、恥じらいは皆無に等しい。多分これは、命が助かるかどうか、無事に帰る事が出来るのかどうかの瀬戸際な気がするのよね……

「大旦那《おおだんな》様、恐れながら、やはり人間の娘などおやめになった方がよろしいのでは」

黒髪の鬼に向かって、ひょっとこのお面をかぶったあやかしが、いかにも私を毛嫌いするような声音で言い放った。ひょっとこお面の端から見える小豆《あずき》色の髪が、いかにも人間らしくない。

「大旦那様には釣り合いません。こんな小汚い小娘」

この言葉を皮切りに、置物のようだったあやかしたちは一斉にヒソヒソと語りだす。扇子や袖《そで》で口元を隠しながら「いかにもその通りだ」「あのような人間の娘」「不細工」「能無し」「貧相」などと好き勝手に言ってくれているのが聞こえる。

酷い言われようだわ……

だけどそんな事はどうでも良い。どうにかここから逃れなければならないという思いが、私の中で先行している。

ここはあやかしの巣窟《そうくつ》なのだ。今の焦りは、いつものあやかしたちとの遭遇とは、比べ物にならない。ここに揃っている奴らは、そんな小物ではない。そのくらい、私でも見ただけで分かる。隙を見せれば、すぐに食われる上級ばかりだ。

逃げなければならない。逃げなければならない。

障子の隙間から縁側が見えたので、タイミングを見て「いまだっ！」と脱兎《だっと》のごとくそちらに駆けて逃亡を図ろうとした。

「あっ、あの小娘！」と、あやかしたちが一斉に立ち上がるような音がした。ただ鬼が腕を上げ、あやかしたちを制するのを視界の端で捉《とら》える。

そんな中、私だけは迷わず、障子の隙間から縁側に出た。

縁側は囲いのない濡れ縁であった。普通だったら、濡れ縁から外に出られる。私もそういう想定だった。

だがその予想はすぐに裏切られる。縁側に出た所で目下に広がっていた、その異様な景色に、私は酷く驚いた。目を見開き、足下に急ブレーキをかける。

「……え？」

目の前には、見た事もない世界が広がっていた。

私の立つ濡れ縁ははるか上空にあるようだ。どうやらここは、高い建物の最上階のようで、地上はずっとずっと下にある。

提灯《ちょうちん》の光に包まれ連なった軒が確認できるが、そこは明らかに私の知っているような、現代日本の光景ではない。

目下の大通りは非常に賑《にぎ》わっており、そこを行き来するのは、どいつもこいつもあやかしであると、ここからでも分かる。

鬼門、鬼門、鬼門と、しつこく書かれた旗や、赤い提灯があちこちにぶら下がっている。

建造物は、ビルやマンションではなく、古い日本の蔵造りのような町並みであるようにも思ったし、京都のような伝統的な古い町並みにも思えた。また、右方にそびえる朱塗りの建造物は古代中国をも思わせる。少し遠い所には、大きな寺院や、五重の塔をいくつも積み重ねた様な高い建造物も、いくつも確認できる。

だが、どれも〝ようなもの〟であり、どこかが少し、現実の世界にあるものとは違って見えた。不安定で、異形で、やはり見覚えはない。

迷宮のように、それらは複雑な形で存在していた。感じた事のない空気というのが、確かにある。

分かるのは、見えている世界が、とてもとても賑わっているという事だけだ。

「…………」

私は瞬きも出来ず、それらを見渡した。空に浮かぶ和船が、上空を通りすぎたのに気がついたが、様々な衝撃の直後だったので、それほど驚きもしない。

知らない。こんな世界は知らない。

脳裏に浮かんだのは、まさに〝異世界〟の文字。

冷たい風が轟々《ごうごう》と下から吹いて、髪を巻き上げた。そのせいで足がすくみ、その場にへたんと座り込む。

「ここはいったい、どこなの……？」

「ここは、隠世《かくりよ》だよ、葵」

黒髪の鬼が、私の問いかけに答える様に、背後から囁《ささや》き、腕を引いた。

「……かくりよ……」

私はその名を口にする。どこかで聞いた名前だ。

「そこは危ない。中へ入るように」

「隠世って何よ」

見知らぬ世界の夜から目を逸《そ》らす事なく、私は硬い表情で尋ねた。

訳が分からない。なぜ、私はこんな所にいるのだろう。

私の混乱とは裏腹に、黒髪の鬼は落ち着いた口調で答えた。

「隠世は、あやかしたちの住まう世界だ。人間の世界を現世《うつしよ》と言うだろう。隠世と現世は表裏一体となっており様々な場所で繋《つな》がっている。似ている所もあれば、全く違う所もある。……そして、ここは隠世にある、あやかしたちの為の宿〝天神屋《てんじんや》〟だ」

「天神屋」

やっと、ピンと来た。その名を知ったのは、まさに祖父の遺品を片付けていた時に出てきた、例の白黒写真だった。

祖父はその宿の前で、あやかしたちと共に写真を撮っていたのだ。

私はゆっくりと振り返り、目の前の黒髪の男を見上げた。

やはり、頭に角がある。どう見ても人ではないと思ったし、その冷たさを感じる赤い瞳を見ていると、ぞっとして、体の奥が冷たくなるようだ。

「あなたは何なの？」

「僕は、この天神屋の主人。鬼神とか、大旦那とか呼ばれるね」

「……やっぱり、鬼なの？」

「もう少し言うなら、僕は君の夫となる鬼だ」

徐々に歪《ゆが》む私の表情を、目の前の鬼の男は愉快そうに見ていた。

私は何かを否定したくて、小さく何度も首を振った。

「夫って何よ。鬼が人間の夫になってどうするのよ」

「鬼だけれど、そういう約束を、僕は史郎《しろう》としているのだから、仕方がないね」

史郎……祖父の名が出てきて、私は固まった。

あ、やばい、と即座に思う。祖父が関係しているだけで、理不尽な事も、意味不明な事も、全てがあり得るような気になってくる。

「ならば説明してやろう。葵、君の祖父は、史郎で間違いないね」

「残念な事に間違いではないわね」

答えると、この場にいたあやかしたちが、またザワッとした。

鬼もまた薄ら笑いを浮かべ、目を細めた。

「僕もね、史郎とは長い仲なんだ。色々と因縁がある」

「因縁……？」

「そう。史郎はかつて、この隠世と現世を好き勝手に行き来出来た、たぐいまれな人間だったと言っても良い。史郎はとても強い霊力を持った人間で、とにかく面白い事が好きで、自由な男だった。奴は昔、僕の宿であるここ〝天神屋〟にふらっと現れ、三日三晩好き勝手に飲み食いをして、贅沢《ぜいたく》の限りを尽くした事がある。そのせいで、支払いも出来ない程多額の借金を抱えてしまったんだが、しまいには開き直って食い逃げを図ろうとした」

「…………」

あり得ない話ではないので、私はすぐに納得できた。そしていっそう青ざめる。

おじいちゃん、あやかし相手になんて阿呆《あほう》なことを……

「とは言え、こちらも商売をしているんでね。史郎を捕まえて、金を払うか、一生ここで働くか、僕に食われるかを問いかけた。史郎は首を振って、僕に言ったんだ。なんと言ったと思う？」

腕を引っ張り、ずいと、鬼は私に顔を近づけた。私は首を振る。

あまり考えたくなかったから。

「自分は自由を愛するから、一つの場所には留《とど》まれない。食われる訳にもいかない。金もない。ああ、そうだ、死ぬまでに借金を返せなかったら、自分の孫娘を、鬼神の嫁としてくれてやろう。……そう言ったんだ。とんでもないだろう。いやとんでもない男だったよ史郎は。本当にあやかしも真っ青なクソ野郎だった」

「…………」

「あ、要するに、葵、君は借金のかただ」

容赦なく結論を言い渡す、鬼。私は少しだけ目眩《めまい》がした。

だけど、何とか気を確かにもち、しばらく考えて、一度確認する。

「それってやっぱり私の事なの？　間違いではなくて？　だって、おじいちゃんの孫娘は、ちょっとびっくりするくらい沢山いるのよ」

「ああ、勿論《もちろん》そうだよ。だって、あやかしの見える史郎の孫娘は、君しかいないからね。あやかしの見える者でなければ、そもそも隠世へ訪れる事が出来ないのだから」

まるで当たり前の事のように、鬼は告げる。だけど妙に説得力のある言葉だと思った。

「もう一度はっきりと言うならね、葵。君と僕は婚姻の約束がある。今、それを果たす時だ。君は僕の元に嫁入りしなければならない」

「……嫁入り……って」

鬼は脇に控えていた小姓みたいな小鬼から、物々しい箱を受け取り、中から一枚の紙を取り出し、私に見せつけた。

「これが誓約書だ。これがある限り、約束は果たされなければならない」

立派な紙には、こう書かれていた。

〝私、津場木《つばき》史郎は、天神屋の大旦那殿に借金をしております。正直返せないので、そのうちに最も霊力の高い孫娘を嫁にあげちゃいます。ここに誓います。――津場木史郎〟

実に正直で情けない文面で、文字は確実に祖父のものだ。

一番最後にしっかりと拇印《ぼいん》が押されており、誓約書らしいものだと良く分かる。何となく、これがある限り、私は逃げられないのだと悟った。

婚姻とはなんぞや、とまず考えた。

異性が番《つがい》となって夫婦の契りを交わし、家族となる事だ。要するに夫と妻になる事だ。

あり得ない。こんな、初めて会った人と？

いや、初めて会ったとかそういう以前に、こいつは人ではなくあやかしだわ。

しかも、おじいちゃんに最も警戒しろって言われていた鬼だ。

頭が痛い。震えが止まらない。

いや震えが止まらないのは、体が濡《ぬ》れていて寒いからかもしれないけど、良くわからない。祖父に対する怒りが、思いより先に態度に出たのかもしれない。

おじいちゃん……おじいちゃん、なんてアホな事を……

大好きだった祖父が、孫娘をこんなに簡単に借金のかたにしていた事に対し、私は言いようのない呆《あき》れと絶望を感じていた。ぐるぐると、まとまらない考えと感情が、自分の中で行き交っている。

鬼は、震え苦悶《くもん》する私の表情を見て、袖を口元に当て笑いを堪えていた。

さすが、鬼。鬼畜。鬼畜め。きっと私の惨めな姿が愉快なのだ。

鬼はもう一度私の腕を引いて、立ち上がらせた。

そして、多くのあやかしのいる室内へと連れ戻る。少しだけ爪が腕に刺さり、ぴりっとした痛みが走る。なぜかひやりとした。

「さあ、婚儀の準備をしよう。そんな格好ではいけないね。お湯を浴びて、着替えるんだ」

「い、嫌よ」

私は拒否した。周囲のあやかしたちが、またざわめき立つ。

だけど、拒否しなければ。

「鬼の花嫁だなんて、絶対に嫌よ」

「……絶対に？」

「ぜ――ったいに、嫌よ！」

「…………」

これでもか、と言うくらいはっきりきっぱりと拒否した。

鬼、心なしか俯《うつむ》いて閉口。私は容赦なく続ける。

「借金のかたって言っても、私はそんなの納得できないわ！　さあ、元の世界に返してちょうだい」

「それはダメだ」

鬼はスッと顔を上げ、声を低めてぴしゃりと言った。

「ここは隠世だ。現世への入り口を開けるには、それ相応の通行料が必要になる。祖父の借金を抱えた君が、さらに通行料を支払う事など出来ないだろう？」

「馬鹿言わないでよ。ここへつれてきたのはあんたでしょう。なら、責任を持って元の世界に戻す通行料くらい払ってよね。誘拐で訴えるわよ！」

掴《つか》まれた腕を振りほどき、乱暴に指を突きつけた。

言った。言ってやったぞ。

だけどそのせいで、背後のあやかしたちが、「なんと身の程知らずな」と、怒りに打ち震えているのが分かる。

「愚か者め！　お前なんてそもそも、膨大な借金の代わりにもならない小汚い人間の娘のくせに、大旦那《おおだんな》様の好意に甘えおって！　史郎の孫娘と言うだけでも許せないというのに!!」

先ほどからつっかかってくる、ひょっとこのお面をかぶった小豆《あずき》色の髪の男が「骨の髄まで食ってくれる」と息巻いて立ち上がり、私の元へずんずんとやってきた。

「番頭様！」「やっておくんなまし」などと言うやじが飛ぶ。

白い糸のようなものが、いつの間にやら私の周囲を囲んでいた。鞭《むち》打つような糸に足を絡めとられて、私は「ぎゃあ」と可愛げもない声を出し、素っ転ぶ。またしても腰の強打からの尻餅《しりもち》だ。

いや、そんな悠長な事を考えている場合ではない。このあやかしは蜘蛛《くも》だ。蜘蛛の巣にひっかかったら余す事なく骨の髄まで食われる。

しかしひょっとこお面のあやかしは、鬼に「まあ待て、土蜘蛛」と制された。

「そうかりかりするな。お前はもう少し、余裕を持った方が良いな」

「大旦那様は甘すぎるのです！　こんな小娘、少し痛い目に合わせれば言う事を聞くに違いないのに」

かりかりしたひょっとこの言う事を、鬼はうんうんと聞きながら、なぜか「よし」と頷《うなず》いた。何がよしなのか。鬼は鬼らしい、得体の知れない鬼畜な笑みを浮かべている。

「のっぺらぼうの三姉妹、いるか」

鬼が指をパチンと鳴らすと、脇の襖《ふすま》が開く。そこには、綺麗《きれい》に大中小になっている三人ののっぺらぼうの仲居が控えていた。鬼は彼女たちに指示を出す。

「花嫁殿に少々身の程を知ってもらおうと思う。地獄の折檻《せっかん》コースの準備を」

「え」

「さあ、連れていくが良い。嫌がってもやめてはいけないよ。身の程を知ってもらわなければならないのだから」

私がぱちくりとしているのも束の間、のっぺらぼうの仲居は私を担いで、抵抗をものともせず、せかせかと部屋から連れ出した。

えええええっ。まさかそんな、折檻される事になるとは思いもしなかった。

折檻ってあれよね。体罰よね。痛めつけられるのよね。

う、嘘でしょう……こんなことならば、いっそ食われて、一瞬痛いだけの方がマシだったのかもしれないわ。


「熱湯責めでございます」

『松』と書かれた前掛けをした、一番小さなのっぺらぼうが、口もないのに品のある声で喋《しゃべ》る。私はと言うと、いつの間にやら服を脱がされ、赤くキラキラと光る生温《なまぬる》いお湯に浸《つ》かっている。

正直な所、とても気持ちがよい。冷えきった体に染み渡る温かさだ。

「皮剝《かわは》ぎでございます」

『竹』と書かれた前掛けをしたのっぺらぼうが、体をごしごしと洗ってくれた。

私は何もしなくて良い。最後は体に良い匂いのする謎の液体を塗ったくられる。ぽかんとしているうちに肌がピカピカもちもちになった。

「縛り上げでございます」

『梅』と書かれた前掛けをした一番大きなのっぺらぼうが、私に藍《あい》色の薄手の浴衣《ゆかた》を着せて、黄色の帯を締めてくれた。りんどう柄で可愛いけれど、帯がしめられる時は「うっ」となった。

「最後の折檻にございます」

松竹梅の三人ののっぺらぼうが、それぞれ、私の身の回りを整えてくれた。

『松』は髪も乾かしてくれた。猫っ毛の黒髪がさらさらになった。ついでに凝った肩を叩《たた》いてくれた。

『竹』は薄く化粧をしてくれた。パウダーをふって、真っ赤な紅をひく。

『梅』は爪を磨く。料理ばかりして荒れまくっていた手にクリームも塗ってくれた。

「地獄の折檻コース、完了でございます」

「いや、折檻じゃないよね、これ。お宿の贅沢な温泉コースだよね」

「折檻でございますよ?」「ねえ」「ねえ」

つっこんでみても、三人ののっぺらぼうはしらをきる。

表情もないし、本心すら読めない。

「大旦那様がお待ちでございます」

そして、仕上がった私を再び抱えて、またどこかへと連れていったのだった。


「大旦那様、あのような人間の小娘を嫁にするなど、おやめください。人間が大女将《おかみ》になったら、従業員たちは納得しませんし、天神屋の争いの種になりかねません。うちは鬼門に建っておるのです。八葉の一角である天神屋の争いは、のちのちの隠世の争いになります！」

「嫁にしたとしても、すぐに大女将にする訳ではない」

「ならばいっそうの役立たずです！」

のっぺらぼうに連れてこられた襖の向こう側から、そんな会話が聞こえた。

文句を言っているのは声からして、私を目の敵にしていた土蜘蛛に違いない。

「役立たずで悪いわね」

がらりと襖を開けた。襖の奥には、三人のあやかしがいる。

一人は鬼の大旦那で、もう一人はひょっとこのお面の土蜘蛛。さらにもう一人は、白い狐のお面を被《かぶ》っている、さっきは影もなかったあやかしだ。

いきなりだったからか、三人のあやかしはこちらを見たまま、少し固まっていた。

「ふん、何が折檻よ。ただ温泉に入れてくれただけじゃないのよ。おかげで随分と体が温まったわよ」

体が温まり、落ち着く時間を設けた事で、私の肝も据わった。

表情を引き締め、ぶつぶつ言いながら、鬼の前まで向かって行く。

「おやおや、葵かい？　僕の花嫁殿は、うちの浴衣がよく似合うね。見違えるようだ」

「おかげさまでね。なかなか良いお宿のようだわ。サービスは素敵よ」

「身の程は分かったかい？」

「あの程度で花嫁になれっていうの？」

「僕の花嫁になったら、宿のサービスは受け放題だよ」

「そんな手には乗らないわよ。さっさと家に帰してちょうだい」

つんとして言うと、土蜘蛛がまた「黙っておればぬけぬけと！」と息巻く。

黙っていたのはそちらの勝手だろうと思って、ぎろりと土蜘蛛を睨《にら》んだ後、私は続けた。

「当たり前でしょう。私はまだ二十歳よ。大学生よ。誰かに嫁ぐなんて考えた事もないわ。そもそもあやかしなんて、絶対にごめんよ！」

「落ち着け落ち着け。それはもう、諦《あきら》めろと言う他ない」

「な……っ」

子供でもあやすように、速攻で鬼に諭された。さっきまで火照っていたのに、すっかり体が冷たくなっている。

さすがあやかし。涼を求めるなら最適な存在だ。

「ここでは何だから、奥座敷を使おう」

鬼は私の苦悶《くもん》する表情を見かねたのか、この広間の奥の壁に埋め込まれた、梅の花模様をポチッと押して、隠し部屋への戸を開いた。

「何か御用意致しますか？」

白い狐のお面を被った男が、そのふさふさのしっぽを一度振ってから、鬼に問いかけた。

多分こいつは、見るからに狐のあやかしだろう。見るからに。

「では、〝大椿〟の間に寝床を用意しておけ。花嫁殿はお疲れだ」

「御意」

狐の面のあやかしは、すっとその場を離れた。

ひょっとこお面の土蜘蛛は何か言いたそうに、険しい表情をこちらに向けていた。

私は隠し部屋を覗《のぞ》く。そこは小さな奥座敷となっており、真ん中の囲炉裏に茶釜《ちゃがま》が一つ置かれている。鬼はその側に座り込み、襖の辺りで立ち惚《ほう》けている私に手招きをした。

「さあ、好きな所へ座ると良いよ、僕の花嫁殿」

私は警戒しつつも、やっと奥座敷に入り、座る。そのタイミングで奥座敷の襖がぴしゃりと閉まり、土蜘蛛が「あああ」と残念そうな声を上げたのが聞こえた。

「お茶でも飲むかい、花嫁殿」

鬼は茶釜の中身を柄杓《ひしゃく》で混ぜて、茶碗《ちゃわん》にそれをつぎ、お茶を点《た》てて私に手渡した。

そのお茶を、作法もかまわず飲んだ。

お茶は濃かったが、すっとしたのどごしで、後味も良い。

「さて、落ち着いた所で、僕に聴きたい事があるだろう？　従業員の多い所では、萎縮《いしゅく》してしまうだろうからね」

私は茶碗を膝《ひざ》の上で握りしめ、単刀直入に尋ねた。

「なら……おじいちゃんの借金って、どれくらいあるの」

鬼は少しだけ唸《うな》った後、顎《あご》を撫《な》でながら答える。

「現世の日本円にしてざっと一億円だったか」

「いちおっ……はあああ……」

くらくらっときて、がくっと顔を伏せる。

祖父の溜《た》め込んでいた、私の為の学費でもとても足りそうにない。

あの人、私を本当に借金の担保として、鬼に嫁入りさせる気だったのかな。

じゃあなんで学費なんて溜めていたのよ。色々とおかしい。矛盾しているじゃないの。

おじいちゃんに問いつめたい気分だけど、当の本人はもういない。

「君に落ち度はないけれど、君の祖父である史郎の尻拭《しりぬぐ》いはしてもらわなければならない。これは別に、あやかしだからというもんじゃないだろう？　人間たちの世界だって、借りた金は返さなきゃならない。娘や孫娘が身を売る事なんてよくある話じゃないかね」

「……何だか、腹が立ってきたわ」

「それはそうだろうな」

鬼は憎らしく微笑み、視線を落とし袖《そで》を持ち、目の前の茶釜のお湯を混ぜていた。

私はというと、やはり何かにとても腹が立っている。

祖父が勝手に、私を借金のかたにして鬼の嫁にしようとしたことだろうか。そんな祖父をずっと大好きでいた事が、だろうか。

それとも、この飄々《ひょうひょう》として内心の読めない鬼に対してだろうか。

「そんなに僕の嫁になるのが嫌かい？」

「いきなり出会った鬼の嫁になれる人間がいたら、そっちの方がおかしいわよ」

「…………」

大旦那《おおだんな》様は私の言葉に、ピクリと目元を動かし、僅《わず》かに顔を上げ私を見た。

「そうかい……」

そして何だか寂しそうにして、鬼はまた視線を茶釜のお湯に戻し、淡々と混ぜている。

おかしい。いったいどうして、こんなに立派な鬼が、私を嫁にしたいのか。

「そんなに私をお嫁にしたいの？」

「勿論《もちろん》」

尋ねると、鬼は良い歳こいた美青年のくせに、素直にコクンと頷《うなず》いた。

「なぜ？　おかしいわよ。だってあんた、こんなに立派な宿の主なんでしょう？　嫁の当てなんて沢山あるでしょうに。さっきも、あやかしたちが怒っていたじゃない。人間なんて、あんなに毛嫌いされているのに」

「いや、人間の嫁を貰《もら》う事は、実の所、あやかしにとっては格の上がる話なんだ。昔の逸話なんかにも、よく人間の娘を攫《さら》って嫁にする話があるだろう」

「そうなの？」

「そうなのだ。だが、今は隠世も現世との共存を図っており、あやかしが人間の娘を好き勝手に攫って嫁にするのは、法律上難しいし、争いの元凶になると言われている。こうやって、婚姻の約束をとりつけでもしなければ、そうそうない話なのだ」

ここまで聞いて、私は訝《いぶか》しげに尋ねた。気になる事は多々ある。

「あやかしたちに法律ってあるの？」

「あるとも。我々は我々の、隠世のルールの中で生きている」

鬼は煙管《キセル》を袖の中から取り出し、鬼火を灯《とも》した後、一度ふかして、ジッと私を見つめた。

「それに君は、史郎の孫娘だ。隠世のあやかしたちにそれを知っているものは少ないが、実の所それだけで価値がある。史郎は隠世でもとにかく有名人でね」

「何の価値があるって言うのよ」

「自《おの》ずと分かるよ」

鬼はまたにっと笑ったあと、付け加えた。

「それに、霊力の高い人間の娘というのは、あやかしにとって実に美味《うま》いのだ。美味い故に愛《いと》おしく、愛おしいが故に食えない。なので憎らしく思うし、やっぱり食べたくなる。いや、でも食えない。と生き地獄にも似た葛藤《かっとう》を抱く。しかしそれは極上の快楽であると言った者もいた。だからこそ、人間との恋は制限されているのだ」

「何よそれ。意味不明だし危うすぎるし、何より矛盾しているわ」

「いいや、何も矛盾はしていない。要するに、飽きっぽいあやかしにとって、人間の娘は珍しくどこまでも興味の対象であるのだよ」

そう言えば、この鬼が言ったような話を、おじいちゃんから聞いた事がある気がする。

思いついたように、鬼は「ああ、お菓子を食べるか」と言って、後ろの棚をごそごそと漁《あさ》り何やら取り出した。綺麗《きれい》な桜の花の形を模した砂糖菓子だった。

とにかくお腹の空いていた私は遠慮なく摘《つま》んで食べる。腹に溜まるものではないが、砂糖菓子は甘すぎず品のある桜風味で、落ち着きのない心には染みるものがある。

無言でぽりぽりとかじっていた。

私はこれからどうすれば良いのかしら……

今になって、また強く祖父に対する失望が湧いてきた。

苛立《いらだ》つ原因は分かる。大好きな祖父に、失望しなければならない事が、とてもとても悔しいからだ。

だけど、じゃあどうしたら良い。

少しの沈黙の後、顔を上げて、鬼を見つめる。怖いけれど、その赤い瞳《ひとみ》を。

「ねえ、私がおじいちゃんの借金を返すと言うのは、ダメなの？」

「……それは、どういう事かな？」

「借金を返す代わりに、嫁入りはしないという事よ」

考えた末に出てきた言葉だった。だけど私がこう提案した途端に、この場の空気が変わったのが分かる。

鬼はすっと真面目な表情になり、ひんやりした視線をこちらに向けたのだった。

「この膨大な金額を、どうやって返すと？」

「勿論、働いてお金を稼ぐのよ。私があなたに嫁ぐのだって、従業員たちに納得してもらっていない状況なのでしょう？　なら、もう少し時間があった方が良いんじゃないの」

「…………」

「私の存在があやかしたちの怒りを買って食われてしまっては、あんたも私も後味が悪いでしょう」

ごくり、と息を呑《の》む。鬼は今までの柔和な雰囲気を一転させて、どこまでも冷たい赤い瞳をしている。また、僅かな沈黙ができた。

分かっている。無謀でどこまでも阿呆《あほう》な事を言っているのは。

だけど、これしかない。

「……なるほどなるほど。僕と駆け引きをするつもりかい、〝小娘〟め」

コン、と、煙管の吸い殻を、囲炉裏の中に落とす。

私の事を、初めて小娘と呼んだ鬼は、膝を立てて、少しばかり意地も態度も悪い表情になった。ピリピリとこちらにまで伝わってくる、殺気じみたものは何だろうか。

「まあ、良いだろう。到底、難しい話であろうが、どのみちここの従業員たちにはお前を認めてもらわなければならない。しかし、働くのであれば天神屋で。僕の花嫁ではなくただの従業員となれば、僕の庇護《ひご》は受けられないものと思え。僕も、お前をただの一従業員として扱う。取って食われても文句は言えないぞ」

「……本性を表したわね、鬼め」

「お前がそれを望んだのだ。ならば仕方があるまい」

鬼は冷たい口調で、私を突き放した。

「仕事は自分で探すと良い。この宿で仕事が見つかるかは分からないがな。ここの従業員は、皆とても忙しくしているが、かつて史郎のやらかした事のせいで、酷《ひど》く人間を嫌っているからな」

「…………」

「まあ、頑張ると良いさ」

鬼は一度目を伏せた後、立ち上がり、羽織を整えた。

「今日の寝床は用意してある。上級の部屋だ。しかし今日だけだ。明日からは、最も位の低い従業員の部屋で寝てもらうぞ。……まあ、それは仕事が見つかればの話で、見つからなければ野宿でもすることだ」

「分かっているわよ」

「なら良い。逃げ出せば、問答無用でお前を食う事になるだろう。だが僕の嫁になると言うのなら、喜んで迎えるよ」

鬼は皮肉な笑みを湛《たた》えて、奥座敷を出て行った。

まるで借金を返しきるなど、私には到底無理な話であると言うようだった。すぐにでも音を上げて、自分の嫁になりたいと言いだすだろうと確信している顔だった。

悔しいけれど、結局の所、鬼が優位な事に変わりはない。

「……疲れた」

鬼が居なくなった後、ぼそっと本音が出て、自分も奥座敷から出た。

のっぺらぼうの三人娘が私を待っていて、寝床まで案内してくれた。

寝室は「大椿」という名のついた、それはそれは立派な部屋だ。

匂いの良いお香のたかれた上階の客間には、すでに布団が敷かれていて、なぜか二人分の枕が置かれていたので、一つを遠くまで蹴飛《けと》ばしてから、もぞもぞと布団に潜り込んだ。

潜り込んだ途端、涙が溢《あふ》れた。下唇を噛《か》む。

いくら自分が気を強く保とうとしていても、こんな事があっては大きな戸惑いはあるし、泣きたくもなる。今はもう、これからどうしようかという不安と、何を信じていいのか分からないという、惨めさと寂しさしかなかった。

何より、唯一の家族だと思っていた祖父に抱いた疑念は大きい。私は結局、祖父の借金のかたとして、あやかしの嫁となるべく引き取られたのではないか。身よりもおらず、あやかしも見える。ただ、都合が良かったのでは……

祖父は私を、愛していなかったのかもしれない。それでも私は祖父を恨む事が出来ない。とても孤独だと思った。


しばらく布団に倒れ込み、涙を垂れ流していた。

垂れ流していたら、凄《すご》くお腹が空《す》いてしまって、眠れない。惨めだ。

私はふらふらと立ち上がり、壁を丸く切り取ったような大きなガラス窓から外を眺める。

暗い闇夜の中、遠くの塔で赤い光が点滅していた。まるで現世の航空障害灯のよう。

都会の夜景でも見ている気分だ。

上空を飛ぶ船が、先ほどより増えている。飛行船という訳ではなく、七福神でも乗っていそうな和船が、空に浮いてゆったりと行き来しているのだった。

真夜中なのに明るくて騒がしいな……

ぼんやりとそんな事を考えていたら、部屋の出入り口の襖《ふすま》からこつんと音がした。

何事かと思って表情を引き締め、襖を開ける。

襖を開けた所には、見た所十歳くらいの少年がいて、驚いたのか「わっ」と声を上げ、その場で素っ転んでいた。傍らに水色の狐火を一つ連れているので、暗がりでも白い耳と尾があると分かった。

「あら、予想外だったわ」

あやかしどもが私を食いに来たのだろうと思っていたから、拍子抜け。

少年はこちらを見上げていた。彼の目の前には、盆に乗った皿が。皿の上には三つのいなり寿司《ずし》が。思わずお腹が鳴った。

「お腹が空いていると思って、お夜食をお持ちしました。大旦那様《おおだんな》には内緒なんですけどね。……あ、毒など入っておりませんので、安心して食べてくださいね」

少年はお忍びでやってきたのか小声だ。しかし愛想良く微笑み、複数のしっぽを振る。

その容姿からは少なからず安心を抱く。

「ありがとう。あなた、お名前は？」

「私は九尾の狐の〝銀次《ぎんじ》〟と言います。天神屋では〝若旦那〟を務めさせていただいております」

銀次と名乗った少年は、座り直して深々と頭を下げた。

「……あなたが若旦那？　それってとても偉い役職なのではないの？　もしかして、あの鬼の息子さんだったりするの？」

「いえ、滅相もありません。大旦那様にご子息はおられませんし」

私がきょとんとしていたからか、その子は説明を加えた。

「天神屋は世襲ではありませんので、役職は分かりやすい名であり、適任者が選ばれ、状況によってその都度変わります。こう見えて私は、大旦那様とそう変わらない歳だったりするのですよ」

「うそ」

「本当ですとも」

確かに言われてみれば、狐少年はその幼さを思わせない落ちついた態度で、口調もどこか大人びている。

私は、さっきの鬼のいた部屋に、土蜘蛛《つちぐも》と、もう一人のあやかしがいた事を思い出していた。狐のお面を被《かぶ》ったあやかしだ。

「もしかして……えっと、銀次さん、さっき、鬼の部屋に居た？」

「ええ。よくお気づきになられましたね。流石は史郎殿のお孫さんだ」

パッと表情を明るくさせた銀次さん。

着物の袖《そで》を持って、自らの姿を自分で確認している。

「私は変化の術が使えるので、九つの姿を使い分けながら生きております。主にあのような成人の男姿でいますが、子供の姿を使う事もしばしばあるのです」

「なぜ今は子供なの？」

「こちらの方が可愛らしいでしょう？　あまりいかついと、葵さんを怖がらせるかと思いまして」

目をぱちくりさせていると、銀次さんはあっと、察した。

「おなごの方が良かったですか？　では」

銀次さんはコンと高い音を鳴らして煙の中に消える。やがて煙の中から、白い着物を着た、美しい銀髪の女性が現れた。色白で、出る所が出ていて引っ込む所が引っ込んでいて、自分よりよほど女性らしく色っぽい姿。耳としっぽがついている所がまた憎らしい。

「おおお、凄《すご》い」

思わず感嘆の声が出る。ぺたぺたと、耳としっぽ、その他諸々《もろもろ》に触れる。

「いやだ、あまり触らないでくださいまし」

「感心しているのよ。正真正銘の女の子ね」

恥ずかしがっている銀次さんが、何だか妙に面白い。

私はきょろきょろと周囲を見渡してから、銀次さんを部屋に引き入れた。

「色々と話を聞きたいのだけど、良いかしら。私が夜食を食べている間でも良いから」

「ええ。勿論《もちろん》ですよ。不安な事も沢山あるでしょうし」

銀次さんは次に、白銀色の子狐の姿に変化して、部屋の中にてとてとと入った。

うっと、なった。これはたまらないかわゆさだ。

「か、可愛い」

「もふもふしますか？　私はすこぶるもふもふですよ」

寄ってくる子狐は、私の膝《ひざ》の上にちょんと前足を置いた。

顎《あご》をかいて、その背中としっぽの毛並みを撫《な》でる。やはり見た目の印象というのは絶大な力があるものだ。

鬼や土蜘蛛と同じあやかしだとしても、見た目が愛らしい子狐というだけで、また素顔が見えているだけで、心許せるものがある。

もう片方の手でいなり寿司を摘《つま》んで、一つ齧《かじ》った。

甘さ控えめな酢飯と、甘めの油揚げが、実にいなり寿司。あれこれ具材の入った五目寿司のも好きだけど、シンプルな白米のいなり寿司はもっと好き。

空腹にはたまらない味だ。

「ねえ、なぜ鬼の所では、みんなお面をかぶっていたの？　あんなの怪しすぎるわよ」

食べながら、気になっていた事を尋ねると、銀次さんは「んー」と少し考える。

「いつもお面を被っている訳ではないのですけれど、ああいう従業員の幹部会議や、外部の客との取引の際は、素顔を隠すのが社風と言いますか」

「あれは、従業員の会議であり、外部の客との取引だったのね」

言われてみれば間違いではない気もした。

「あと、単にお面を被っていれば、表情が見えませんので、凄みになります。感情も読めませんし、色々と効率的ではあります。あやかしにとって怪しさは必要不可欠ですから」

「あやかしも効率とか考えるのね」

もう一つ、いなり寿司をつまんで食べる。

子狐をもふもふしながらいなり寿司を食べる事になるとは。

「ねえ、あの鬼……大旦那って、どんな人？」

どんな人、と言うよりどんな鬼か。私はさっきの、冷たい赤い瞳《ひとみ》が忘れられない。

「大旦那様は素晴らしい鬼ですよ。冷徹で残忍、かつ懐の深いお方だ」

「なんだか矛盾しているような……」

冷徹で残忍は、懐が深いと繋《つな》がるのだろうか。

遠い目をしながら考えた。子狐は何故か慌てる。

「いえいえ、素敵な方ですよ大旦那様は。実に鬼の中の鬼です。鬼神様でございます。従業員には慕われておりますし、この隠世でも、八葉の一角を担っているお方です」

「八葉？」

「八葉とは、隠世の八つの土地を数え上げる言い方であり、またその土地を管理するあやかしの肩書きでもあります。隠世には、中央に妖王《ようおう》様の鎮座する神殿があり、八つの方角に、異界と繋がる重要な土地があるのです。その一つが、ここ北東の地にある〝天神屋〟となりまして、それを管理する〝大旦那様〟は八葉の肩書きを持つ大妖怪《ようかい》にございます。要するに大旦那様は、隠世でも偉い方なのです！」

「ふーん」

あやかしの世界にも色々と仕組みがあるのねえ、と思った。

銀次さんは私の薄い反応に少しショックを受けている。

「北東という事は、ここは〝鬼門〟なのね」

「あ、そうですそうです。天神屋は、隠世の中でも、鬼門に位置するお宿でして、多くのあやかしが異界への出入りの際、利用する宿となっておりまして。繁盛しております」

鬼門にあるから繁盛するとは、あやかしの世界ならではだなと思った。

最後のいなり寿司を摘んでかじりながら、また銀次さんに問う。

「天神屋ってどんなお宿なの？　他にどのようなあやかしが？」

「鬼神の〝大旦那〟様が天神屋の大将とするならば、私、九尾の狐の銀次が〝若旦那〟。私は主に大旦那様の補佐役であり、宿の企画等を取り仕切っております」

「ふーん」

「あとは、土蜘蛛の〝番頭〟も幹部ですね。フロントの長です」

「ああ、あのやたら血気盛んな……ひょっとこ野郎」

どことも知れない場所を横目に見ながら、私は嫌な事を思い出していた。

あの〝番頭〟にはあれこれ理不尽な事を言われて、しまいには蜘蛛の糸で素っ転ばされた。蜘蛛のくせにひょっとこのお面を被っていたっけ。

「申し訳ありません。土蜘蛛の番頭はやり手ではあるのですが、まだ若く、少々頭に血の上りやすい質《たち》でして。大旦那様を慕っておりますから……人間と言いますか、史郎殿の孫娘との婚姻の話を受け入れたくないのでしょう」

「おじいちゃんって、やっぱりここのあやかしたちに嫌われているの？」

土蜘蛛の態度を見ていれば、何となく分かるけれど、とりあえず聞いてみた。

「ん〜。史郎殿はそれは凄い力を持った人間だったのですが、何と言っても楽しい事が好きで、はめを外しすぎる所がありました。例の、借金騒動の折り、何がそんなに借金の嵩《かさ》ましになったかと言いますと、飲み過ぎて見境の無くなった史郎殿が、やんちゃの末に宿を半壊してしまった事が原因でして」

「この宿を半壊させるって、おじいちゃんは一体何をしでかしたと言うの……」

「特にフロントの被害は深刻でした。隠世文化遺産レベルの壺《つぼ》が木っ端みじんになりました。土蜘蛛は相当にそれを恨んでいるのですね。うちの宿では八割が史郎殿を嫌っており、二割は彼を崇拝しております」

「そういう所は、実におじいちゃんらしいわね」

世の中のほとんどから嫌われていて、ごく僅《わず》かからものすごく慕われている辺り。

私は祖父のやんちゃな時代を知らないけれど、あちこちから話を聞いていたし、面白主義な部分は理解しているので、想像はできる。あの人もあやかしが見えていたのだから、あやかしたちとの多くの因縁があっても何らおかしくはない。

銀次さんは続けた。

「えーっと、あとの幹部は……〝女将《おかみ》〟を担っている一つ目と、〝若女将〟を担っている雪女がいます。〝大女将〟という地位もあるのですが、ここはずっと空席です。それと〝お帳場〟の白沢《はくたく》と、〝板前〟のダルマ。それ以外にも〝下足番〟の狸や〝お庭番〟のカマイタチ、〝湯守〟の河童《かっぱ》や濡《ぬ》れ女なんかが居ますね」

「あああ、やっぱり妖怪ばっかり」

「それはそうですとも。ここはあやかしたちの為のお宿ですからね。仲居はもっと沢山いますよ。のっぺらぼうの三姉妹なんかも、仲居です。雑用係も多いです。小鬼とか」

つらつらと言い連ねられた妖怪たちを皆思い描ける訳ではないけれど、あの鬼の下にそんなに妖怪が集っているのだと思うと、ここは本当に魑魅魍魎《ちみもうりょう》の蠢《うごめ》く世界で、人間の自分は本当にちっぽけだなと思ってしまう。

いなり寿司を食べ終わり、ため息をついた。

「こんな所で、私に出来る仕事はあるのかしら」

「うちの宿はどこも人手不足ですから、受け入れ先があればお仕事はあると思います。ただ、仲居はよした方がいいかもしれませんね」

「えっ、第一候補だったのに！」

当然、女の身でお宿で働くと言ったら、仲居が一番しっくりくる。

なのに仲居はやめておけと言われてしまった。

「仲居は女たちの巣窟《そうくつ》です。彼女たちの中には、大旦那《おおだんな》様に憧《あこが》れのある者たちが多いですから、花嫁候補であるあなたは嫉妬《しっと》され、敵対視されるかと思うのです。おそらく、若女将があなたを仲居にしては下さらないでしょうね」

「そ、そんな」

思わず青ざめた。

花嫁になる事を拒否してこんな事態になっていると言うのに、理不尽な話だ。

「じゃ、じゃあ、厨房《ちゅうぼう》は？　私、こう見えても、そこそこお料理は得意なのよ。そりゃあ、まだまだ未熟だけど、下っ端としては使えない事もない……」

「厨房はもっと難しいでしょうね。何しろ女人禁制なので」

「あっ、そう」

根本的な所で撃沈。

確かに、古い体制の料亭なんかで、厨房の女人禁制の話は聴いた事がある。あやかしのお宿ならそういう風習があってもおかしくない。

いや、めげてはならない。厨房は無理でも、お仕事は他にもあるもの。

「私の手元に、お仕事があれば良かったのですがね。何しろ、私は今、ある事業の撤退の方の処理に追われておりまして」

「……事業の撤退？」

銀次さんは「ええ、まあ」と曖昧《あいまい》に答え、項垂《うなだ》れていた。理由は分からないが、若旦那とは言え銀次さんにも色々と大変な事はありそうだ。

まだ、どこからか祭り囃子《ばやし》が聞こえてくる。

私は顔を上げて、さっき開けっ放しにした丸く切り取ったようなガラス窓から、側を横切る船を見た。

「真夜中だというのに、隠世は賑《にぎ》やかなのね」

「夜こそが一番の活動時間ですからね。人間たちとはサイクルが違うかもしれませんが、あやかしは基本明け方に寝て、正午から起きてきて夜の営業の為の準備をするのですよ」

「へえ。随分夜更かしね」

「僕も、そろそろ戻らなければ」

銀次さんが慌て始め、子狐姿からまた銀髪の少年姿に変化する。

愛らしい姿であるのに、背筋はピンと伸び、洗練された佇《たたず》まいだ。

「もし何かあったら、自分に相談してください。協力します」

「ありがとう。……あなたのような親切なあやかしもいるのね」

私がお礼を言うと、銀次さんは困ったように微笑んで「恐れ入ります」と一度頭を下げた。その後、お皿を持って、音もなくすっと部屋から出て行った。

「…………」

また私は、ぽつんと部屋の座敷の上に座っていた。

しばらく黙って、ただぼんやりとする。

絶え間なく聞こえてくるのは、遠く、あやかしたちの宴の、賑やかな祭り囃子だ。

ガラス窓を横切るのは、空を飛ぶ船の、華やかな赤い提灯《ちょうちん》。

一転、こちらは暗い静寂の、部屋の中。

第三話　九尾の狐の若旦那

九尾の狐の銀次《ぎんじ》さんいわく、ここ隠世《かくりよ》のお宿〝天神屋《てんじんや》〟には、幹部と言われる肩書き付きのあやかしたちがいて、それぞれの仕事を仕切っているらしい。

〝大旦那〟の鬼神
〝若旦那〟の九尾の狐
〝番頭〟の土蜘蛛《つちぐも》
〝女将〟の一つ目
〝若女将〟の雪女
〝お帳場長〟の白沢《はくたく》
〝板前長〟のダルマ
〝湯守〟の河童の翁《おきな》（男湯）と、濡れ女（女湯）
〝お庭番〟のカマイタチ
〝下足番〟の化け狸
他にも幹部の役職はあるらしいのだが、聞いた話ではこれくらい。

私は彼らに掛け合って、仕事を貰《もら》わなくてはならないのだった。

「嫌よ。あんたみたいな人間の小娘、誰がここで働かせてあげるもんですか」

ぴしゃりと私に言いつけたのは、水色の髪をショートボブカットに切りそろえた雪女。

若女将の〝お涼《りょう》〟だった。

お涼はグラマラスなボディをした艶《なま》めかしい美女で、少々胸元が開き過ぎな感があるが、一応仲居のトップに立つ若女将。私は今朝からのっぺらぼうの三姉妹に頼み込んで、若女将の所に連れて行ってもらったのだった。

お涼は準備室の大鏡で化粧中。鏡越しに私をじろじろと見てから、ぷっと噴き出す。

「それにしても、あんたみたいな、貧相で乳臭い娘が、大旦那様の花嫁候補ですって？とてもあの方を満足させられる形《なり》をしているとは思えないわ」

「……は？」

お涼の言い草には、流石に腹がたつ。あの鬼を満足させられるかどうかなんて、私にはどうでも良い事だと言うのに。

お涼はおしろいを頬にはたきながら続けた。

「言っておくけれど、大旦那様はあなたが欲しいのではなく、立場上、史郎《しろう》さんの孫娘が欲しいのよ。そうでなければ、あの方があなたのような不細工を娶《めと》ろうとは思わないもの。そこの所をはき違え、生意気にも大旦那様をこけにして、あの方の優しさを踏みにじったあなたを、私は許さなくってよ」

「な……っ、私は、勝手にあいつに連れてこられたのよ」

これは純然たる、拉致《らち》である。そう訴えた。しかしお涼はしれっとした反応である。

「それは仕方がないわ。だって史郎さんはうちに、膨大な借金をしていたのだもの。身内の借金は身内でどうにかしなければ。そうではなくて？」

「うっ……、そ、それは」

「しかしどうして、史郎さんからあんたみたいな見てくれの悪いのが生まれてきたのかしら。史郎さんは、それはそれは素敵な方でした。あらやだ、これって浮気かしら。私は大旦那様一筋なのに」

頬を染め化粧台をいじいじとしながら、お涼は乙女モードに入る。

しかし鏡越しの私を見ると、途端にその青い瞳《ひとみ》を光らせた。

「良いこと？　仲居はねえ、見てくれも大事なの。あんたみたいな不細工が相手だと、お客様から苦情が来てしまうわ。苦情が来たら、私が謝りに行かなければならないんだもの。人間の小娘ごときの為に謝りたくはないわ。さっさと目の届かない所へ行ってちょうだい」

あまりの酷《ひど》い言われように、こちらがブルブルと震えていたら、お涼の取り巻きたちに部屋を追い出された。追い出された先の廊下には沢山のあやかしがいて、私をじろじろと見ては、そこらで噂話をしている。

多分悪口だ。どいつもこいつも、私の敵に違いない。嫌な視線が身に刺さる。

これは、かつてあやかしの見える自分を気味悪がっていた周囲の視線に似ている気がした。どこへ行っても私は外れ者。

ただ、のっぺらぼうの三姉妹だけが「大丈夫ですか?」と心配そうにしてくれる。

「ねえ、私ってそんなにブスなの?」

私はふつふつとした怒りを露《あらわ》にし、のっぺらぼうをもビビらせる形相で尋ねた。

「い、いえ。葵《あおい》様はお美しゅうございますよ。流石は史郎様の孫娘様!」

一番小さなお松《まつ》さんが、慌てた様子でおだててくれた。

「そうです。だからこそ、お涼様があのようにピリピリなさっているのです。お涼様は大旦那様の〝愛人〟ですから……あっ」

「こら、梅《うめ》!」

お竹《たけ》さんが、お梅さんの頭を小突く。

「へえ。あの人、大旦那様の愛人なんだ。初耳」

「い、いえ葵様。お涼様が勝手に言っている事ですし、あまりお気になさらず」

「いや全然気にならないけど」

私は至極真顔だ。だけど三姉妹は今でも慌てている。

長女のお松さんがゴホンとせきをして仕切り直し、続けた。

「ただ、葵様。葵様は見目麗しゅうございますが、いわゆる現世風のお姿ですから、確かに隠世では違和感があるのです」

「現世風？」

私は自分の着ている薄手の水色のワンピースを摘《つま》んだ。昨日水びたしになったのだけど、今朝乾いた状態で部屋の隅に置かれていたから、そのまま着たのだ。

まあ確かに、こんな格好では周囲から浮いても仕方がない。これ、今年の春のトレンドのワンピースなんだけど。

大学で浮かないように今時なオシャレをしていたのに、あやかしの世界では浮きまくりで全く役に立たない。トレンドとはいったい何だったのか。


続いて、お風呂場《ふろば》に向かってみた。

ここ、隠世の北東の地にある天神屋は、鬼門温泉と呼ばれる有名な温泉地に建っているため、風呂場では豊富な温泉を贅沢《ぜいたく》に掛け流し、室内風呂と露天風呂に分かれている。

主にここの温泉は、美肌や傷の治療などに効果があると言う。

また、男性用のお風呂場は河童《かっぱ》の翁がしきり、女性用のお風呂場は若い濡《ぬ》れ女が仕切っているという事だった。

ただ男性用のお風呂場は、これまた女人禁制だったので、私は濡れ女の湯守である〝静《しず》奈《な》〟に、ここで働かせてくれないかと頼み込む事にした。

静奈は長い黒髪を毛先で結い、着物をたすきで上げて、その細身でもくもくと風呂の中を磨いていた。全体的に、雨にでも降られたように濡れている。

とにかく長い黒髪が顔にかかって、濡れてぺたんとして張り付いているので、表情が見えない。ただ髪の隙間から見える瞳は、くりっとしていて可愛いと思った。

私がやってくると、もともとの青白い肌をいっそう青ざめさせて「ひっ」と飛び上がり、冷や汗にまみれて震えた。

「あの、ここ人手足りて……」

「す、すみません〜〜〜。私、えっと……女将《おかみ》様から、その、葵様を雇ってはいけないと言われておりまして……」

「え」

「ご、ごめんなさい〜ごめんなさい〜〜」

私の言葉も待たずに怯《おび》え、彼女は拒否して謝り倒す。

手に持つモップはガクガク揺れていた。その様子があまりに可哀想に思えて、私はこくんと頷《うなず》いてその場を離れる事にする。

風呂場ののれんを越えて、また廊下で立ちすくむ。

「どういう事なの？」

待っていた三姉妹に尋ねた。三姉妹は、結果は分かっていたと言いたげだ。

「湯守の静奈は、とても働き者で優しい娘ではあるのですが、その、臆病《おくびょう》でして」

「ええ。お風呂場は女将の下についておりますから、女将の命令は絶対なのです」

「女将は、大旦那《おおだんな》様の花嫁候補に、特に目を光らせているとの事ですし。おそらく、自分の立場が危うくなると思っているのでしょう」

松竹梅が、それぞれ言う事に、私は長いため息。若女将ですらあんなに厄介そうなのに、ここで女将の脅威を知る事になるとは。

どこかで鉢合わせする事になるだろうけれど、あまりにも会いたくないと思った。


続いて庭に出てみた。

だだっ広い天神屋の本殿の周りには、まただだっ広い庭がある。

やはり春。沢山の桜の木が庭を埋め尽くしており、また散歩の出来る小道には、花びらの絨毯《じゅうたん》ができていた。その他にも多くの花が咲き乱れている。

池で錦鯉《にしきごい》が優雅に泳ぎ、橋を越えて流れる小川には、すいすいとアメンボが泳いでいた。

一瞬、強い風がふいてスカートを押さえ込む。

閉じていた目を開いた所、さっきまで桜の花びらで埋め尽くされていた小道が、一枚の花びらも残さず綺麗《きれい》に掃除されていた。

「……どういうこと？」

「庭はカマイタチの管轄です。彼らはほとんど姿を見せる事がありません。昼は風を巧みに扱い、庭の清掃を行うのです」

「夜は宿の周囲の見張りに転じます。お庭番とはそういう仕事です」

すぐにのっぺらぼうたちが教えてくれた。まるで忍者みたいね、と思った。

「彼らと話をする事は無理？」

「今、葵様の前に現れないという事は、無理という事でしょうね」

「はあああ〜やっぱり〜〜」

周囲を見渡し、どこにいるのか分からないカマイタチを探してみた。しかしそこには静寂の庭園があるだけで、彼らを見つける事は出来ない。

話すら出来ないというのは、へこんでしまう。

しかしよくよくのっぺらぼうに聞くと、この仕事は相当な戦闘力が必要らしく、なぜ宿の従業員に戦闘力が必要なのかはさておいて、元より私には無謀な仕事だと察した。

憂鬱《ゆううつ》だった。あと働ける場所と言えば、フロントくらいしかない。

しかしフロントを仕切るのは〝番頭〟の土蜘蛛《つちぐも》だ。

思い出すのも腹立たしい、間抜けなひょっとこのお面。土蜘蛛は最初から私に噛《か》み付いていた程、私を嫌っている。当然、フロントでは働かせてくれないだろう。

「やはり厨房《ちゅうぼう》は難しいのかしら」

「厨房は無理でしょうね。女人禁制もありますが、ダルマの板長様は、とにかく頑固です。この天神屋でも古株で、彼の料理の味に文句を言う客は、二度とこの宿に泊まれないと言う程ですし」

「へえ。守り続けた伝統の味って奴？」

おじいちゃんに連れられ、沢山の宿を巡った私も、そういった毅然《きぜん》とした態度で料理と味を守り続ける旅館を知っている。それはそれで、悪いものではない。

だがお松さんは憂いを帯びた様子で言う。

「かつては天神屋の料理は目玉の一つでしたが、何百年も変わらない味というのは、少々飽きっぽいあやかしたちには退屈なもののようで」

「そうそう。現世の料理も次々と入ってきている昨今、天神屋の変わらない味はつまらないって、あちこちで悪口も目立ってきてしまって……あっ」

「これ、梅！　口がないのに口が軽いのだから！」

要らぬ事をぽろっと言ってしまうお梅さんを、またお竹さんが小突いていた。

表情の全く分からない三姉妹であったけれど、だんだんとその性格が見えてきた。

「でも私は一度も食べた事がないのだから、一度はここの料理を食べてみたいわね」

料理に目がない私は、この天神屋の料理に興味を示さずにはいられない。

「大旦那様の花嫁様となれば、何だって食べられますよ？」

さりげなく私に花嫁になるよう勧めるお松さん。そう言えばこの三人娘は、大旦那様の下につく仲居たちだった。

「はん。断固拒否よ」

肩を上げて、軽快に言ってのけた。三人娘は口を揃えて「えー」と不満そう。

「いやしかし、となるとやっぱり、フロントしかないわね……」

フロントの〝番頭〟である土蜘蛛は、名を〝暁《あかつき》〟と言うらしい。三姉妹は私がフロントへ行くと言うと、全力で止めにかかった。

「暁様は絶対に葵様をお認めにはなりませんよ」

「そんな事は何となく分かっているのよ。ただ、当たって砕けに行くだけよ」

「葵様。なんと逞《たくま》しい」

こんな風に、フロントの側でやいのやいのとしていたからか。

「おい！」

怒り狂った声を投げかけられた。びくっと肩を上げて振り返る。

天という文字を丸で囲った紋の描かれた羽織を、堂々たる姿で羽織った背の高い男の姿が視界に入る。小豆《あずき》色の髪が目立っていて、ずんずんとこちらに向かってやってきているようだった。目つきが悪く、顔色も悪いが、これこそがひょっとこ面の土蜘蛛の素顔であるのだと、私はすぐに確信した。

「そこで何をしている、人間め。もうすぐ客がやってくると言うのに、邪魔だ‼」

「……あの、あか……」

「俺の名を呼ぶな！　俺に話しかけるな！」

名を呼ぶ前に、阻止された。

フロント付近には多くのあやかしが並んでいる。下足番や仲居が、既にお客のお越しを待っており、また土蜘蛛が私に対して怒鳴っている姿を冷ややかに見つめているのだ。

その中には、若女将の姿もあった。彼女はべっと、私に向かって舌を出す。

腹立たしいと思ったが、今は目の前の土蜘蛛に向かうだけで精一杯だ。

「大旦那様の好意を無下にし、史郎の借金を働いて返すと言ったそうだな。馬鹿の極まった人間の娘だ。お前のような能なしの小娘に、天神屋で働く力はない！」

「そ、そんなの、やってみないとわからないじゃない」

土蜘蛛に気圧《けお》されながら言い返してみたものの、更なる怒号を浴びせかけられる。

「何を言っている。お前を受け入れる場所もないと言うのに！　お前がここへ来たのが、何よりの証拠だ。さっさと諦《あきら》めて、ここを出て行くが良い！　お前の顔は実に史郎を思い出させる。生意気そうで、腹立たしいったらない。憎らしいったらない……っ」

「う、生まれ持った顔に文句を言われても」

「ええい五月蠅《うるさ》い、このたわけが！　これ以上俺の前に姿を見せつけると言うのであれば、骨の髄まで食ってやるぞ。汚らわしい史郎の孫娘め‼」

土砂降りの暴言と脅しに、私はぺしゃんこになりそうになりながらも、なんとか立っていた。当たって砕けに行こうと言ったのは私だけど、砕けた先から微粒子になってさらさら風に流されてしまっては元に戻れない恐れが。

「ああ、暁様っ、それ以上はおやめくださいまし」

「葵様はあくまでも大旦那様の花嫁候補でございます」

「そうです。食うだなんて、そんな」

松竹梅が、順番にフォローしてくれたが、それでも土蜘蛛の勢いは止まらない。

「ええい、のっぺらぼうども、五月蠅いぞ‼　口もないくせに‼」

怒鳴り散らす声が宿中に聞こえたのかもしれない。あちこちの従業員が、見物にやってきている。

やがて土蜘蛛は「もう我慢ならん」とぶち切れて、禍々《まがまが》しい空気を纏《まと》いながら、その体から蜘蛛の影を伸ばす。無数の脚がギチギチと私を囲んで、流石に身が強《こわ》ばった。

冷や汗があちこちから流れる。

「いらっしゃいませ〜」

しかしこの空気の中、フロントに並ぶあやかしたちが、一斉に陽気な声を上げた。

おかげで土蜘蛛はぴしゃっと禍々しい空気を引っ込め、背筋を伸ばして、私の事なんか放っておいて慌てて受付台に戻った。

「本日はよくぞおいでくださいました。わたくし、番頭を務めさせていただいております、土蜘蛛の暁と申します。ええ、御用がありましたら、なんなりとお申し付けくださいませ。ではでは、こちらに記帳の方をお願い致します」

奴は、まるで別人にでもなったかのような愛想の良い笑顔に豹変《ひょうへん》し、本日のお客第一号に向かって案内をしている。

お客は立って歩く猫又の老夫婦だったが、おそらく土蜘蛛の本当の姿は、想像も出来ていないだろう。

「誰よあいつ……」

私は遠い目をしながら、別人のような土蜘蛛の働く様子を見ていた。

「暁様は、番頭としては非常に優れておいでなのです。大旦那様の信頼も厚く、誰より天神屋を愛しておられるのですが……」

「いかんせん、史郎様への恨みと人間への不信感が強く……」

「血気盛んな所もありまして」

片方の頬に手を当て、ふう、とため息をついた様な、三姉妹。

私は、豹変してへこへこしている土蜘蛛をぼんやりと見ながら、いよいよ営業の始まった宿に居場所をなくしてしまったと思った。

「おい、人間」

腰ほどの背丈の小鬼が、いつのまにやら私の側にいた。私の鞄《かばん》を持っている。

昨日寝泊まりした部屋に置いて来たものを届けてくれたのだった。あの部屋は元々上級客間であり、おそらくもう、私の部屋ではなくなっていると三姉妹が教えてくれた。

この三姉妹もそろそろ仕事があるようで、丁寧に頭を下げて私から離れていった。

当然、宿は既に受付を開始したので、従業員のあやかしたちは忙しくなるのだ。

仕事もない暇な私は、このあやかしの宿の、いったいどこにいればいいのだろう。

奥へ奥へと、本館の人気のない場所へ向かって歩いた。

フロントの脇から、長くまっすぐと続く暗い道があったからだ。

逃げるようにここに踏み入ったのだが、そこは天神屋の利用されていない多くの部屋に繋《つな》がる通路のようだった。

不気味なのは、無数の白塗りの矢印が、壁の至る所に貼付けられていた事だ。

その矢印がどこへ連れていくのかも分からない。だけど、私は考え事をしながら無意識にその矢印を辿《たど》っていたのだった。

しかし情けない。自分がここまで嫌われ、必要とされないとは思わなかった。

有能か無能かはさておき、一生懸命働こうと思っても働かせてくれないのは痛い。

鬼の、あの勝ち誇った憎らしい笑みを思い浮かべる。借金を返しきるなど、到底無理だと言ったあの、鬼の瞳《ひとみ》を。

このままでは、結局鬼の言った通り、私は借金のかたとして鬼の花嫁になる他なくなるだろう。いや、今思えば、鬼の元に嫁ぐだけで借金をなかったものにしてもらえるのなら、それはとてもありがたい話だったのかもしれない。

そんな弱った考えを抱き始めて、鬱々《うつうつ》と暗い廊下を歩いていたら、廊下の果てに寂れた引き戸を見つけた。白い矢印は全てそこへ集約されている。

また、引き戸の隙間からは、薄暗い廊下に光が漏れていた。

難なく戸を引く。

するとこの引き戸の向こう側からフワリと甘い花の香りが漂ってきた。

「わあ、ここ、中庭かしら……」

そこは静かな中庭のようで、屋根のある木造の渡り廊下が、庭を突っ切って続いている。

私はただ興味のまま、それを渡って行く。やがて渡り廊下は終わり、点々と道を作る敷石が続いた。それを踏んで歩んでいると、中庭の全貌《ぜんぼう》を拝む事が出来た。

松の木や、青い紅葉、庭岩、玉砂利が巧みに配置され、庭園を飾っている。和を感じさせる、風情のある中庭だ。

静かすぎるが、不思議と怖いという感じはしない。

「……柳の木？」

道を行くと、開けた場所に大きなしだれ柳の木がひっそりと佇《たたず》んでいた。

ゆらゆらと揺れる枝を見ていると、静寂が身に染みて時が止まったかのような感覚を得る。柳の枝の動きは幽霊を連想させるらしいが、隠世の宿にはぴったりかもしれないな。

しだれ柳の木の脇に、古民家を思わせる茅葺《かやぶき》屋根の建物があった。

小さいが、立派な離れだ。本殿の華やかさとは打って変わって地味だが、侘《わ》び寂びのある雰囲気で、どこか懐かしい気がする。

何かのお店だろうか、と思ったが、のれんはかかっていない。

しかし戸は開いている。

覗《のぞ》いてみると誰もいないし、何も営業されていない。物置かもと思ったが、そうでもないようで、前までは飲み屋でも営んでいたかのようなカウンターと、座敷がある。

「まあ良いわ。宿の中はどこもあやかしばかり。みんな私を嫌っている。営業も始まって、ますます邪魔者なのだし……しばらくここにいましょう」

荷物を後ろの座敷席に置いて、カウンター席に座ってみると、途端にお腹がすいた。

昨日も夜食のいなり寿司《ずし》を食べただけで、今日は何も食べていないのだから。

ここが何か小料理屋でも営んでいたら良かったのに……

そう思ったけれど、隠世のお金は持っていない。どのみち、何も食べるものはない。

お腹が空《す》いた。それを改めて意識すると、身震いしてしまう。

空腹は自分にとって、言い知れぬ恐怖だ。

「おや、葵さん。こちらにいらしていたので？」

いきなり声がして、心底ドキッとした。カウンターの中から、ひょこっと何者かが現れたのだった。

銀髪の、爽《さわ》やかな風貌《ふうぼう》の青年だ。羽織に襷《たすき》がけした姿で、どうやらこの場所で作業をしている様子だ。

「だ、だれ？」

思わず身を引いて、尋ねた。

「誰って……ああ、えっと、私ですよ。銀次です」

「え？　あ、ああ、そっか！」

銀次さんとは、昨晩私の部屋に夜食を持ってきてくれた、九尾の狐のあやかしだ。

よくよく見ると、狐の耳も、しっぽもある。優しそうな眼差《まなざ》しと微笑み、清涼な佇まいはまさに銀次さんのもので、ポンと手を合わせた。

「そう言えば、昨晩の少年姿や、子狐姿は変化の姿だと言っていたわね」

「ええ、これが基本の姿です」

銀次さんは、驚いた私の様子が面白かったのか、クスクスと笑っていた。

「なんだ〜、すっかり驚かされたわね」

「それはこちらの台詞《せりふ》です。よくこんな辺鄙《へんぴ》な場所、見つけられましたね」

「……他に行く場所がなかったのよ」

カウンターに肘《ひじ》を立てて、ムスッとした。

銀次さんは狐耳としっぽをぴくんと動かして、「ああ……」と事情を察するのは早い。

「ねえ、ここは何なの？」

「ここですか？　はは、鬼門中の鬼門、とでも言いますか」

「鬼門中の鬼門？」

尋ねると、妙な言い方で返された。銀次さんは困ったように笑って、続ける。

「最初は茶屋でした。その時は甘味好きのあやかしたちに大変評判もよく、客足もあったのですが、茶屋を仕切っていた者が宿を去ってしまい、茶屋は閉じる事になったのです」

「へえ。ここって茶屋だったんだ」

「ええ。しかし茶屋以降はぱったりと不振続きで、何をやってもダメな場所になってしまいました。土産屋にしたり、遊技場にしたりしましたが、失敗ばかりで。いざ私がこの場所を受け持っても、これまたダメダメでして。それまでは私、どんな企画でも成功させていた招き狐だとか言われていたんですけどね。ご覧の通り寂しいものでして」

「招き狐、上手《うま》い事言うわね」

「こんな場所にありますので、知名度が低く客が来ないのは勿論《もちろん》の事、従業員も事故が続いたりして……曰《いわ》く付きなんですよ、ここ」

憂いを帯びた様子で、銀次さんは抱えていた籠《かご》を厨房《ちゅうぼう》の台に置いた。

「今月に開業しまして、二日前まで、ここは小料理屋だったのです。ただ、外部から呼んだ料理人がさっそく腕を怪我してしまいまして……。代わりの料理人を探していたのですが、やはりここはもうダメだと言う意見が強く、来月には取り壊される事になっています」

「そうなの。何だか勿体《もったい》ないわね」

「ええ。まだ食材も、冷蔵庫の中に残っているのです。私はそれを片付けておりました」

「隠世にも冷蔵庫なんてあるの？」

「見てみますか？」

銀次さんは私に手招きをした。カウンターの奥へ入ると、木製の冷蔵庫らしき大きな箱がある。形は現世から伝来してきたものらしく、それを隠世風にアレンジしたのだとか。

冷蔵庫を開いてみると、薄い氷の膜の張ったスペースがある。

「この氷は、氷柱女《つらら》が経営する町の老舗《しにせ》の氷屋から定期的に購買するのですよ」

「あやかしたちの力って有能ね」

「あやかしたちはそれぞれの能力を利用し、商いをしている者も多いです。氷柱女の氷は普通の氷と違い、温度調整が出来て、なかなか溶けない優れものです」

「へええ。面白いのねえ」

ちゃんと冷蔵庫と冷凍庫に分かれていて、氷の冷たさも違う。氷も、まるでプラスチック面のように、すべすべとしていた。実に機能的な冷蔵庫と言える。

冷蔵庫の仕組みが分かった所で、中にある材料が気になった。使いかけの白菜や大根、ごぼう、卵、何かのきのこがある。冷凍室には肉のかたまりも二つ程ある。

「これ、何の肉？　一見、鶏肉と豚肉っぽいけれど」

「鶏肉と豚肉ですよ。隠世でも主流のお肉です。もうお客には出せませんが、捨てるのも勿体なくて、冷凍しておいて私の昼食にでもしようかなと思って」

「あははは。なるほどね。いえ、大事な事よね」

銀次さんが机の上に置いた籠の中身も見てみた。

まだ使っていないジャガイモや、茄子《なす》、人参《にんじん》、たまねぎなどがごろっと置かれている。

「これ、どうするの？」

「本館の厨房へ持って行こうかと。とは言え、あそこの板前長は産地にこだわりがあり食材に五月蠅《うるさ》いですから、廃棄されてしまうかもしれませんが」

「まあ、それこそ勿体ない話ね」

「ええ。とは言え、私一人で食べてしまうのも骨が折れると言いますか……私は料理が得意な訳ではないので。唯一作れるのはいなり寿司くらいですよ」

籠の野菜を覗いていた私は、「えっ」と銀次さんの方を振り返った。

「もしかして昨日のいなり寿司、銀次さんが作ってくれたの？」

「実の所。あまり美味《おい》しくなかったかもしれませんが」

「そんなことないわ！　すっごく美味しかった。私の一番好きな、シンプルないなり寿司だったんだもの。甘さも控えめで、くどくない味で。ひもじいし惨めな気持ちだった私にとっては、たまらなくありがたい味だったわよ！」

ぶんぶんと拳《こぶし》を振って、昨夜のいなり寿司の美味しさについて熱弁する。銀次さんは、私があまりに訴えるので驚いていた。若干引いていたのかもしれない。

私はさりげなく話題を逸《そ》らす。

「い、いなり寿司もそうだけれど、隠世も、現世と似たようなものを食べているのね」

「それはそうですよ。お互いの文化というのは、知らず知らずに行き来しているのです。現世にも、隠世から伝わった料理があったりするんですよ。それこそ、いなり寿司とか」

「へえ。それは知らなかったわ」

私が今まで何気なく食べてきた料理のなかにも、隠世から伝わったものがあったりしたのだろうか。逆に、現世から隠世に伝わった料理もあるのだろうか。

「あ、そうだわ。銀次さん、お昼は食べた？」

「いえ、私はまだ……」

「もし良かったら、この厨房、使わせてくれないかしら。勿論、後片付けはちゃんとするわ。昨日のいなり寿司のお礼に、何か作らせてくれない？」

「えっ、それは勿論、願ってもないのですが。しかし、良いのですか？　葵さん、お疲れなのでは？」

「そんなことないわよ！　料理が出来るのよ。疲れなんて吹っ飛ぶわ。………あ、それと、料理が出来たら私もちょっとだけ味見しても良いかしら」

お腹をぐうと鳴らしながら付け足した。銀次さんは「当然です！」と、慌てながら言ってくれた。

「銀次さん、何か食べたいものはある？」

「食べたいもの、ですか」

「何でも良いわよ。ここにある調味料と食材で出来るものなら。現世の料理でも」

厨房を漁《あさ》ってみると、醤油《しょうゆ》やみりん、塩、砂糖、酒などの、一通りの調味料はあるようだった。米も、味噌《みそ》もある。あ、昆布や煮干しも。

「あ、だったら私、おむらいす、ってのを食べてみたいですね」

「……オムライス？」

意外な注文で、私は目が点。大人で紳士な銀次さんがオムライスをご所望だ。

「聞いた事があります。現世には、いなり寿司に似たオムライスという食べ物があると！」

「…………」

顔をしかめた。しかめるしかない。

オムライスっていなり寿司に似ていたかしら。いや、確かにまあ、味付けしたご飯を、何かで包んでいるというのは、似ているような気もしてくるけど。

「オムライスって割と子供が好きな料理よ。良いの？」

「あ、なら子供になります」

銀次さんはノリが良い。ぼふっと煙を立てて、少年の姿に変化した。

十歳くらいの銀髪の美少年だ。愛らしい笑みを浮かべて、まだ見ぬオムライスに目を輝かせている。耳をピンと立てて尻尾《しっぽ》を振る姿は、実にあざとい。私はそういうのに弱い。

「わ、分かったわ。お米もあるし、出来ない事もないでしょう。あ、でもお米を炊くのに時間がかかるかも……お肉も解凍しなくちゃ」

「あ、うちの釜《かま》は霊力釜なので、お米は五分で炊けます」

「霊力釜？」

「現世でいう圧力釜のようなものです」

「ええっ！　そういう所、凄《すご》く最先端なのね」

私も持ってなかったのに圧力釜……と思ったけれど、ここの霊力釜は相当な年期が入っていて、どちらかと言うと大きな土鍋《どなべ》のようだ。

現世の電気圧力釜しかしらない私には違和感がある。

「霊力を活用した釜です。現世の圧力釜とはちょっと違いますが、似たような効果があります。隠世には、大昔からこの釜がありました。他にも、隠世ならではの道具があります」

銀次さんは続いて、厨房にならぶ複数の調理器具のうち、丸い円盤の器具を指差した。

「この円盤の上に、冷凍したお肉を置いてください」

「これ？」

豚肉と鶏肉のブロック肉。冷凍されていて、まるで冷たい岩のようなお肉だったが、それを円盤の上に置くと、銀次さんは「解凍」と唱えた。

するど、冷凍肉は紫色の炎に包まれ、数秒で解凍されてしまったのだった。

「わ、あっという間に解凍したわ。電子レンジみたい」

「冷凍食品は自然解凍以外に、このような妖火《ようか》円盤を扱って解凍します。複数の機能を持った妖火を閉じ込めた器具なのです。〝解凍〟や〝加熱〟などの言霊《ことだま》によって命令を発すると、それを受け付けてくれます」

「へえ。隠世ってやっぱり、現世とは色々と勝手が違うのね」

私は隠世ならではの調理器具や、台所事情に感心する。思っていた以上に、独自の技術が確立されているようだ。

さあ、調理に取りかかろうと手を洗おうとして、私はハッとする。

「銀次さん、ここに前掛けってある？」

「ええ。以前従業員が使っていたものなら、洗濯して置いてありますよ。なんなら、従業員用の着物もありますけれど」

「貸してもらえたりするかしら」

「ええ、勿論です。どうせもう、処分しようとしていたものですから」

少年姿の銀次さんはぴょんとカウンターから降りて、とてとてと奥の部屋へ行ってしまった。しばらくして、「葵さんこちらへ」と私を呼ぶ。

奥の部屋へ行くと、そこは従業員の休憩室のようになっており、今は少し散らかっている。銀次さんはタンスから抹茶色の地味な着物と、白い前掛けを取り出していた。

「これで良いですか？」

「ええ、ありがとう。このワンピース姿だとどうしても浮いてしまって。若女将《おかみ》にも、こっぴどく言われてしまったわ」

「あはは。お涼さんはまあ、そうでしょうね……」

銀次さんは曖昧《あいまい》な物言いだ。そして、私が何かを言う前に、そそくさと部屋を出て行く。

この場で私は、先ほど銀次さんが手渡してくれた着物に着替えた。着物の着方は心得ている。何しろ、祖父が何度も教えてくれたから。

祖父は私がこういう事態になる事を、最初から分かっていたのだろうか……

思い出して、少しもの悲しくなった。ただ、着物を着終えてから、料理をするには髪が邪魔だなと思い至る。どこかに紐《ひも》でもあれば、髪をくくる事ができるのに。

そう言えば、大学鞄《かばん》の中に、黒い髪ゴムがあったと思い出し、私は着物を着た状態で、いそいそと表に出て行った。

「わあ、葵さん、やっぱり着物がお似合いですね」

「ありがとう。でも、髪が邪魔なので結いたいの。たしか、大学の鞄の中にあったはずなんだけど……」

座敷の上に置いた鞄を漁る。ごそごそと探ると、ある物が鞄から零《こぼ》れ落ちた。

「あ……かんざし」

それは、椿のつぼみの簪《かんざし》だった。鬼のお面の男を大旦那《おおだんな》様と知らずに、お弁当を手渡した。そのお弁当箱の上に、お礼の品というように置かれていたものだ。

「おや、それは紅結晶の簪ではないですか」

「紅結晶？」

「非常に珍しい、動く結晶と言われる高価なものですよ。どれ、私がそれで、髪を結ってあげましょう」

「銀次さん、髪を結う事が出来るの？」

「私は女にもなりますからね。女性の作法や仕草は勉強したのですよ」

そう言って、銀次さんは少年の姿から女性の姿に変化して、座敷に上がった。

私の後ろに回り込むと、櫛《くし》を自らの帯の中から取り出して、髪を梳《す》いて、結い上げてくれる。優しい手つきで、実に女性らしい良い匂いがした。

銀次さんは本当に、訳が分からないな。少年らしくオムライスを所望したかと思ったら、女性らしく私の髪を結ってくれて。

「ほら、できました。かんざし、お似合いですよ」

「……そう？」

持ち歩いていた手鏡で自らの姿を見てみると、低い位置でお団子を作り、その脇にそっと椿のつぼみを添えている。似合っているのか似合っていないのかは良くわからない。

さて。銀次さんとあれこれ、隠世と現世の似ていて違う所なんかを確認し合いながら、私は霊力釜に米と水を入れて、蓋《ふた》をして火にかける。妖火を利用したコンロが、また有能だと思った。ガスコンロに似た使い勝手だ。

とりあえず残っていた食材を確認し、また調味料を確かめた。

「さて……でもケチャップがないわね。トマトがあれば良かったんだけど」

一通りの和食の調味料は揃っているが、やはりケチャップはないようだった。

とりあえず醬油の味を確かめた所、思っていた通りかなり甘め。おそらく、関東の醬油より九州の醬油に近い。砂糖や甘草が入っているお醬油だ。

「ああ、そうだ。なら、和風のオムライスにしましょう。甘めの醬油ならいけるわ。別にケチャップライスでなくとも、卵で包んでおけば、なんでもオムなんとかよ」

本当に料理好きなのかも怪しい、適当な事を言って、私はぽんと手を打った。

食材を前に唸《うな》る。自分にとって大事な事は、むしろここの素材をいかに無駄なく使い切るかという事のように感じていた。

「ねえ、銀次さん、オムライスも作るけれど、他の料理も、合間に作って良いかしら」

「え、そこまでしてくださるのですか？　勿論《もちろん》、ありがたいのですけど」

「沢山材料が残っていて勿体《もったい》ないし、お惣菜《そうざい》にしてしまえば、もうしばらく持つし……ああ、鶏の肉じゃがはどうかしら。私、今凄く食べたい気分なの。ここのお醤油だと美味しいのが作れそうよ」

「へえ、良いですね。私も好きですよ」

カウンターに座る銀次さんは、一度尻尾を振る。

「豚バラ肉もあるんだもの。豚と大根の煮物が作れるわね。あ、なすと味噌《みそ》があるのだし、なす味噌炒《いた》めが作れるわ」

「わあ、良いですねえ」

好物や食べたいものを列《つら》ねただけだ。この手のお惣菜を、私はいつも作り置いている。

「あ、そう言えば、大旦那様、なす味噌炒めって好きだったな」

思い出したように、銀次さんが大旦那様の話題を出した。

「え、そうなの？　案外庶民派なのね」

「天神屋だと、やはり格式高い料理しか出ませんが、時には普通の家庭料理が食べたくなるらしいのです。うちの板前長はそのような料理は作らないので。大旦那様はこそっと、庶民の姿で食堂へ行く事もありますよ」

「……意外ね。遊びまくっている鬼のように思っていたわ」

「そんな事はありません。大旦那様自身は真面目で質素ですよ。ただ、一番の好物は僕も聞いた事がないなあ」

「ふーん……」

鬼の好物か。まあ、どうでも良いことだ。

作業を続ける。何かのきのこと長ネギを刻んでいたら、そのうちに米が炊けた。釜の火を消して、しばらく蒸しておく。玉ねぎやじゃがいも、人参なんかの野菜の皮を剝《む》いて、肉じゃが用にざくざくと乱切りにして、鶏肉も一口サイズに切る。

「葵さんは、大旦那様の事、お嫌いですか？」

突然、カウンターにいる銀次さんに問われた。彼は心配そうな眼差《まなざ》しだ。

私は作業を続けながら、唇を尖《とが》らせる。

「だってあいつ、どうせ、私の事だってしぶしぶ嫁にしようとしているのよ。人間の娘を嫁にすると、格があがるとかなんとか言っていたもの。……それに、人が好意で作ったお弁当を利用して、私を隠世に……」

鬼の事を考えると、無性に腹立たしくなる。

『美味《おい》しいよ、葵』

お面を少しだけずらして、腹をすかせたしおらしい姿で一口食べて、そう言った事を、思い出してしまった。あの時、少しでも嬉《うれ》しいと思ってしまった自分が笑えてくる。

私は雑念を取り払うように首を振って、いざという様子で霊力釜の蓋を開けた。ふわっとお米の炊く良い匂いが立ちこめる。

「うわあ」

蒸らしておいたお米はひとつぶひとつぶがふっくらと炊きあがっていて艶《つや》があり、思わず感嘆の声が漏れた。この白米だけでも十分美味しそうで、ごくりと生唾《なまつば》を飲む。

しかし今は、オムライスだ。

しゃもじでご飯を上下を返すように混ぜ、必要な分だけ、お椀《わん》に盛った。

次に、フライパンみたいな平たい鉄鍋で油を熱した。そこに刻んだ鶏肉と、きのこと白ネギを投入し、塩胡椒《しおこしょう》でさっと炒める。更にお椀のご飯を投入して、ほぐすように炒め、また塩胡椒と甘めの醤油《しょうゆ》で味を整えた。香ばしい匂いが一気に立ちこめ、具合の良い時にそれを平皿に一度取り出す。

今度はといた卵をだしで味付けし、熱した平鍋に投入。かき混ぜながら焼いて、炒めたご飯を卵で包んで、オムライスの形を整える。

カウンターから身を乗り出し、「おおお」と少年のように瞳《ひとみ》を輝かせ作業を見ていた銀次さん。いや、見た目は少年なんだけど。

「本当はね、ケチャップっていうトマトのソースで味を付けて食べるんだけど、ここにはないようだから。これはあっさり目の和風オムライスよ」

ぽんと平皿に乗った、黄色くふんわりしたオムライス。意識してみれば、確かにいなり寿司に近いもののような気がした。

和風ハンバーグのように、上に大根おろしと刻んだ大葉をのせる。こうすると、出し巻き卵にも見える。オムライスとしては邪道だけど、やはりふわっとした卵というのは見ているだけでも美味しそうだし、黄色が何とも美しい。

胡椒と醬油で炒めた飯と、ふんわり卵の良い匂いが、自分の腹をも刺激する。

銀次さんの目の前に出すと、彼は目を大きく見開いた。

「わああ、いただきます。いただいて良いですよね」

「どうぞ。私は、別の作業をしているから」

と、言いつつも、銀次さんがオムライスをうっとりとして見ている様子を、私もまた、横目に見ていた。しかし子供とオムライスは本当に絵になるわね。

銀次さんは言われた通り、小瓶に入れてあるポン酢を大根おろしの辺りに少しだけかけて、その大根おろしを崩しながら、オムライスを箸《はし》で食べる。

ふわふわとした舌触りに驚いたのか。銀次さんは最初こそゆっくりと、その舌触りを楽しむように食べていたが、やがてがつがつと食べ始めた。

少年の姿なので、にこにこして、しっぽを振りながら食べてくれるのは、何だか嬉しい。口に合わなくはなかったのだと思って、ホッとする。

「美味しいです。びっくりです。味付けが実に良い！」

「お口に合ったようで良かったわ。おじいちゃんもね、和風のオムライス、好きだったのを思い出したのよ……何と言っても、綺麗《きれい》でしょう？」

「ええ。見た目も良いですね。低コストですし、そのままお店に出せそうな……」

「え？」

「いえいえ、こちらの話でして」

銀次さんは、また黙々と食べ始めた。私はというと、もう自分の腹が限界だったので、さっきからこそこそと作っていた超高速肉じゃがの仕上げに入る。

鶏肉を使った肉じゃがだ。私の場合、砂糖と醤油と酒だけの味付け。

鶏肉を炒めて、タレを入れてまた少し炒めて、切ったたまねぎと人参《にんじん》とジャガイモを投入して、しばらく熱するだけ。

具材も味付けもシンプル。短時間仕様だけど、一番好きな作り方。

「ああ、もう出来上がりね」

良い照り色のジャガイモに、思わず笑みが溢《あふ》れた。

火が通っているかを確かめて器に盛る。流石に小料理屋だっただけあって、器は良いものが揃っていた。良い器に盛るだけで、どんな料理も二割増で美味しそうに見えるものだ。

ご飯も、まだ炊きたてと言って良い。たんと茶碗に盛って、肉じゃがの器と両方をお膳《ぜん》に並べる。ついでに余った大根おろしを小さな器に盛り、添えた。

「さ、私もご飯にしましょう」

いそいそと、銀次さんの横に座った。銀次さんは脇の急須《きゅうす》でお茶を淹《い》れてくれた。

「いただきます」

「いいですね〜私も食べたいですね」

「オムライスに肉じゃがって合うかしら……あ、用意しましょうか？」

「いえ、葵さんはどうぞゆっくり食べてください。私は勝手に取って食べますから」

「そう？」

「お腹が空《す》いているのでしょう。食べてください」

銀次さんのお言葉に甘えて、私はさっそく、楽しみにしていた白米を食べた。

もちもちとしていて、甘みのある一口。炊飯器で炊くのとはひと味違い、とても香りが良い。お米の美味しさを深い場所から引き出したような、感動を覚える美味しさだ。

「凄《すご》い……」

ほかほかの白米のお碗を掲げたまま、目を輝かせた。

これだけでも十分と思ってしまった。でも、誘われるように肉じゃがも食べる。そしたらもう、箸が止まらない。

本当に、ただの肉じゃがと白飯よ。甘辛い醤油で煮た一口サイズの鶏肉と、ほくほくの芋は、とにかくご飯が進む。時々、あっさりしたポン酢仕立ての大根おろしでお口直しをして、また食べる。

ああ、なんて美味しい。

自分の料理の腕なんて関係なく、ただただ空腹でひもじい中、お腹いっぱいに美味しい白飯と肉じゃがを食べられるというだけで、小さな幸せは感じられるものだ。

銀次さんも器に肉じゃがを盛って、戻ってきた。オムライスと交互に食べている。先にオムライスを食べてしまって、今度は白飯をおかわりしにいっていた。

流石に大妖怪《ようかい》。少年の姿なのに、よく食べる。それが何だか嬉しい。

「葵さんは、人間なのに、非常にあやかし好みの味付けをしますね。甘めで、少々薄口の」

「うーん……これは後から分かった事なのだけど、おじいちゃんの好みの味付けが、あやかしの好みと似ていたのよ。こちらとあちらを行き来していたからかしら」

あやかしの好みの味付けは、銀次さんも言っていたように、甘めで、薄口。ついでにあっさり風味。個人差はあれど、基本はこのようだった。

祖父の好みもまたこれで、私は祖父の為に料理を作っていたから、結果的に、あやかしたちに好まれる料理を作る事に繋《つな》がっていたようだった。

ふと、先ほど舐《な》めた醤油の味を思い出す。

「そう言えば、隠世のお醬油はやっぱり甘いのね。まるで九州のお醬油みたい。私も、おじいちゃんの為に九州のお醬油を取り寄せたりしていたのよ」

「ええ。隠世の醬油蔵も、現世の九州醬油を参考にしているようです」

「わあ、やっぱりね」

「かつて、長崎の出島にて砂糖の貿易が盛んだった時代がありました。故に九州では砂糖が多く手に入り、何かと甘めな食べ物が多いですね。当時、隠世の商人もこぞって人に化け、現世の九州に赴き砂糖を買い付けていたようです。甘党のあやかしたちにとって、砂糖は喉《のど》から手が出る程に欲しい調味料でしたからね。九州では隠世の商人の出入りが多かった事もあり、甘い醬油も、隠世に伝わってきたのです」

「へええ。そういう事だったんだ。面白いわね」

「あの時代は、まだ現世と隠世の行き来が自由でしたからねえ。私もよく長崎へ行って、噂の南蛮人を見ていたものです」

「……え？」

あれ、銀次さん、いったいいつから生きているんだろう……

あやかしが長生きなのは知っているけれど、出島で貿易があった時代って、もう何百年も前の話よね。やっぱり銀次さんも、見た目は若くとも大妖怪なんだなあ。

「ふう、お腹いっぱい。でも、お味噌汁《みそしる》も欲しかったかしら。定食としては、色々と揃ってないわね。とにかくお腹がすいていたから」

お腹が満たされ余裕が出てくると、何かとバランスの悪い適当すぎる食卓が気になり、銀次さんにも申し訳なくなった。家での適当な食事ではないのだから、と反省。

「いえ、とても美味しかったです。ありがとうございました。葵さんが料理上手だというのは、大旦那様《おおだんな》にも聞いていましたけれど、納得です」

「………」

「もし良かったら、ここの厨房《ちゅうぼう》も具材も、好きに使って良いので、何でも作ってください。必要なものがあれば、私が厨房からくすねてきますよ。バレたら、板前長にぼこぼこにされますけど」

銀次さんはお茶目な様子で言った。

「ふふ。そんな、ダメよ。あるもので色々と作ってみるわね」

「大旦那様にも持って行きます？」

「嫌よ、そんなの。全部私が食べてやるわ」

「またまた～。大旦那様は、きっと喜ぶと思うんだけどな」

意味有りげな言い草で、銀次さんはお茶を啜《すす》る。私は銀次さんを横目に見た。

「銀次さんは何かと言うと〝大旦那様〟ね」

「それは勿論《もちろん》。我々の大旦那様ですからね」

私もお茶を飲む。ここのあやかしたちにとって、大旦那様とはどんな存在なのだろうか。

あ、お茶美味しい。流石に高級旅館のお茶だけあって、良いもの使ってる。

「さて。他には何を作ろうかしらね」

残り物を思い出しながら、脳内で作り置きできるお惣菜《そうざい》を考えていた。そういうのはとても得意だ。しかし、やがて根本的な事に思い至る。

「そうだわ。いくら作り置きできるお惣菜を考えても、寝る場所がなかったら仕方がないじゃない。私、まだお仕事も見つかっていないのに」

うろたえ、震え始めた。このまま職場が見つからなければ、私はどうなってしまうのだろう。鬼の大旦那様は逃げ出したら食ってやると言っていたけれど、むしろ無職のでくの坊なんて向こうから追い出すのではないだろうか。

「ああ、それならば、ここの奥の部屋を使いますか？　前の従業員が開店前に寝泊まりしていたので、お布団一式、あるんですよ」

「それ、本当？　いいの？」

「ええ、勿論ですよ」

銀次さんの微笑みがとても神々しく見える。

だけど私は、少しだけ不思議にも思った。

「ねえ、銀次さん、どうしてそんなに良くしてくれるの？　だって、ここのあやかしたちは、みんな私の事が嫌いよ。あなたくらいだもの、こんなに親切にしてくれるの」

昨晩から、彼だけは私にとても優しい。夜にこっそりいなり寿司《ずし》を持ってきてくれたり、この場所を貸してくれたり、食材を恵んでくれたり……お料理を褒めてくれたり。

銀次さんは私の言葉に少しだけきょとんとして、一度しっぽを振った。

「そうですねえ……」

そして、彼はその姿を、青年の姿に戻す。

「僕は葵さんを、小さな頃から知っていますからね」

「……え？」

銀次さんと、どこかで会った事があっただろうか。覚えはない。

「もしかして、おじいちゃんに会ったりしていたの？　私の事を、聞いていたの？」

「え？　ええ……ふふ、そうですね。そんな所でしょうか」

袖《そで》を口元に当て、クスクス笑って、彼はどことも知れない場所を見ている。

「あなたがお腹をすかせていると、流石に放ってはおけませんよ」

意味深な言い草だ。だけど、私にとってはとても嬉《うれ》しい言葉。

「銀次さん、あなたは私の恩人よ。いや、恩妖？　まあいいわ、そんなことは！」

こみ上げてくるものがあり、思わず力強く断言する。

銀次さんは「大げさですよ」と焦って、胸の前で手を振っていたけれど。

「そんな事はないわ。世の中には、あなたみたいな親切なあやかしも、やっぱりいるのね」

「やっぱり？」

銀次さんの狐耳が、僅《わず》かに反応した。

「ええ。ずっと前にも、私を助けてくれた、優しいあやかしがいたの。……銀次さんは、あの時のあやかしみたい」

「…………」

「もし銀次さんが何か困っている事があったら、言ってね。私、何でも聞くからね」

感謝の気持ちが溢れ、思わずそう言うと、銀次さんは僅かに眉《まゆ》を動かし、「何でも？」と、疑問口調になった。

「では、またお料理、作ってくれますか？」

「ええ、それはもう。銀次さん、何か食べたいものがあったら言ってね。喜んで作るわ」

「……そうですか」

彼は私から少し離れて、またニコリと微笑んだ。

その後、銀次さんは別のお仕事の為にこの離れを出た。

私は厨房を片付けたり、お惣菜を作ったり。時間があいたら奥の間の部屋を片付けて、寝床を作ってみたりする。

また、お客の為に用意されていたカウンターや、座敷も掃除してみた。

食器棚の器も、一つ一つ見てみた。立派な焼き物が多くて、ここの食事どころの開店は、本当に気合いが入っていたのだと思い知らされる。隠世ならではの調理器具も、数々発見した。現世で言うミキサーのようなものもある。

内装が綺麗《きれい》になったら、今度は外に出て庭を掃除する。

「この場所は、怖いあやかしも来ないし、落ち着くわね……」

気がつけば夕方だ。薄紫色の空を見上げると、やっぱり提灯《ちょうちん》を沢山ぶら下げたような船が飛び交っている。祭り囃子《ばやし》が聞こえ始めた。

この離れも、夕方になると中の温かい光が漏れ出して、いかにも古民家という雰囲気が漂い、そこがまた良い。だんだんと愛着のようなものが湧いてきてしまう。

「とにかく銀次さんのおかげで、衣食住は揃ったわ。明日から、また頑張らなくっちゃ」

めげてしまいそうだった所を助けてもらった。銀次さんには、本当に頭が上がらない。

さて、煮込んでいた豚大根はどうなったかな、と思って室内に戻ろうと思った時だ。

宿の本館の方で、それはもうびっくりするような爆発音がした。

「え、え？　何？」

流石に気になって、帚《ほうき》をその場に置いて、渡り廊下を渡って本館に向かった。

裏口から暗い廊下を渡って、フロントの方へ曲がった時、強い風によって何かのチラシが顔を覆った。『鬼門で桜祭り』なるイベントのチラシだった。

そのチラシを剝《は》ぎ取って、目前の光景を目の当たりにする。

フロントでは、板前の格好をした赤っ面の大男たちと、黒い翼を携えた鼻の高い天狗《てんぐ》たちが、酒瓶を投げたりダルマを投げたり風を起こしたり癇癪《かんしゃく》をおこしたりしながら、大げんかをしていたのだった。

「お止めください天狗殿！　板前長殿も‼」

土蜘蛛《つちぐも》の暁が、血相を変えて喧嘩《けんか》を止めようとしていたが、いかんせん数が多いので彼の声は届かない。

なぜ、こんな大喧嘩になってしまっているのか。そもそも、疑問はこれだ。

喧嘩の群れの周囲には、多くの仲居や下足番が、行方を見守っている。

「ねえ、これはいったい、どういう事なの？」

一番側にいた、たれ目の女の子の仲居に尋ねた。彼女は私を見ると少しだけびっくりしたのか狸のしっぽを出したが、すぐにひょうきんな様子で語り始める。

「あのね、今日は天狗様方の宴会が、ここ天神屋で催されていたのだけどね、うちの料理がつまらない、全部取り替えろって、天狗のご隠居様が怒って、御膳をひっくり返してしまったの」

「それは酷《ひど》いわね」

「まあ、酔っぱらってた、ってのもあるんだろうけれど、無茶なクレームってやつだよね。でもそこで謝り倒して取り替えていれば、こんな事にはならなかったんだけど、うちの板前長もプライド高いからさあ。ぶち切れて言い合ううちに、フロントにまで飛び出して大喧嘩だよ。ダルマと天狗の戦争だよ戦争。明日にはうちのお宿、瓦礫《がれき》になっているかも」

軽い口調で、暢気《のんき》な事を言う狸の仲居だ。しかしこのままでは、確かに宿は大変な事になりそうだ。

今度は花瓶が飛んできた。私たちは「きゃあ」と伏せる。

「こ、こんな事になって、大旦那様はいったい何をしているの」

「今、若女将《おかみ》が大旦那様を呼びに行っているよ。きっともうすぐ来て、この場を収めてくれると思うよ」

「天狗たちを追い出すの？」

「うーん、それはどうだろう。明らかに天狗たちが悪いんだけど、厄介なのは、天狗の長もまた八葉の一角で、西の砦《とりで》である朱門山《しゅもんざん》を守っているんだよ。立場的には、うちの大旦那様とどっこいなんだよね」

「天狗は偉いあやかしなの？」

「そういう事だね。だから、あの番頭様も怒りを抑えているってわけ」

狸の仲居の言うように、確かにあのキレやすい土蜘蛛が、わなわなしつつも手を出していない。この事態を見守ることしか出来ていない。

「天狗たちはお得意様だし、気前も良いし、色々な取引先でもあるからさあ。修復不可能な仲になっても困る訳。ここは、大旦那《おおだんな》様を待つしかないね。大旦那様にも何とかできるかどうか分かんないけど」

「そんな……」

「だけど、うちも悪いっちゃ悪いのよ。料理はずっと変わらない味と献立でさ。うちの味が好きっていうお客もいるんだけど、飽きたって声も出始めていたからさ。クレームは時間の問題だったね」

狸の仲居は、転がってきたお土産用の饅頭《まんじゅう》を拾って食べていた。なんてマイペースな。

私は自分とはおおよそ関係のない争いを見守りながら、大旦那様はまだやってこないのかとハラハラしていた。

このままではお宿が壊れてしまう。本気で心配になった。

「この腐れダルマが‼　死ねっ、死ねっ」

「外道天狗は地獄に堕《お》ちろ！　二度とここへ来るな‼」

「脳味噌《のうみそ》筋肉のデカ物め！」

「その長い鼻をへし折ってやるぞ！」

あやかしたちの言い争いは声が大きくて地鳴りの様な響きがある。

「あいたっ」

こつーんと、音がした。私の額に、手まり程の大きさのダルマが当たったのだった。

板前たちがゴロゴロと転がすダルマの置物のせいだ。

フロントでは旋風とダルマの置物がかなりカオスな塩梅《あんばい》で、まるで煮込まれたスープをかき混ぜた時のように、天高く渦巻いている。

「あんた大丈夫？」

「いたた……酷いわよ、もう」

「あらあら、おでこから血が出てるよ。人間って、本当に脆弱《ぜいじゃく》なんだねえ」

たいした怪我でもなかったが、額からは血が流れていたようだ。

狸娘は心配しているのかしていないのか、適当に教えてくれたが、そんな時に廊下の向こう側から大旦那様がやってくるのが見えた。

側には雪女の若女将と、初めて見る一つ目の、髪をキツく結った中年女性が控えている。

「わあ、女将様もいる！」

狸娘は途端に化けの皮を全部剝がし普通の狸となり、震えながらその場で頭を下げた。

なるほど、あの一つ目が、皆が怖がる女将か。確かに凄《すご》みがある。

大旦那様は私に気がついて、僅《わず》かに驚きの表情を見せた。私が髪に挿している簪《かんざし》に気がついた様だった。しかしすぐに、冷ややかな視線で私を見下ろす。

私は、額からたらたら血を流したままだ。

「まあまあ、なんてみっともないのでしょ。大旦那様の御前だと言うのに頭も下げないで」

「きっとお育ちが悪いのですわ女将様。人間の娘だもの、仕方がなくってよ。しかも何その血。お化粧？　地味女が間違った化粧をする事程滑稽《こっけい》な事はないわね」

女将と若女将が何か言っていた。

私はむっとしつつも、その場に正座して頭を下げようとする。

「そんな事はしなくて良い。この状況で」

だけど大旦那様は冷たい声で、私が頭を下げようとするのを止めさせた。

大旦那様はすこぶる機嫌が悪そうだ。先日の、身震いするような冷淡な視線を思い出させる赤い瞳《ひとみ》を、私はやはり、怖いと思ってしまった。

女将は渋い顔をする。

「まあ大旦那様。それは甘いというものですよ。従業員の躾《しつけ》はしっかりなさいませんと」

「女将。こいつはまだ、うちの従業員でも何でもない。うちに借金を抱えた、迷惑な人間の娘というだけだ」

大旦那様は容赦なく私を突き放す。出会った頃の印象とはどんどんかけ離れていく冷たい態度で、悔しくも唖然《あぜん》としてしまった。

「目障りだ、津場木葵。うちの者ではないのだから、揉《も》め事を興味本位で覗《のぞ》かれては困る」

「なっ。私は、ただ何事かと心配になって」

「ここから去れ。でなければ食うぞ。天狗に差し出しても良い」

大旦那様の冷たい言葉に、私が何も言えないでいると、雪女の若女将が喜々として「それは良い」と両手を合わせる。

「天狗は人間の娘が好きですもの。きっとお喜びになって、今回の事も忘れてくださるわ」

「…………」

額から流れる血が、ぽたっと、床に零《こぼ》れ落ちた。

「娘！　汚らわしい人間の血で床を汚すのではない!!」

一つ目の女将が私に向かって、怒鳴った。思わずビクッと体を震わせ、額を押さえる。

大旦那様はそんな私に何か言おうとしたのか、僅かに口を開いたが、結局何も言わずに口をつぐんで、渦中へと向かって行った。女将たちもそれについて行く。

私は、何だかもうぽかんとしてしまって、色々とどうでも良い気分だった。

ダルマと天狗の喧嘩の行方も、大旦那様がそれをどうやって解決するのかも、最初はとても気になったけれど、今はもう、果てしなくどうでも良い。

体の奥の方がとても冷たくなってしまって、ふらふらとした足取りで、その場から逃げるようにして去ったのだった。

多分私は、邪気に当てられ、血の気が引いていたのだと思う。

第四話　天狗の翁

「あたた……これは無様ね」

離れに戻り、座敷に座り込んで手鏡で顔を見てみたら、額からの流血が目の間から右頬を伝っている姿が実に滑稽だった。これは笑われても仕方がない。

他に手当てのしようもないので、私は持ち歩いていた絆創膏《ばんそうこう》をバッグから取り出して、一枚額に貼った。格好悪いけれど、流血は止まってくれる。前髪で一生懸命に隠した。

すでに、争いの音は聞こえない。

聞こえてくるのは、いつもの賑《にぎ》やかな祭り囃子《ばやし》だけ。

「大旦那様が上手《うま》くやったのでしょうね。どうやったのかは知らないけれど」

独り言でしかない。

おそらく私は、明日にはここを追い出されるのではなかろうか。そんな予感があった。

大旦那様や、女将、若女将をあんなに怒らせてしまったのだから。

「うーん……どうしましょう。沢山のお惣菜《そうざい》を作っちゃったわ。私一人じゃ、食べきれないのに」

カウンターの内側に回り、テーブルの上の、大皿に盛ったお惣菜を確認する。余り物の肉じゃが。豚と大根の煮物や、なす味噌炒《みそいた》め。そして、ごぼうの酢の物。作ったばかりのお味噌汁や、炊きたてのお米もある。

お昼に炊いた分は冷凍保存しようと思って、また炊き直した。無駄に炊いた感もある。それらを器に盛って、今夜は一人寂しくやけ食いと行きましょう。きっと銀次《ぎんじ》さんも、色々な後始末に追われているでしょうしね。

ぼんやりと、石盤レンジが熱せられ、おかずたちを温めているのを見ていた。

そんな時だ。

外で、ドサッと何かが落ちるような音がした。

何事かと恐る恐る外に出てみると、柳の木の根元に黒い塊が墜落したようで、柳の木の枝もいくつか折れて落ちている。慌ててそちらに向かって、その黒い塊を覗《のぞ》き込む。あやかしだと分かっていたけれど、うなり声を上げて苦しそうだったから。

「あら……天狗《てんぐ》？」

それは、黒いぼろぼろの翼を背に携える、天狗のおじいさんだった。小さくて軽い、干《ひ》涸《から》びる寸前、みたいな。

もしかしたら、天神屋《てんじんや》で暴れていた天狗の一人かもしれない。泥酔していたようで、私は天狗のおじいさんを連れて室内に戻った。

座敷席の座布団を列《つら》ね、そこに寝かせる。

「何だかおじいちゃんを思い出すなあ……」

祖父も、よく旧友なんかと飲みに行って、一人酔っぱらって帰って来る事があった。

家に辿《たど》り着かずに道ばたで泥酔していることも多々あった。仕方がないなあと思いながら、おじいちゃんをおぶって家に連れて帰ったものだ。

思い出に耽《ふけ》っていると、天狗のおじいさんはゆっくりと瞼《まぶた》を開ける。

ぱちぱちと瞬きをした後、私を見つけた。

「ここはどこじゃ……わしは……あいたたた」

「おじいさん、おじいさん、大丈夫？　お水を飲む？」

「……誰だ、お前は」

小さなおじいさんの上半身を起こして、用意していた水を飲ませた。高い鼻が微妙に邪魔だけど、なんとか。

おじいさんは、今度は自分の力で起き上がり、前のめりになった。

「ここはどこじゃ」

「ここは、天神屋の離れよ。おじいさん」

「なあに〜天神屋だとお〜」

おじいさんは天神屋の名を聞くと、目をも真っ赤にする。この様子だと、やはり先ほど暴れていた天狗の一人に違いない。周囲に風がふいたので、私は慌てて言い足した。

「だ、だけど、ここには私しか居ないわ。ここは天神屋に見捨てられた場所だもの」

「……何？」

「ねえ、おじいさんお腹が空《す》いていない？　作り置きだけど、お惣菜が沢山あるの。ああ、でもお米は炊きたてよ。私も夕飯にしようと思っていたから」

「…………」

「天神屋ではお食事しなかったのでしょう？」

おじいさんはぐうと腹を鳴らした。それが返事のようであった。

私がクスクスと笑ってしまうと、おじいさんはぎろりと、その血走った眼で睨《にら》んだ。

「何がおかしい」

「いえ、ね。私の祖父も、酔いつぶれて寝てしまった後、とてもお腹をすかして起きるの。思い出しちゃったわ」

これは本当の話だ。祖父は酔ってしまうとどうしようもなくなるが、つぶれて眠ってしまうと、起きた後にとてもお腹をすかせている。

しかし天狗のおじいさんは座布団の上であぐらをかいて、腕を組んで偉そうにする。

「ふん。わしを誰だと思っておる。小娘の作った飯なんぞ食えるか！」

「……そうよね。天神屋のお料理ですら、お口に合わなかったんですものね」

「…………」

「まあ、カウンターに色々と出すから、気が向いたら箸《はし》をつけてちょうだい。私の夕飯のついでだから」

そう言って、私はカウンターの内側へ向かう。

お手拭《てふ》きと、お箸と箸置きを用意した。また、ごぼうの酢の物の小鉢も一緒に、おじいさんのいる場所から一番近い、カウンター席に並べる。

またカウンターの内側に戻って、今度は豚と大根の煮物を温め直す。鍋《なべ》がぐつぐつ言い始めると、良い匂いが立ちこめる。たまらずつまみ食いをする。

ああ、良い感じに大根に味が染みている。

「おい、娘」

そんな風に私がこそこそと味見をしていたら、天狗のおじいさんがキツい声で私を呼びつける。つまみ食いしていたのがバレたのかと思って、鍋の前で飛び上がってしまった。

カウンターから出ると、おじいさんはまだ座敷の座布団の上にいる。

「おい、わしをカウンターまで連れて行け」

要するに、この小娘におぶってもらって、連れて行ってもらいたいという事らしい。

何も言わずにおじいさんを背負った。そして、カウンター席に連れていく。

「ここで良い？」

天狗のおじいさんは席に着くと、熱いお茶を所望したので、すぐに持ってきた。ただ私が目の前にいると、料理に手を付けようとしないので、カウンターの内側に戻った。

こりこり、と音がし始める。

おじいさんが、ごぼうの酢の物に手を付けてくれたのだと分かった。

「おじいさん、豚肉と大根の煮物はいかが？」

「………」

「少しだけ用意するわ。良かったら食べてね」

偏屈なおじいさんの相手は慣れている。だいたい、この手のおじいさんが何も言わなくなったら、こちらの思うままにやって良いという事だ。ダメな時は本気で拒否するもの。

カウンターの内側から、ひょいと顔を出して、豚大根を入れた器をおじいさんの前に置いた。豚バラ大根は、ごま油で具材を炒《いた》めて、だし汁と醬油《しょうゆ》とみりんで煮込んだもの。

現世《うつしよ》でもあやかしに料理を作る際、甘めで薄味の好きな彼らが、高確率で喜んだおかずでもある。お酒の席でもないので、白飯も用意する。お味噌汁も。

またしばらくカウンターの内側に引っ込んでいたが、「おい」と声がかかったので、はいと出て行く。

「足りんぞ。他におかずはないのか」

「……肉じゃがと、なすと味噌の炒め物があるのだけど、少し重いかしら」

「よい。全部出せ」

相当に腹が減っていたのだろうか。おじいさんの癖に、結構食べる。

「ごめんなさいね。ここにあった食材で、お腹に溜《た》まりそうなおかずばかり作っていたから。もっと他に、色々と用意していれば良かった。私だけで食べるつもりだったから
……」

用意をしながら一人で喋《しゃべ》っていると、天狗のおじいさんは私に名を尋ねた。

「お前、名は？」

「私は、葵《あおい》よ。津場木《つばき》葵。人間なの」

「津場木？　人間？」

「そう。隠世《かくりよ》に人間がいるのって、割とおかしな事なのかしら。ああ、でも私を食べようだなんて思わないでね。ここに料理はあるのだから」

温め直した肉じゃがと、なす味噌を、焼き物の小鉢に盛って出す。

おじいさんは、カウンターから顔を出した私の顔をじっと見つめていた。

「ん？　どうかした？　私の顔に何かついている？」

「お前……もしや、あの津場木史郎《しろう》の娘か？」

二度程瞬きした。まさかこんな所で、祖父の名前がでてくるとは思わなかった。

私も天狗のおじいさんを見つめる。今までの警戒した視線とは違って、どこか懐かしいものを見る様な瞳《ひとみ》だった。ふっと、笑みがこぼれる。

「少しだけ惜しいわね。私は津場木史郎の孫よ」

「ほお、孫娘か」

「ええ。私のおじいちゃんを知っているの？」

「知っているとも。ああ、よく知っている……」

天狗のおじいさんは天井を見上げて、思い出に浸る様子で、しばらく黙り込んだ。

そして、がははははと大声を出して笑うのだ。

「そーか、いよいよ、孫娘が。あはははは」

「お、おじいさん？」

「わしの名は松葉《まつば》じゃ。松葉様と呼べ、葵」

「じゃあ、松葉様」

そんな風にはっきりと、様付けで呼べと言われると、素直に呼ぶ他ない。

確かにこのおじいさんはなかなか偉そうな天狗だ。いや、天狗は天狗というだけで偉いのかもしれない。

松葉様はもう、私の前で料理を食べる事を何とも思わず、白飯を口いっぱいに掻《か》き込んで、またおかずを頬張っていた。美味《おい》しそうに食べてくれる元気なおじいさんで、その様子を見ていると、やはり自分の祖父を思い出す。

「どうかしら。お口に合う？」

「ああ、実に、母を思い出す味だ」

「松葉様にお母様がいるの？」

「当然だろう。あやかしとて母から生まれるものもおる」

そうなんだ。あまり想像がつかない。

「松葉様みたいな立派な天狗は、こんな家庭料理ではつまらないんじゃないの？」

「……いや……たまには良い」

松葉様はおかずのお碗《わん》を持ったまま、物思いにふけっている。

本当にこんな人が、天神屋のフロントで暴れていたのだろうか。

「ねえ。天神屋の料理は、天狗のお口には合わなかったの？」

私は思い切って尋ねてみた。松葉様は何を思い出したのか、口を曲げて顔を歪《ゆが》める。

「ふん。単に飽きただけじゃ。天神屋をよく使う我々は、いつも同じ料理では飽きる」

「そういうものなの？」

「ここの板前長は頑固な奴だ。ちっとも要望を聞き入れたりせん。食わせてやってるんだからありがたく食えという態度だ」

「……伝統の味があるのよ」

「だが飽きる事は仕方がない事じゃ。わしはそれを、素直に言っただけの事」

わしは悪くない、ふん、という様子で、松葉様は顎《あご》を上げた。

まあそういう事もあるのでしょう、と思うだけにした。何しろ私は部外者だもの。

「だが葵、お前の料理は嫌みがなくて、懐かしい。現世から伝来した料理ばかり。しかもあやかし好みの味付けだ」

「現世に行った事があるの？」

「勿論《もちろん》じゃ。天狗は人間の娘を好むからな。現世から娘を攫《さら》って嫁にする事も多々ある」

「え……」

それって誘拐じゃ……

松葉様は当たり前のように言ったけれど、流石にそんな事を聞くと、固まる。

腐ってもあやかしだ。

「わしの母も、人間の娘だったそうな。手料理は素朴で優しく、現世風じゃった」

ただ、松葉様のしわだらけの目元は、少しだけ緩んでいた。こんなによぼよぼのおじいさんでも、母の味を思い出すことがあるのね。

私は少しだけ、自分の母の事を思い出そうとして、やっぱり止めた。

私は母の味を思い出すだけで、体が震えてくる。母の味を知らない訳ではないけれど、それは決して無償に注がれる愛の味ではなく、欲しくとも与えられないものだったから。

そんな私の表情を見て、松葉様はゆっくりと語った。

「葵、お前は史郎によく似ておるな」

「……そう？　色々なあやかしがそう言うけれど、そんなに似ているかしら」

顔を上げ、何となく自分の頬を摘《つま》んだ。

おじいちゃんに似ていると言われると、私は少しだけ違和感を抱くのだ。血がつながっているのだから、全く似ていない訳ではないと思うけれど。

「なんと言うか、顔もそうだが、雰囲気と言うかな」

「そうなの？　私はおじいちゃんよりは落ち着いていると思っていたのに」

「がははは。違う違う、霊力が似ておるのじゃ」

「……霊力？」

更に意味が分からない。

あやかしが見えること以外に、自分に特別な力がある気はしないしなあ。

「史郎はむちゃくちゃな人間だった。単身で隠世に乗り込んできたくせに、多くのあやかしに慕われておったな。それ以上に多くのあやかしに命を狙われておったが」

「あはは。おじいちゃんらしいわねえ」

「わしも、一度だけ史郎に助けられた事がある。あれは五十年前のことじゃったか……奴がまだ少年とも言える歳だった頃、わしは酒に酔いつぶれ、隠世を横断する大甘露《だいかんろ》川《がわ》に落っこちたのだな」

「あらあら」

このおじいさん、同じような事を何度も繰り返しているのね……

そう思ったけれど、言葉にはせず心のうちにしまった。

「わしは何百年も生きた立派な天狗《てんぐ》であったが、何しろ天狗の鉄下駄は重くてのお。溺《おぼ》れるとあっけなく沈んでしまう。翼も濡《ぬ》れると重くなって飛び立てん」

松葉様は自分で自分を馬鹿にするように、ふっと笑った。

「史郎はな、釣り禁止の大甘露川で堂々と釣りをしとったんじゃ。わしが溺れているのを見つけると、脆弱《ぜいじゃく》な人の身でありながら川へ飛び込み、岸に引っ張り上げてくれたのじゃ」

「へえ。そんな人道的な事をする人間だったのね、私のおじいちゃん」

「いやいや。助けたからには何かくれ、と強請《ゆす》ってくるようなあつかましい奴じゃった」

「あ……そう」

やっぱり、おじいちゃんもまた、腐ってもおじいちゃんだった。

「それで、一体おじいちゃんに何をあげたの？」

気になって問うと、松葉様は首を振る。

「その時は何も持ち合わせておらず、後日、宝である団扇《うちわ》を与えようと約束した。史郎はそれで良いと頷《うなず》いたくせにな、しばらくあいつはわしの前に姿を現す事もなかった」

「へえ、現世に戻っちゃったのかしら」

「それは知らん。あいつは本当に自由人で、ちゃらんぽらんな奴だった。約束は守らず、だが目の前で起こった事は無視できない、その場その場で生きている適当な人間だったのだから」

「……それは、確かにその通りね」

その場その場で生きている、というのは、行き当たりばったりな祖父の生き方を軽妙に言い表していると感じて、私は何故か胸が熱くなる。

このあやかしは、本当に祖父を知っているのだと、改めて思ったからだ。

「あれからしばらく経った後に、あいつとは何度か出会ったが、約束事など忘れたと言うように、奴はわしからの礼を受け取ってはくれなかったな」

「ああ、多分本当に忘れていたのよ」

「そうだろうとも。あいつはそういう奴だから」

お酒の席でもないのに、松葉様は昔話を続けた。

おそらく、思い出が洪水のように溢《あふ》れてしまい、喋っていないと整理できないのだろう。

「わしは史郎が気に入っておった。隠世のあやかしの大半は、あいつをろくでもない人間だとか、あやかし以上に下衆《げす》で屑《くず》、と言っておったがな。それもまた愉快痛快じゃった」

「あ、あやかし以上に下衆で屑……」

間違っては居ない。現世でもあやかしたちにそう言われていた。

「史郎が天神屋に大きな借金をしてしまったのも、風の噂で聞いた。ろくでもない奴だ」

松葉様は熱いお茶を啜《すす》って、長く息を吐いた。

「それにしても、葵の料理は絶妙であるな。あやかし好みの味付けじゃ。わしの母は、こちらの好みの味付けを知るのに一苦労したと言っておったのに」

「おじいちゃんの好みの味とあやかしの好みの味が似ていたのよ。甘めで薄味で、あっさり風味な所」

いつもの通りに言うと、松葉様は僅《わず》かに顔をしかめた。

「ほお？　それは妙だな。昔、あいつは隠世の飯を、味が薄くて食えたもんじゃないと言っていたのをわしは聞いたがな？」

「え？」

「まあ……好みが変わる事もあるだろうて」

私が考える前に、松葉様は結論を出した。

いや、確かに歳を取ると好みの味付けが変わったりすると聞く。

祖父は、徐々にあやかしと似た舌になったのだろうか。それとも隠世の飯が懐かしくなったのだろうか……

元々そういうものだと思っていた私は、少しだけ混乱した。

「して、史郎は今どうしておる？　孫娘であるお前さんがこちらに来ているのであれば、史郎も来ているのだろうか。元気にしておるか？」

松葉様は実に楽しみな様子で、つぶらな目を輝かせた。まるで、少年時代のわくわくでも思い出したかのような瞳だ。だけど私は首を振る。

「いいえ。おじいちゃんは死んでしまったわ。歳も歳だったけれど、転んで死んじゃったのよ。あっけないものね……」

祖父が死んだと分かった後の、松葉様の沈んだ表情は、私にとって不思議なものだった。

誰もが祖父の死を喜んだのに、松葉様はそうではないようだ。

「……そうか。惜しい人間をなくした。あいつがあやかしであったなら、立派なあやかしになったであろうに」

「…………」

「人間とは、かくも脆弱な生き物じゃな。百年も生きられんとは」

物寂しさのある声だった。またぐっとお茶を飲んで、松葉様は難しい顔をしている。

その後、松葉様は酔いが冷めてしまったのか、ここには酒がないと知ると、「飲みに行く」と言ってふらふらと立ち上がった。そして、この離れを出る。

私は柳の木の下から、松葉様が上手《うま》く飛び立つのを見送った。

夜空にはやはり船が飛び交い、祭り囃子《ばやし》はまだ止まない。

そんな隙間を、縫うようにして飛ぶ松葉様。そのシルエットは、どんどん小さくなっていった。

不思議な来客だった。おかげで、自分の身に起こったやるせない出来事も深く考えずにすんだ。

松葉様の話によると、祖父はどうやら、単身で隠世を出入りしていたらしい。

いくら自由人と言っても、恐ろしくはなかったのかしら。寂しくはなかったのかしら。

もういない人間の事について考えても、答えはでてこない。

ただ、祖父は多くの者に嫌われていたが、ごく一部に深く愛されていた。それは、隠世でも現世でも同じ事だったらしい。

めちゃくちゃな所もあるけれど、ずーっと変わらず、祖父は祖父であったのだと思うと、やはり懐かしくて仕方がなくなる。

孫娘を借金のかたに、鬼の嫁にしてしまおうとした祖父。それは恨めしい限りだけど、懐かしく思う気持ちはどうしようもないものだ。

どうしようもないと思うついでに、祖父の借金もまた、どうしようもなく私の背負うべきもののような気がしてきたのだった。

翌日の朝、私はあやかしたちが寝静まったような明け方から起きだして、身の回りを整えた後、とにかく朝から残り物を沢山食べた。

昨日、天狗のおじいさんの松葉様がほとんど食べてしまったから、それほど苦労はしなかったけれど、綺麗《きれい》に食べてしまった後は、食器や調理器具を洗った。

この離れは良い所だった。壊されてなくなるのは悲しいけれど、天神屋の所有物なのだから仕方がない。ただ掃除をして、私が利用する前よりずっと綺麗にした。

「よし……っ」

何もかもが終わったのはお昼前。後はもう、この宿で働けないのであれば、外で働かせてもらえるように頼むしかない。

銀次さんに貰《もら》った、ここの従業員用の抹茶色の着物も着替えた。現世ではトレンドの薄水色のワンピースは、着物の後で着てみると、やはり薄手で軽く、全身がすーすーする。

「……あ、そうだ、かんざし」

私は、鬼の大旦那《おおだんな》様に貰った椿のつぼみの簪《かんざし》を思い出して、バッグから取り出した。

鳥居の下で出会った、鬼のお面を被《かぶ》ったあのあやかしが懐かしい。あれは本当に、この天神屋の主である、大旦那様であったのか。

あの時はまだ奥ゆかしく、腹が減った腹が減ったと、素直で可愛げもあったのに。

「ふん。いざとなったら、これを質屋にでも売りましょう」

それが良いと割り切って、簪をバッグの奥底に詰め込もうとして、でもやっぱり止める。

その簪は、カウンターの上に置いた。もし天神屋を出て行くのであれば、これはここへ置いて行こう。

離れから出て、一度背伸びをした。昨日よりずっと前向きな気持ちでいる。

また頑張って仕事を探そう。

「葵さん‼」

そんな時、本殿の裏口から銀次さんが出てきて、渡り廊下を渡っているのが見えた。

今は青年の姿で、天神屋の羽織を羽織っている。

「ああ、銀次さん。良かった。私、外でお仕事を探せないか大旦那様に……」

「外？　一体なぜ……って、いや、そうではないので！　葵さん、とにかくこちらへ来てください‼」

銀次さんは慌てていた。何がそんなに、穏やかな彼を急《せ》かしているのか。引っ張られるように本殿へ入り、長い廊下を急ぎ足で進み、フロントへ出た。

復旧作業の止まっているボロボロのフロントには、この天神屋の従業員たちが並んでいる。一つ目の女将《おかみ》も雪女の若女将も、番頭の土蜘蛛《つちぐも》も、ダルマの板前長も。他にも知らない幹部らしいあやかしがちらほら。何故か、昨日暴れまくっていた天狗《てんぐ》たちもいる。

私が来ると、一斉に注目が集まり、何事かと思った。冷や汗が凄《すご》い。

鬼の大旦那様が、私の元へやってきた。神妙な面持ちで、この赤い瞳《ひとみ》に見下ろされると、嫌な予感がしてくるものだ。

「葵、お前……天狗のご隠居様に、飯を出したな？」

ドキッとした。天狗のご隠居様って、もしかして、もしかしなくとも松葉様の事かしら。

もしかしなくとも、私は、やってはいけない事をしでかしたのかしら。

また怒られたり、キツい事を言われるのかもしれないと思って、身構えた。

「おおお、葵か。葵じゃあないか。昨晩は世話になったな」

その時、立派な山伏の着物を着た松葉様が、あやかしたちの群集の中から私に向かって声をかけた。天狗たちはざっと脇に並んで、松葉様の為の道を作っていた。松葉様は杖《つえ》をつきながら、フロントをつっきって私の元へやってくるのだ。

あれ、松葉様って、もしかしてめちゃくちゃ偉い人？　偉い天狗？　昨日はボロぞうきんみたいに、離れの柳の木の下に落ちてきた惨めなおじいさんだったんだけど。

「葵、葵、お前は倒れていたわしを健気《けなげ》に介抱し、美味《うま》い飯を食わせてくれた。わしはお前を気に入ったぞ、史郎の孫娘」

「そ、それはどうもありがとう」

「従って、わしはお前に、この〝天狗の団扇〟を与えようと思う」

松葉様は、立派な八つ手の葉っぱを、私に差し出した。正直、何これ別に要らない、とか失礼な事を思った。

ただ、その光景を見た天神屋のあやかしたちは、一斉に「えええええええっ！」と声を上げ、目をむいて飛び上がる。だって、あの鬼の大旦那様までもが、信じられないという様子で、驚きの目をしているのだから。

「ほら、受け取れ。本来は史郎のものだ。孫娘のお前さんが受け継ぐのは道理」

「え？　でも、良いの？　周りの反応を見るに、凄いものの気がするんだけど……凄いついでに、とてつもなく厄介な匂いがするんだけど」

「良いから。良いのだ」

松葉様は昨日の様子とは打って変わって、目尻《めじり》を下げ上機嫌である。

戸惑う私の手を取って、団扇《うちわ》を握らせた。

「聞いた所によると、お前は史郎の借金のかたとして、ここ天神屋にいるそうではないか。なんと勿体《もったい》ない。なんと哀れな。こんな場所で働くくらいなら、朱門山《しゅもんざん》へ来い。手厚くもてなすぞ。何ならうちの息子に嫁入りするが良い。さすればお前はわしの身内。借金はうちが払おう。天狗は人間の娘を大事にするぞ」

松葉様のとんでもない提案のせいで、天神屋のあやかしたちは再びざわめきたった。

私はというと、突然の申し出に、ただただ団扇を持った姿のままぽかんとしている。

鬼の大旦那様も何も言わず、目を細めただけだった。しかし銀次さんが慌てた様子で、松葉様の足下で跪《ひざまず》き、頭を下げる。

「そ、それはいけません。それはいけません松葉様」

「なぜだ、九尾」

銀次さんは松葉様にひたすら平伏していた。松葉様の立場というものが良くわかる。

「葵さんは、この天神屋の大旦那様のご婚約者でもありまして……」

「はっ。婚約者をあのような物置みたいな場所に追いやっておきながら、何をたわけた事を！　史郎の孫娘なのだぞ、わしの孫娘も同然じゃ‼」

「は、はい。誠に、その通りでして」

松葉様はがみがみと、銀次さんを叱った。私は慌てて銀次さんの前に立つ。

「松葉様、銀次さんは私の恩人よ。叱らないでちょうだい」

「……そうなのか？　葵がそう言うのなら……しかし、どうかうちにおいで」

松葉様は慌てて、優しい声で私を天狗たちの山へと誘う。だけど、私は笑顔で言った。

「あはは。何を言っているの。私、松葉様の申し出は受けられないわ」

松葉様も、その側にいた天狗たちも、さらには天神屋のあやかしたちも、私の素早い決断に、また驚いていた。後から「ええっ」とあちこちから声がした。

大旦那様は赤い瞳で私をジッと見つめている。何を考えているのかさっぱり分からない。

まあどうでも良い。私は再び松葉様に向き直った。

「松葉様が私の事を気にかけてくださって、本当は嬉《うれ》しいわ。だけど、松葉様になにもかもしてもらったら、私、何だか後悔しそうだわ」

「……なぜだ、葵」

「津場木史郎は私の祖父だもの。あの人のやらかした事は、私が何とかしたいわ」

我ながら、阿呆《あほう》な選択をしていたのかもしれない。だけどやはり、私は祖父の尻拭《しりぬぐ》いをしてしかるべきなのだろう。

たとえ、その為に祖父が私を引き取り、養ったのだとしても。

「それに私も、そこの鬼に、働いて借金を返すと約束したのだもの。勝手に破る訳にはいかないわ。……まあ、そこの鬼はそんな事どうでもよくて、さっさと借金を返してもらった方が良いのでしょうけれどね」

ひねくれた私の物言いに、宿のあやかしたちはぶーぶー文句を言っていたが、聞かない。

松葉様は残念そうにしている。あまりにがっかりした様子なので、見ていて申し訳ない。

「ごめんなさい。この団扇も貰えないわ」

手に持っていた八つ手の葉の団扇を松葉様に差し出す。

しかし松葉様はそれを、私の元にゆっくりと押し戻した。

「いいや、それだけは貰っておくれ。それは昔、史郎にあげると約束したものだ。だが史郎は約束を忘れ、これを受け取ってはくれなかった。葵が史郎の借金を背負うと言うのなら、必然的にそれは葵のものじゃよ。……〝約束〟はお前に引き継がれた」

「……約束」

ゴクリと息を呑《の》んだ。約束が引き継がれるというのは、どういう事なのだろうか。

これだけはなんとしても貰ってもらうぞ、と頑として言い張る松葉様。そこまで言うのなら、せっかくなのでありがたく貰っておこうと思った。

そもそもこの葉っぱ、何に使えるのか分かったものじゃない。

あ、魚料理の下に敷くとおしゃれでカッコイイかも……！

「鬼神よ」

松葉様はカツカツと鉄の下駄をならして、大旦那様の前に立つ。

小さな天狗のおじいさんと、背の高い鬼の大旦那様が並ぶと、なぜかハラハラとした。

しかし大旦那様はニコリと営業スマイル。

「なんでございますか、松葉様」

「婚約者と言うのなら、もう少し葵を大事にしろ。お前と史郎が様々な因縁を持っている事は知っておるが、だからといって孫娘に罪はなかろう。いじめるのではない」

「はて。特別いじめた覚えはありませんが」

「とぼけおって。全く……」

天狗はくるりと大旦那様に背を向けた。

「まあ良い。昨晩の事もあり、天神屋とはしばらく距離を置こうと思っておったが、葵の美味い飯に免じて、無礼は水に流そう」

「なんと。ありがたいお言葉です」

「……まあ我々もやり過ぎたしな。宿の修繕費も半分はこちらが持つ」

大旦那様《おおだんな》は松葉様に頭を下げた。他の従業員たちも安堵《あんど》した様子で頭を下げている。

一体何が何やら分からず、私だけはぼけっと突っ立っていた。

そんな私に、松葉様は孫でも見るように目尻を下げて言う。

「葵、お前の料理を食ったせいで、こんなにも元気になってしまったぞ。お前の料理を食べると力が湧いてくる。お前は、小料理屋でも開くと良い。わしが通おう」

松葉様はその場で身軽に飛び跳ねてみせた。

「え？　あはは。私の料理はしがない家庭料理よ。適当なご飯だもの、お店なんて無理よ」

私は松葉様の戯言に流石に笑ってしまったが、そこですかさず銀次さんが答える。

「そう！　そうですよ。葵さんはあの離れで食事処《どころ》を開くべきなのです。ねえ大旦那様、離れを壊すなどという決定を、どうかお取り下げください。そして、葵さんを料理人として雇い、新たなスタートを切るのです！」

「は？」

銀次さんまで、おかしくなったのかと思った。大旦那様まで何やら考え込んでいる。

さっきまで笑っていた私は、慌てて口を挟む。

「ちょっ、ちょっと、何を言っているのよ。私にそんなこと、出来っこないわよ」

料理好きと料理人は違う。そんな事は、私にも分かっている。だから拒否しようとした。

仕事は他に探すから、と。しかし天狗の松葉様まで、便乗して語る。

「それがよかろう。それならばわしは天神屋に来るたびに、あの離れに通おう。なんなら、店の名をつけてやっても良い」

「それはありがたいっ。松葉様はお客様の第一号ですので。天狗界のご隠居様が認めたとあれば、箔《はく》もつきましょう」

銀次さんはどんどん話を進める。彼の、潑剌《はつらつ》とした営業モードは凄《すさ》まじいものがある。

周囲のあやかしたちも、またざわつく。特に、この騒ぎを物陰から見ているダルマたちは見て分かる程、嫌な顔をしていた。

「あ、あの……あの、私、食事処をしきるなんてとても」

「いいえ葵さん。葵さんは私におっしゃいました。私の頼みなら何でも聞く、と！」

銀次さんはがしっと私の肩を掴《つか》んで、ニヤリと黒い笑みをたたえていた。

え？　いや、確かに何でもお願いを聞くと言ったけどさ！

「という訳であの離れでお料理を作ってください……これは、借金を返すチャンスでもありますよ？」

「…………」

逃げられない。逃げようもない。借金を返さなくてはならない手前、断れるはずもない。

私の頭の中は真っ白。

しかしそんな時、鬼の大旦那様が低い声で「待て」と言って、会話の流れを止める。

「勝手に話を進めるんじゃない。全ては僕が決める事だ。そうだろう、銀次」

「は……はい。おっしゃる通りです大旦那様」

銀次さんはハイテンションだったのを少しだけ収めて、大旦那様の前に頭を下げた。

「あの離れをどうするのかは、考えておこう。しかし今は待て。何しろ、天神屋のフロントの復旧が急がれているのだからな。宿が再開しない事には、どうしようもない」

慌てるなと言うように、ぽん、と銀次さんの肩に手を置き、大旦那様は私をチラリと見ただけで、天狗の松葉様の前に出る。

「松葉様、こちらこそ昨日の無礼をお詫《わ》び致します。ここでは何ですので、場所を変えましょう」

「はん。無礼のお詫びと言いながら、どうせ取引の話じゃろ。まあ良い。全部葵に免じて、受けてやる。あくまで、葵の為じゃ。お前はそこの所を、良く覚えておれ」

「ええ、勿論《もちろん》ですとも」

そんなやり取りの後、天狗の集団は女将《おかみ》に促され大会議室〝閻魔《えんま》〟へと消えた。天神屋の幹部たちもゾロゾロとその間へと吸い込まれてゆく。

天狗の団扇を持ったまま、私はあやかしたちの動きを見ていた。

「葵」

大旦那様が私の横を通り過ぎる際、私に声をかけた。私は思わず身構える。

「どこへ行こうとしていたのかは知らないが、天神屋を出る事は許さない」

「で、でも。私、外でお仕事を探そうと思っていたのだけど」

「離れで待っていろ。いいな」

ポンと、私の頭に手を置いた大旦那様。思いがけぬ事に、私はまたぽかんとする。黒い羽織の袖《そで》が頬をかすめ、通りすぎていった。

言われた通り離れで待機しよう。何だか疲れた。

あやかしたちの群れの進路方向と真逆に向き直ると、ジロジロと多くのあやかしの従業員たちが、私を見ている事に気がついた。

今までのものよりずっと嫌な視線もあるし、ただの興味本意の視線もある。ダルマの板前たちには、一際キツい視線を向けられていた。

要するに良くも悪くも、いっそう注目されてしまっていたのだ、私は。

「ふん、良い気になるなよ、人間の小娘が」

番頭の土蜘蛛《つちぐも》がすれ違い際に何か言ってきたが、意味が分からない。

意味が分からないまま、とぼとぼと離れへ向かう。暗い廊下にさしかかった時、二階への使われていない階段に座り込んで、饅頭《まんじゅう》を食べていた狸娘の仲居に声をかけられた。

「あの天狗《てんぐ》のじじいをたらし込むなんて、やるじゃん、あんた」

「……別にたらし込んだ訳じゃないわよ」

狸娘は饅頭を一つ、私に投げた。受け取って、じっとみる。

天神屋の焼き印のある美味《おい》しそうな饅頭だった。

「だけど、これで天神屋は、厄介な問題をあっさり解決した事になるんだよ」

「は？」

「実は昨晩、大旦那様は怒り狂った天狗たちをうちの遊覧船〝空閣丸《くうかくまる》〟に乗せてもてなそうとしたのだけど、どうしても機嫌を直さないご隠居の松葉様が、ひたすらに飲んで酔ったあげく、船から落っこちてしまったんだって。天狗たちは宴を切り上げて、慌てて松葉様を探したけれど、なかなか見つからなかったのよね。これって大変な事だよ」

「……なるほどね。だから、松葉様、あの場所に落っこちてきたのだわ」

昨日、松葉様が柳の木の下に転がっていた光景を思い出した。天狗が落っこちるなんて不思議な話ではあるけれど。狸娘は饅頭を頬張りつつ続ける。

「こちらとしてはもう、朱門山の天狗とは関係修復は不可能かもって話だったのよ。松葉様は天狗たちの大御所だからね。幹部たちは朝から会議ばかりだし、下っ端は荒れたフロントの修繕を行っていたの。宿泊客は北門から出入りしてもらっているんだ。それに今晩、天神屋は臨時休業なんだよ。予約客にも解約してもらったんだ」

道理で、この時間でも天狗以外のお客がフロントにいないと思った。

「まあ、そこに天狗たちがやってきて、あんたを出せって喚《わめ》くから。史郎の娘を出せ〜、津場木葵を出せ〜って五月蠅《うるさ》いのなんの。おかげでフロントの復旧作業も進まないしさあ」

「へえ。そんないきさつがあったのね」

しかし、残り物には福があると言うけれど、残り物の料理でそのような事になるとは露ほども思ってはいなかった。多分、今もまだ実感はない。

「ぼけっとしちゃってさ。あんたまだ立場が分かってないね」

「分かるわけないわよ。そんな事」

「うちの幹部たちは、あんたみたいな小娘に手柄を持って行かれて、きっと嫉妬《しっと》してるだろうね。特に事の発端である厨房《ちゅうぼう》のダルマたちはね。気をつけた方が良いよ」

「最悪じゃないのよ」

面倒な事になったら嫌だな、としか思えない。

「あははっ。でも、多分良い事もあるよ」

狸娘はぴょんと階段から飛び降りて、その茶色のおかっぱの髪を揺らして、私を通り過ぎて行こうとした。

「ねえ、あなた名前は?」

狸娘の仲居に名を聞いた。彼女はたれ目をニッと細めて振り返る。

「あたしは化け狸の〝春日《かすが》〟!」

元気よく名乗って、彼女はたたっと、明るい方へと急いで向かった。事情通だけど、良くわからない狸だなあと思いつつ、ぱくりとお饅頭をかじる。

その後は離れに戻って、座敷に腰掛け、大人しくしていた。

静かすぎる午後の暖かさに、思わずその場に寝転がる。畳の匂いはまだ新しく、それがまた、ホッとすると言うか、安心すると言うか。

私は目をつむった。ひとまず、息をつける時間があるのはありがたい。

静寂の中、畳の匂いだけをお供に、私はうたた寝をしたのだった。

第五話　かくりよの妖都

実のところ、昼寝はあまり好きではない。

いつもと違う時間帯に寝ると、嫌な思い出の夢を見る事がある。

自分にとって一番嫌な思い出は、暗い部屋の中で、ひたすらに母を待った孤独と空腹の毎日だ。

父を見た事はない。母は私を家に置き、いつもどこかへ行ってしまっていた。

いわゆるネグレクトという奴だ。

冷たいフローリングに転がって、お腹がすいたと思いながら、天井を見ていた。真っ暗な天井に何一つ楽しみや希望を見いだせず、泣く元気すらなかったのだから。

そう言えば、母が一週間も家に帰らない日があった。

あの時、私はある不思議なあやかしに声をかけられ、命を救われたのだった。

突然私の側に現れたそのあやかしは、物陰から姿を現さず、暗闇に真っ白な能面だけをぼんやりと浮かび上がらせ、私を見守っていた。

私はそんなあやかしに話しかけ、孤独を癒《いや》していた気がする。

あやかしもまた、私とおしゃべりをしてくれたし、毎日食べる物を分けてくれたのだった。

どんなあやかしだったっけ。

意識も朦朧《もうろう》としていたからか、会話の内容も、あやかしに貰《もら》って食べた物がなんだったのかも覚えていない。

当然、そのあやかしもお面を身につけていたから、姿形は良くわからない。

貰った食べ物がとても美味《おい》しかったという事だけ、今でも良く覚えている。

母が帰って来なくなって一週間後、何がきっかけだったのか、見知らぬ大人たちが私を迎えにやってきて、何もない家から連れ出した。

私は再び母と会う事もなく施設に入れられ、しばらくそこで過ごした。

施設に入ってからは、食べ物を分けてくれたあのあやかしと会った事はない。

最初こそ強く会いたいと思っていたのだが、やがて私は、あのあやかしの事も忘れざるを得なくなっていった。

施設であやかしの話をすると薄気味悪く思われ、いじめられたりしたからだ。

先生たちも、なぜ私が、誰にも見えぬ存在を主張するのか分からないようだった。

またあやかしたちと関わるせいで、周囲の子供たちに被害が及ぶ事もあった。だから私は、自《おの》ずとあやかしのことを遠ざけるようになったのだった。

施設もまた、私に孤独をもたらす場所だった。集団の中の孤独はより惨めだから。

祖父が私を、施設に迎えにきたのは、いつだったかな。

確か、小学二年生の時だ。

◯

ぞくっとしたのは、目が覚めた時、周囲が薄暗く夕方だというのが分かったからだ。

夢を見ていたせいもあり、暗い部屋というものがより恐ろしく感じた。暗い部屋で、食べる物もなく転がっていた時の事を思い出してしまう。

「起きたか」

ふと、声がした。何だか懐かしい声に思ったけれど、それは鬼の大旦那《おおだんな》様の声だった。

大旦那様は薄暗い中、カウンターに座って煙管《キセル》をふかしている。手には椿のつぼみの簪《かんざし》を持っていて、くるくると弄《もてあそ》んでいた。

大旦那様の瞳《ひとみ》の赤と、この椿のつぼみの紅の煌《きら》めきは、何だか似ている。

「私……寝てしまっていたの？」

「ああ。もう夕方だ」

私は起き上がって、ぼんやりとした。気分は微妙。嫌な夢を見たせいだ。

窓から外を見ると、ちょうど日が沈んだ辺りの、薄紫色の空が見える。

「魘《うな》されていたぞ」

「え、ほんと？」

「怖い夢でも見たのか？」

「……そんなのじゃないわよ」

嫌な所を見られてしまった気がした。大旦那様はしばらく煙管を吹かして私の事を見ていたが、立ち上がって椿の簪を懐に収めると、私の側までやってきて、手を引いた。

また、びりっとした痛みが、腕に走った。

「ちょ、ちょっと、離してよ。大旦那様、爪が長いから、腕を掴《つか》まれると痛いの」

「そうなのか？」

まるで自覚がなかったのか、大旦那様は不思議そうにしていた。

ぱっと手を離して、自分の手の爪を見ている。

「だが鬼は爪が長いものだ」

だけどすぐに開き直った。

「そうでしょうね。だけど、痛いものは痛いのだもの。見てよ、この腕の内側の柔らかい所。爪の跡があるでしょう」

まるで世にも奇妙なものでも見るように、大旦那様は私のみせつける腕の内側を見て、指の腹で撫《な》でて、言った。

「人間とは、脆弱《ぜいじゃく》だな。なんてやわな肉肌だ」

「そりゃあ、人間はあやかしではないからね」

おそらく、あやかしであればこんな事にはならないのだろう。

「葵《あおい》、今日の事はよくやったと褒めておこう」

「え？　何、いきなり」

「天狗の松葉《まつば》様の事だ。まさかお前の料理が、松葉様にあのように気に入られるとは思わなかった。さあて……行くか」

大旦那様は私に「ついてこい」と言う。寝起きで髪もぐちゃぐちゃで、おまけに現世風のワンピース姿なんだけど、大旦那様はかまわず来いと手招く。

どこへ行くのだろう。複雑な思いもあったが、大人しくついて行こうと思った。

「天狗の団扇《うちわ》は持っていた方が良いよ」

「なぜ？」

「なぜって。その団扇はお前の身を守る力になるだろうからな」

「……身を守らなくちゃいけない事があるという事ね」

げっそりだ。大旦那様はクスクスと笑って、意味深に瞳を細める。

「せっかく松葉様に貰ったのだから、持ち歩く習慣をつけたほうが良い。特別な団扇なのだからな」

「ふうん」

「実は、売ると史郎《しろう》の借金など返せる程貴重な物だ」

「えっと、じゃあ質屋に行きましょう」

「待て待て」

すたすたと先へ進もうとする私の襟元を、大旦那様は掴んで引き戻す。

「自分で史郎の借金を返すと、宣言していたではないか。松葉様の申し出も断って。僕はお前を見直したのにな」

「この団扇が私のものなら、これを売り払った金で借金を返すのは私の力によるものよ」

私は堂々とした態度で言い切った。

普通なら、いただいたものを売るなんて忍びないと思うのだろうが、必要ならば私はやる。こういう所が少し祖父に似ていると、自分でも思う。

大旦那様もそれを感じたのか、僅《わず》かに慌てていた。

「ま、待て。待て待て。少し落ち着け」

「私はさっきから落ち着いているつもりよ」

「ここはあやかしの世界だぞ。天神屋《てんじんや》を出て、人間の娘が一人でうろうろしていては、質屋に辿《たど》り着く前に取って食われるぞ。僕の後ろにいなさい」

大旦那様の態度が、昨日までとは少しだけ違う気がして、私は如何《いか》わしいものでも見るように、彼を見上げた。

「……何よ。昨日は食ってやるぞとか、天狗《てんぐ》に差し出すぞとか、言っていたくせに」

「脆弱な人間の体で、あやかしの争いに首をつっこもうとしていたからだ。僕が腕を掴んだだけで傷の出来る体だというのに、放っておけばすぐに死ぬぞ」

はらりと、大旦那様は私の前髪を払った。

あ、そう言えばと思って、額に手を当てる。昨日、ダルマの置物が額にぶつかって、怪我をした。

額に絆創膏《ばんそうこう》を貼ったダサい姿で、私はずっと過ごしていたのね。恥ずかしくなって、べりべりと絆創膏を剥《は》がす。

「まだ傷が治っていないのではないか？」

「血は止まっているもの。平気よ」

「そうか。ならば良い」

大旦那様の態度が昨日とは違うので、私は戸惑っていた。だけど素直に団扇を持って、大旦那様の後についていく。

ついて行った先に大鍋《おおなべ》がありドボンと落とされて鍋にされて食われてしまうかも、という妄想までして、縁起でもないので止めた。

何故か船に乗せられていた。

空を飛ぶ船だ。天神屋の紋の入った帆は赤い提灯《ちょうちん》で飾られ、通り過ぎる他の船よりずっと立派だと分かる。

船の上から下界の灯《あか》りを覗《のぞ》いて、さっきからはしゃいでいた。

「凄《すご》い！　高い!!」

「隠世《かくりよ》の移動手段である宙船だ。天神屋には宴会用の遊覧船や屋形船がいくつもある。これは小型の〝海閣丸《かいかくまる》〟。小型だが一番新しい遊覧船だ」

「素敵ね。私は高い所は好きよ」

大旦那様は、珍しくはしゃぐ私を眺めながら、「まるで子供のようだな」と言った。

夜風は気持ちよく、高い所から見下ろす世界は興味深い。

しかし最も驚かされたのは、初めて見た天神屋の全貌《ぜんぼう》だった。

「わあ、天神屋って、こんなに大きなお宿なのね」

天神屋の周囲は深い渓谷となっており、どこまでも闇に囲まれているように見えるのだが、賑《にぎ》わいのある正面大通りとは、岸を繋《つな》ぐ吊り橋で行き来ができるようだった。

天神屋の範囲は広く、また本殿は横にも縦にも広大だ。

本殿以外にも、無数の建造物が、天神屋の敷地には点在している。私のいた離れも、一番奥に見える。

赤い瓦《かわら》の屋根が複数の鬼火にライトアップされている。

「今日は臨時休業だから、少し地味だな。いつもはもっと、鬼火の演出が派手なんだがな」

「あれで地味なのね……」

天神屋の正面の吊り橋の前には、この宿が臨時休業である事に戸惑うあやかしたちが、たむろしていた。彼らに何かと説明をしている、天神屋の法被《はっぴ》を着た従業員たちもいる。

営業中の天神屋を、また上から見てみたいものだと思った。きっと、大いに賑わいを見せ、華やかで美しいのだろう。

天神屋から遠ざかったので、私は船の中でもうろうろしてみようかと思っていた時、船内から出てきた三人組に声をかけられた。

「葵様、お湯の用意ができました」

「え？　のっぺらぼう？」

この船にはのっぺらぼうの三姉妹も乗っていたようだ。三姉妹がうきうきした様子で私を担ぐ。彼女たちは相変わらず私を軽々持ち上げて連れ去っていくのだった。

「さあさあ、葵様。湯浴《ゆあ》みをいたしましょう」

「お化粧も直しましょう」

「髪も結い直しましょう」

三姉妹は口々に言いながら、衣服を引ん剝《む》いて船内の浴場に放り込み、体を洗ってくれる。私はまあ、贅沢《ぜいたく》な身の上だ。

気がつけば椿柄の美しい着物を着せられようとしていた。藍色《あいいろ》の下地に、真っ赤な椿の柄が映える。赤地の帯の柄までとても凝った、高級そうな着物で私は慌てた。

「ちょっと、どうしたのこの着物。こんなのを着ても良いの？」

「良いも何も、この着物は大旦那《おおだんな》様が葵様に贈られたものでございますよ」

お松《まつ》さんが帯を締めながら教えてくれた。私は目をぱちくりとさせる。

なぜあの大旦那様が私に高価な着物を？

尋ねようと思ったが、あまりに綺麗《きれい》な着物で、大鏡を前にその柄に見惚《みと》れているうちに、私はすっかり着物を着せられ、三姉妹は感激の声をあげた。

「まあ、とってもお似合いですよ葵様!!」

「大旦那様もお喜びになるでしょう」

「あのぶりっ子の若女将《おかみ》を唸《うな》らせるに違いない美しさです」

「これ、梅《うめ》！　本音でも漏らしてはなりませんよ」

またお梅さんがお竹《たけ》さんに怒られていた。と言うか、あの雪女の若女将、のっぺらぼうの三姉妹にとっても厄介な存在なのだろうか？

髪は横に上品にまとめられ、唇にはいつもより濃いめの紅をひかれた。

ひょい、ひょいと、大鏡の前で自らの姿を見て、我ながらまんざらでもないと思ったりした。可愛い柄の着物。嬉《うれ》しい。それは勿論《もちろん》。

「お気に召しましたか？」

「う、うん。まあ……」

あからさまに鏡を見て、くるくると着物姿を確認していたものだから、のっぺらぼうの三姉妹はクスクスと笑っていた。気に入ったのは一目瞭然《りょうぜん》だったようだ。

うーん……だけどこの着物、借金につけといて、とかにならないわよね。

「ほお。僕の見立ては間違いではなかったな。お前には真っ赤な椿が似合うと思っていた」

「わっ。ちょ、ちょっと、い、いつからいたのよ！」

大旦那様がいつの間にやら、大鏡越しに私を見つめていた。

私が熱心に着物姿を確認していたの、見られていたのかしら。

「お気に召してくれたようで嬉しいよ、葵」

ニヤリと、片方の口の端をあげて、目を細める。

私は顔を真っ赤にして、下唇を噛《か》んだ。何だか悔しい。

大旦那様は側に寄ってきて、袖《そで》の中から紅結晶の椿のつぼみの簪《かんざし》を取り出した。

「さあ、これも飾ってくれ。髪飾りがないと、せっかくの艶姿《あですがた》も少し味気ない」

そう言って、その簪を左側にまとめた髪に挿す。すっと頬をかすった大きな手に緊張しながらも、その緊張感に負けたくないかのように、私は少しだけ顔に力を込めていた。

「ほら、鏡を見てごらん」

私の肩を掴《つか》んで、くるりと体を反対側に回し、私は再び鏡に向き合った。

「…………あれ？」

ふと、気がつく。髪に挿された簪が、今までとは違う形をしている気がする。

「何だか、つぼみが膨らんでいない？」

最初は、普通の小さな椿のつぼみの簪だった。だけど今は少し膨らんで、花びらが開きかけている気がする。

「紅結晶は少しずつ動く。そのうちに大輪の椿の花になるよ」

「へえ。隠世には面白いものがあるのね」

「……最後は散ってしまうんだよ」

意味深に、大旦那様は後ろから顔を覗き込んで言った。私も思わず彼を見る。

「うそ。期間限定の簪なの？　これなくなっちゃうの？」

実の所、少しショックを受けた。あからさまに顔に出してしまった私に、大旦那様は顔を背けてクスクスと笑う。何が面白いんだ、と言いたい。

「気に入ってくれているようで、何よりだよ。しかしその椿の花が散り終わるまでが、借金返済の期限だ。まあ、頑張りたまえ」

いきなり告げられた、借金の返済期限。

私は目をむく。まるであの物語のようだと思った。

「何よそれ。まるで美女と野獣じゃないのよ」

「なんだそれは。僕らの事を言っているのか？」

「〝美女と野獣〟っていう、フランスの異種婚姻譚《たん》があるのよ！」

大旦那様はきょとんとしていた。そりゃあ、隠世のあやかしがフランスの物語を知っているとは思わないけれど、流石に私も自らを美女と評する程の図太さはないわよ。

でも、あれ？　この状況、微妙に美女と野獣の物語に似ている気がするわね。

保護者の失態で人間じゃない何かの嫁にされそうな辺り、かなり。

「団扇《うちわ》も、帯に挟んでいると良い。いつでも扱えるようにな」

大旦那様は　ひとりで勝手に唸っている私の背中の帯の所に、松葉様から貰《もら》った八つ手の葉の団扇を挟んでくれた。まるで、お祭りにでも行くようなスタイルだ。

お松さんが赤い鼻緒の漆下駄を履かせてくれて、私は完全に隠世風の和装姿となった。

「さあ、そろそろ着くぞ」

「どこへ？」

「甲板に出れば分かるさ」

大旦那様について甲板に出ると、海閣丸は既に下降し始めていて、下界には暖色の灯りがこれでもかとちりばめられた賑わった町が広がっていた。

天神屋付近の賑わいとは、ちょっとレベルが違う。

中央には天神屋よりずっと巨大な、空を斬るほど高い御殿があり、その付近には、やはり大型の建造物が、積み上がるように建ち並んでいた。

都は四方に巨大な赤鳥居を構えており、十字に切った大通りは宝石をちりばめたように輝かしい灯の道が出来ていて、上からはそれが良く分かる。

「わあ……凄い。ここはどこ？」

「ここは隠世の都。中央の建造物はあやかしの王の住む神殿だ」

「隠世はあやかしの国なのに、王様がいるの？」

「勿論。あやかしの王を妖王《ようおう》と言う。隠世の、異界と繋がる八つの土地を守る者を八葉と言うのならば、その八葉を束ねるのが妖王という話だ。何しろここは隠世の中心なのだから」

大旦那様は都の港に船を停めさせた。港と言っても海ではなく、妖都《ようと》の端にあたる黒い谷の岸に、船を繋いで停泊させるのだ。

都の南側の港には多くの和船が連なっていた。どれも空に浮く宙船だ。

「天神屋の大旦那様だ」

「大変だ大変だ。夜刊の記事に間に合わせろ」

天神屋の海閣丸はそれほど大きな船ではないが、帆に描かれた丸天の紋は、岸にいたあやかしたちの見物の的になっている。慌てふためくあやかしたちを見て、私は改めて天神屋の大旦那様こと、この鬼神がとても有名な存在なのだと思い知る。

じっと大旦那様を見上げてぼやいた。

「やっぱり、大旦那様は有名人なのね」

「そんな僕の妻になるのは、嫌かな？」

「さりげなく押してくるわね」

「さあ、葵。ここでは面をかぶっていないと、人間だとバレてしまうよ」

大旦那様は懐から、鬼のお面を取り出した。現世で初めて出会った時に、彼が身につけていた鬼のお面だ。

大旦那様はそれを私の顔に取り付ける。どうやら、人間だとバレると色々と厄介らしい。さて。海閣丸から降りて南の大鳥居から都に入ると、誰もがこちらに注目した。

大旦那様の後ろからちょこちょこついていく私を誰だ誰だと噂したが、こんな着物を着ているし鬼のお面を着けているので、人間だとはバレなかったようだ。

あやかしで賑わう夜の大通りを、中心の大御殿に向かって歩いて行く。

大通りには立派な店が連なり、下駄屋や呉服屋、劇場が特に人の出入りが多い。

特に人気だったのは〝硝子屋《ガラスや》〟とのれんに書かれた大きな店で、覗《のぞ》いてみると美しいガラス製品の店のようだった。特に食器を求めている客が多いようだった。

ガラスの表面にまるで絵巻のような彫刻が施されていたり、変わった切り込みがあったりと、現代日本でよく見られるガラス製品とは微妙に雰囲気が異なるが、ガラス製品がここ隠世の店に並んでいるだけで、それは特別洗練された最先端な製品のように思えた。

「ああ、この店は妖都切子の店だ」

「妖都切子？」

「隠世にも現世《うつしよ》から伝わってきた工芸品というものはある。最近じゃガラス製品と言えば隠世独自の妖都切子がうまれて、食器なんかが流行しているな」

「……へえ」

何だかこの和風の町に似つかわしくない洋風な雰囲気が漂う店で、ガラス特有のキラキラした透明感が、私には久しぶりのように感じられた。

「うちの宿の食事にも妖都切子の食器を取り入れたいと思っているが、厨房《ちゅうぼう》の連中が新しいものを酷《ひど》く嫌がるのでね。でも各部屋の装飾なんかには、飾り硝子を少し取り入れているんだ。風よけの為にガラス窓を張ったり」

「ああ、そう言えば〝大椿〟の客間に、大きな丸いガラスの窓があったわね。空を飛ぶ船がすぐ側を横切ったのが、よく見えたもの。今思えば、変わった造りをしていたわ」

店の中はお客でにぎわっていて入れそうになかったが、店頭に並ぶ妖都切子の食器を見るだけでも、巧みな工芸品であるのだと分かる。

春らしい淡い桃色の硝子に、桜の模様がつつましやかに切り抜かれている、オシャレなお皿。上から覗くと万華鏡のように複雑な模様をしていて、赤い提灯《ちょうちん》の光を反射させ、キラキラと輝く透明の鉢。しっとりとした青を閉じ込めた、麻の葉模様のぐい呑《の》み。

まじまじと見て、自分だったらどのような食器に、どのような料理を盛るだろうか、と妄想した。それだけで、なかなか楽しい。

特に万華鏡のような模様のある透明の鉢は、使い勝手が良さそうだ。

「欲しいものがあるのかい？」

大旦那様は、熱心に食器を見る私の肩に手を当て、後ろから覗き込むようにして尋ねた。

私はドキッとして、曲げていた腰を伸ばす。

「綺麗《きれい》だなって思っただけよ」

「どれがいいんだ。僕が買ってあげよう」

「えっ。な、何よ、何が目的なわけ」

今度はぎょっとして、思わず大旦那《おおだんな》様の方を振り返り、一歩後ずさる。

昨日の厳しい大旦那様の様子が忘れられない私には、大旦那様の笑みが怪しく、またとんでもなく胡散臭《うさんくさ》く思えた。

「変な勘ぐりをするな。お前には、天神屋を救ってもらった借りがあるから、お礼をと思っただけだ」

「い、良いわよ別に。私、たいしたことをしたつもりはないわよ」

「遠慮するな。葵は警戒心が強すぎる」

「タダより怖いものはないって言うでしょう」

ふんとそっぽ向いて、店先を離れた。大旦那様は後ろでクスクスと笑っていたけれど、一体何が面白いと言うのか。

「待て待て、先に行くな。僕の側にいなさい」

探るような視線で、隣までやってきた大旦那様を見上げる。

飄々《ひょうひょう》としているが、落ち着いた佇まいは人ごみの中でも、特別な存在感を醸し出していると思ったものだ。

カラカラと下駄を鳴らしながら、あやかしたちの賑《にぎ》わう夜の大通りを、大旦那様についていって進んだ。

やっぱり、どこを見てもあやかしだらけ。

人間がいるとばれたら、私はどうなってしまうのだろうか。

「……？」

そんな事を考えていた時、ふと、どこからか視線を感じた気がした。

振り返ってみるが、そこには自分を意に介さないあやかしばかりが行き交っているだけで、視線の正体は分からない。

足止めを食らっているうちに、大旦那様は怪しげな店に入っていくので、私は置いていかれては困ると慌てた。慣れない下駄のせいで、急ぐと転びそうだ。

「ちょ、ちょっと待って」

「僕の側から離れてはいけないと、さっきから言っているだろう？　ぼやっとしていたら、迷子になってしまうぞ。僕から離れたあかつきに人間だとバレたら、それこそここでは大騒ぎになるだろう。最悪食われてしまうかもしれないな」

大旦那様はくすくす笑って、私を手招きした。そこは、黒い漆塗りの壁がお洒落《しゃれ》な、蔵造り風のお店の前だった。

「……臓物料理〝鬼に金棒〟？」

「ああ、鬼が好む臓物料理を出す、知る鬼ぞ知る料亭だ」

「そ、臓物料理？」

本物の鬼にその言葉を聞くとゾッとする。大鍋《おおなべ》の血の中で、新鮮な人間の臓物がぼこぼこと煮込まれているような、恐ろしいイメージで頭の中がいっぱいになる。

もしかして私、ここで調理されて美味《おい》しくいただかれちゃうんじゃ……

「ど、どうして私をこんな所に？　まさか、私の事を〝持参した臓物〟とか言って、お店の人に捌《さば》いてもらうつもりじゃないでしょうね。まさか、それをあんたが食べるっていう事じゃないでしょうね？」

「あっはははははは」

私の言葉に、大旦那様は大笑いした。

「お前は面白いことを言うな」

「……警戒しているのよ」

ここまで笑われるとちょっと恥ずかしくなって、顔を赤らめる。

「お前には、ただ美味《うま》いものを食べさせてやろうと思っていただけなのだが。まあ、安心してついてこい」

店の中に入ると、鬼神が来るのを待っていたように、ずらりと料亭の従業員たちが並んでいた。皆深々と頭を下げていて、頭に鬼の角が生えている。

ここは鬼の料亭なのだ。店内は少し暗い雰囲気だが、高級な料亭である事は分かる。

二階の一番奥の個室へと通された。開け放たれた窓辺の席からは都の賑わいを見る事が出来る、特別な個室だ。

「面を取っても大丈夫だぞ。ここは僕の行きつけの店だ。事情は良く分かってくれている」

「そうなの？　あやかしたちに人間とばれないのは良いけれど、自分もあやかしになったようで、不思議な気分だったわ」

大旦那様に言われるまま、私は鬼の面を取った。よくよくそれを見ると、自分は実に恐ろしい形相のお面を着けていたのだと分かる。

「似合っていたぞ。流石は鬼の嫁となる娘だ」

「これが似合うと言われて嬉《うれ》しい娘は、人間には一人もいないと思うわよ」

大旦那様の褒め言葉に呆《あき》れつつ、私は席について、そわそわとし始めた。

臓物料理を食べさせてくれると言われたけれど、さて、どんなものか。

「……なんだ、もつ鍋じゃないの」

机の真ん中でぐつぐつ煮えたぎっている鍋は、ニラとキャベツ、牛モツを具材とした美味しそうな鍋で、現世でも人気な、いわゆるもつ鍋だった。

「臓物料理である事に変わりはない」

大旦那様はしたり顔だ。

「そりゃあそうかもしれないけれど、私はてっきり、血のしたたる見るもおぞましい料理かと思って、嫌な想像をしてしまったわよ。ああ、でももつ鍋かあ〜久しぶりで良いかも」

「好きか？」

「ええ！　おじいちゃん、福岡の博多《はかた》に行くのが好きだったから、よく連れていってもらったの。その時に豚骨ラーメンと同じくらい、もつ鍋を食べたわね」

生前、私を連れて日本全国を旅行していた祖父。特に九州にはよく赴き、福岡では博多がお気に入りだった。

「博多か……僕も、史郎が若かった頃、一緒に中洲《なかす》へ遊びにいった事があるなあ」

「……ふーん。まあ、あなたとおじいちゃんなら中洲もお似合いでしょうよ」

中洲とは博多の有名な歓楽街だ。川沿いに出店も多く、私は寒い冬休みに祖父に連れて行かれ、あつあつの豚骨ラーメンを屋台で食べた事を思い出す。

まあでも、今は目の前の、もつ鍋だ。漂ってくる醤油《しょうゆ》ベースのスープの香りに心ときめかせながら、頃合いを見て器を取る。

「私がよそってあげる。何、遠慮しないで。あ、私も食べるから。食べても良いのよね？」

「……お前に食べさせる為に、ここへ連れてきたと言うのに」

あきれ顔の大旦那様。だけど気にしない。大旦那様の分、そして私の分を装《よそ》ってから、私は「いただきます」と元気よく手を合わせた。一口目からプリプリのモツを食べる。

予想外にも、香ばしい香りと味に驚いた。

「わあ、凄《すご》い。このもつ、一度炙《あぶ》っているのね」

もう一つつまんで、よくよく見てみる。炙った焦げ目がもつの表面にある。

「炙りもつだ。一度炙る事で、余計な脂を落とすらしい」

「へえ。初めて食べたわ」

こりこりした歯ごたえの中に、汁を吸った柔らかい脂身の甘みが溶け出し、嚙《か》めば嚙む程味がある。唐辛子のぴりっとした風味がたまらない。

「……美味いか？」

「ええ！　びっくりだわ。ピリ辛だけど、甘い醬油ベースの味が、実にあやかし風ね」

「ああ……だからこの料理はあやかしに、特に鬼に好まれる」

「鬼ってやっぱりもつ料理が好きなの？」

「勿論《もちろん》」

「……じゃあ、大旦那様の一番の大好物はもつ鍋？」

「大好物？」

さりげなく、尋ねてみた。以前、銀次《ぎんじ》さんが、大旦那様の一番の好物は知らないと言っていたから、料理好きとしては何となく気になっていた。

大旦那様は少しだけ考えた。

「もつ鍋……いや、惜しいな。強いて言うのなら、若い人間の娘の生き血と臓物とか」

「聞いた私が馬鹿だったわ」

大旦那様はそれを本気で言ったのか、渾身《こんしん》のブラックジョークのつもりだったのか。

こちらとしては笑えないが、大旦那様としては何かが愉快だったようだ。

「僕はね、自分の一番の大好物を、今まで一人の女性にしか言った事がないよ」

「それって、あなたの恋人？」

「気になるかい？」

「いえ全然」

どちらかというと鍋に夢中であった。もつ鍋は、くたくたに煮た甘いニラとキャベツも楽しみだ。このにんにく風味が食欲をそそり、どれだけでも食べられそう。

「おや、一番の大好物を言ったら、僕に何か作ってくれるのかい？」

「そ、そんなつもりじゃないわよ」

「楽しみにしていようと思ったのになあ」

拗《す》ねた口調でわざとらしく言う大旦那様。本気でそう思っているのかどうなのか。

大旦那様ってつくづく訳が分からない。私も唇を尖《とが》らせる。

「どうせ、大旦那様にとっては、私の料理なんて大した事ないわよ」

「酷《ひど》いな。銀次には色々と振る舞ったのだろう。お前の料理を褒めていたよ」

「え、ほんと？」

料理を褒められて悪い気はしない。ましてや、銀次さんにと言うのであれば、何だか光栄だ。私はあからさまに嬉しそうな様子で顔を上げた。

「ほお……お前は、銀次に手料理を振る舞う事に抵抗はない訳だ」

大旦那様は何となく面白くなさそうに、片方の眉尻《まゆじり》を上げた。

「だって、銀次さんはとても親切で優しいでしょう？　誰かさんのおかげで、とっても惨めでひもじい思いをしていた時に、食べ物を持ってきてくれたんだもの」

「……食べ物を？」

「あ、これは秘密だったんだっけ」

ぽろっと言ってしまって、慌てて口を押さえたが、大旦那様は飄々とした様子。それ以上、特に聞いてくる事もなかった。

「あ、そう言えば、銀次さんは私の事を、ずっと前から知っているようだったのだけど……なぜかしら」

「お前は忘れているのか？」

「……え？」

「いいや……」

大旦那様《おおだんな》は、何かを誤摩化すように、開けた窓から見える賑わいに視線を逸《そ》らした。

私が、銀次さんの事を忘れているということかしら？

「箸《はし》が止まっているぞ。どんどん食べると良い」

「う、うん」

考え込む間もなく、料理が運ばれる。

もつ鍋の他にも、レバ刺しや酢モツなど。レバ刺しは新鮮で、臭みが少ない。特に気に入ったのは酢もつで、酸味が強い味付けなのだけど、少しこってりとしていた口の中がさっぱりとしてありがたい。

臓物づくしを満喫した。確かに美味しかったので、私は鬼を馬鹿に出来ないなと思った。

大旦那様曰《いわ》く、もつ料理は平安時代から日本に存在していたようで、またそれは、平安時代に現世へ行ったとある高名な鬼が、隠世より伝えたものだったとか……

本当かどうかはさておいて、鬼の臓物愛は分かったわ。

「失礼致します」

臓物に夢中になっていた所、襖《ふすま》の外から声がした。大旦那様が「入れ」と言うと、部屋の中に入ってきた者が一人。

それは、とても綺麗《きれい》な桜の柄の着物を纏《まと》った美女だった。

目元は赤い化粧で縁取られ、切れ長な目がより印象的。何より、明るめの朱色のふわふわした髪が、頭の両サイドで結われていて、鞠《まり》の髪飾りで飾られている。

誰だろう。色っぽいのに、春の小花のような愛らしさも感じられる。

「お久しぶりでございます。天神屋の大旦那様」

「ああ、元気にしていたかい、鈴蘭《すずらん》」

「おかげさまで。鈴蘭はまだまだ未熟な芸妓《げいぎ》ではありますが、精進しております」

「ますます美しくなった。都でも人気と聞く」

「そんな……大旦那様がこちらにいらしていると聞いたので、鈴蘭はいてもたってもいられず、勝手に来てしまいました」

「嬉しいよ」

二人の様子を見ながら、ひたすらにもつ鍋のニラを食べていた。

まさか、大旦那様の第二の愛人ではなかろうかと密《ひそ》かに思い始めていた頃、大旦那様は私の視線に気がついて、彼女を紹介した。

「葵、こちらは都でも人気の芸妓〝鈴蘭〟だ。番頭の暁《あかつき》の妹君でもある」

「えっ。あの、土蜘蛛《つちぐも》の？　嘘だわ」

「嘘ではない。本当の話だ」

食べる手を止めて、にこやかな鈴蘭を見て、何度か瞬きした。

あの三白眼の愛想のない兄と、目の前の可憐《かれん》な芸妓が兄妹《きょうだい》だとは。

「鈴蘭、こちらは津場木《つばき》葵。津場木史郎の孫娘だ」

「まあっ、史郎様の？」

大旦那様から祖父の名が出てくると、鈴蘭さんはパッと顔を上げて表情を明るくして、頬を染めた。嬉しそうな、懐かしいような、でもどこか切なげな表情だ。

「では、史郎様も隠世に？　私、ご挨拶《あいさつ》をしなければ」

「あ……おじいちゃんは、その」

「史郎はここにはいないよ。隠世に来ているのは、葵だけだ」

大旦那様は私の言葉を遮るようにして、鈴蘭さんにそう言った。私は口をつぐむ。

何となく、祖父が死んだ事は言わない方が良いのでは、と思った。

「そうですか〜……もうずっとお顔を見ていないので、お会いしたかったのですけど」

鈴蘭さんはシュンとして、いじいじと畳を人差し指でいじって、可愛らしい様子で眉《まゆ》を寄せた。その時点で、私はこの鈴蘭という芸妓が、大旦那様の愛人ではないと察する。

「ですが史郎様の孫娘様という事は、大旦那様のお嫁様なのですよね？」

「そうだ」

　鈴蘭さんの質問に笑顔で肯定する大旦那様と、険しい顔で否定する私。

　小首を傾げ、鈴蘭さんは不思議そうにしていた。

「この葵は実に頑固な娘でな。史郎の借金を自分で返すまで、嫁入りしないと言って聞かない。無職のくせに」

「無職って言わないでちょうだい。それに何だか話が変わってない？　借金を返すまで嫁入りしないんじゃなくて、借金を返すから嫁入りしたくない、が正解よ」

「こんな調子なんだ。素直に嫁入りしてくれれば、僕も苦労しないのだが……」

　まるで、わがままを言う子供に対しやれやれという調子で、大旦那様はため息をついて、鈴蘭さんにお酌をしてもらってお酒を飲んでいた。

「大旦那様が女性で苦労なさっているご様子は、とても珍しいですね」

「流石は史郎の孫娘という所だろう？」

「ええ。葵様は史郎様にどこか似ていらっしゃいますね。懐かしい感じがします……」

　じっと、懐かしむような様子で私を見つめる鈴蘭さん。目が合った時、ニコリと笑ってくれたので、私もつられて笑う。

　祖父を知っているあやかしは、皆私を「史郎と似ている」と言う。忘れやすいあやかしたちにとって、祖父はそれほどに心に残っている存在でもあるという事だ。

「ああ、そうだ鈴蘭。久々に君の三味線を聞かせてくれ。時間はあるかい？」

「ええ。そのためにここへやってきたのです」

鈴蘭は、背後に置いていた三味線を持って、部屋の隅に移動した。

その時、ひらひらと揺れる無数の羽衣のような飾り帯の影が、まるで蜘蛛の脚のように思えて、ハッとさせられる。だけど、恐ろしいという感じはしなかった。

三味線を奏で、歌い始める彼女の佇《たたず》まいは洗練されていて美しい。

すっかり惚《ほう》けてしまう。美味《うま》い飯を食べながら彼女の三味線を聞くのは、贅沢《ぜいたく》で、とても心地よい時間だと思った。


「ああ、美味《おい》しかった。やっぱり、美味しいご飯は最高ね」

「葵が美味そうに平らげてくれたから、連れてきたかいがあったよ」

店を出た私は、とても上機嫌だった。大旦那様もまた、飄々《ひょうひょう》と煙管《キセル》を吹かしながら、私の様子ににこやかでいる。

美味しいご飯を食べさせてくれたのは嬉《うれ》しい。だけど、昨日までの冷たい態度も覚えている私は、この鬼にどんな思惑があるのか、また考えてしまう。

「それにしても、鈴蘭さんはとても綺麗だったわね。もしかして彼女もあなたの愛人なの？」

私の質問に、大旦那様は眉を寄せた。

「愛人？　そんなはずがないだろう。鈴蘭は暁の妹だぞ。僕にとっては、それこそ孫娘のような存在だ」

「へえ。そういうものなの」

「そもそも、僕に愛人などいない」

「嘘よ。だって、若女将《おかみ》の雪女が、あなたの愛人だって噂が……」

「雪女？　お涼《りょう》か？　まさか」

そこまで言って、大旦那様は微妙な表情をしてから、何かを誤魔化すように小さく笑った。いかにも怪しい態度だったけれど、本心は全然読めない。

訝《いぶか》しげな表情で顔を覗《のぞ》き込むと、彼は何食わぬ顔をして、一度煙管を吹かした。

「……甘いものでも食べに行くか？」

「食べる」

いきなり提案された食後の甘味に、素直に頷《うなず》く。話を逸らされたのだろうが、こればかりは何も疑う事なく受け入れた辺り、私は本当にどうしようもない。

お面をかぶって、慣れない下駄で大旦那様についていくほかなかった。

「……あ」

そんな時、またしても強い視線を感じた気がした。大通りを少し歩き、沢山のあやかしが行き交う中での事。

私はとにかく、自分に向けられているあやかしの視線というものに敏感だ。そのおかげで、今でも命があると言って良いのだから。

思わず立ち止まって、振り返った。その拍子に、巨大な魚顔のあやかしにぶつかって、椿の簪《かんざし》が地面に落ちてしまった。

「あっ、簪が……！」

それを拾おうと慌てて屈《かが》むと、今度は勢い良くドンと背中にぶつかってきた子供のあやかしがいた。まるで突風のように、人ごみを分けて走って行く三、四人の子供だ。綺麗な風車を振り回しながら、きゃっきゃと声を上げて、そのうちに見えなくなった。

「あたた……散々だわ」

腰を押さえながら、起き上がる。簪は無事だったのだし、まあこんな人ごみで屈んだ私が悪かった。キョロキョロと辺りを見回して、私は徐々に青ざめる。

なぜなら、大旦那様が見当たらないからだ。

「まさか、はぐれちゃったんじゃ」

おそらく、この予想は的中しているのだろう。

どんなに大旦那様を怪しい奴だと思っていても、自分を知っている者が周囲に一人もいないだけで、途端に心細くなる。

ましてや、ここは隠世。あやかしの世界だ。

今はお面をかぶって、人間である事を隠す事が出来ているが、これがないだけで、私はこの世界の外れ者となる。あれだけ大旦那様に、はぐれるなと言われていたのに。

「ぼさっとしてんじゃねえ！」

立ち止まっている私に、大きな声で怒鳴ったのは、赤ら顔にひげ面の三つ目男だった。酒瓶を持ってふらふらしている辺り、かなり酔っぱらっている。

慌ててその場から逃げ、大通りの脇へ脇へと進み、人通りの少ない横道に入った。そこは怪しげな空気の漂う、裏通りだった。裏通りとは言え、ぽつぽつと提灯《ちょうちん》がぶら下がっていて、あやかしも少なからず行き交っている。

「これは良くないわね……良くない」

ぼそぼそと呟《つぶや》き、頬に汗を流しながら、私はこの迷路のような路地裏から抜け出そうと必死だった。しかし、進めば進む程、迷ってしまう。

周囲を囲む建物には鈍い色の霊みたいなのがぶら下がっており、通り過ぎる悪そうなあやかしたちが、ジロジロと私を見て小声で何かを言っていたり。

脇の小道にも大なり小なりのあやかしが、闇に隠れている。お面をつけていて良かった。

「あいたっ」

だが途中、思いもかけない所で転んだ。尻餅《しりもち》をついた所からひんやりする。

転んだ地面には円形の水たまりみたいな氷が張っていた。こいつのせいで転んだのだと分かった。おかげで背中にさしていた八つ手の団扇《うちわ》が抜け落ちたので、慌てて拾う。

立て続けに、不思議な現象が起こった。春の夜だというのに、私は正面から無数の雪玉をくらって、後ろに倒れ込む。その拍子で、身につけていたお面が外れた。

「氷？」

「人間だ……」

「人間の娘。美味そう」

お面の外れた私を人間だと知って、吸い寄せられるように寄ってくるあやかしたち。

やばいと思って、すぐに立ち上がり走って逃げたが、やはり慣れない下駄では逃げ足も遅く、奴らは遠慮なく人の足や腕に飛びついて、我先にとかぶりつこうとする。

これはまずい。これはやばい。

「ぎゃあっ、離して！　このチンピラ妖怪《ようかい》ども!!」

暴言を吐きつつ、とにかく無我夢中で暴れ、手に持っていた八つ手の葉の団扇をぶんぶん振るった。

すると、またしても思いがけない事が起こった。

ビュン、と強い旋毛風《つむじかぜ》が起こり、私を囲んでいたあやかしたちをみんな天高く吹き飛ばしてしまったのだった。彼らは悲鳴とともに上昇し、やがて星となる。

それは本当に一瞬の、つむじ風だった。最初こそ何が起こったのか分からず、私は自分の手に持つ八つ手の葉の団扇を、ただただ見つめる。

「…………」

はい。これはどうやら、風を操る凄《すご》い団扇のようです。

「この団扇のおかげで助かったわ。本当に食べられるかと思っちゃった」

苦笑いで額の冷や汗を拭《ぬぐ》う。

だけど、再びあの視線を感じた。

あ、まただ。また、やはりどこからか、嫌な視線を感じる。

急いでお面を再び顔につけて、私はスタスタと暗い路地裏を進み、曲がり角を曲がった。

ただ、ちょうど曲がり角を曲がった所で立ち止まり、壁際に寄って、待ち構える。

さっきからずっと私をつけている者を、そろそろ突き止めなければならない。

「わっ、きゃあああっ」

曲がり角を覗き込んだ所に、すぐに私の顔があったからか、その者は後ろに飛び上がる。

私は迷いなく飛びかかって、そいつがかぶっていた笠《かさ》を取り外した。

「あれ……あんた、雪女？」

その者は、なんと天神屋の若女将、雪女の〝お涼〟だった。

お涼は白い着物を少々乱し、地面に倒れている。

「な、なにすんのよ！　人間のくせに、なんて野蛮な女なの」

「それはこっちの台詞《せりふ》よ。あんた、さっき私の足下に氷を張ったでしょう。しかも、雪玉を飛ばしたわよね。お面が取れて、危うくあやかしたちに食われちゃう所だったわ」

「はん。人間なんてここらのゴロツキに食われてしまえば良かったんだわ。大旦那《おおだんな》様と二人きりで出かけるなんて、あなたには千年早くてよ」

「……そういう事ですか」

じとっとした視線をお涼に向けた。お涼は開き直った態度だ。

おそらく、この雪女は大旦那様と出かけた私に嫉妬《しっと》して、ここまでついてきたのだろう。

「もしかしてあんた、あの海閣丸に乗っていたの？　勝手に？」

「…………ど、どうやって来たのかは秘密よ」

「しらを切る気ね。と言うか、あんた、宿の仕事をほっぽり出してここへ来たの？　それって若女将としていけない事なんじゃないの？」

どきっとしたのか、お涼は慌てた様子で言い返す。

「あなただって、何にもしてないじゃない！」

「だって私は、あの宿の従業員でも何でもないんだもの～」

「こんな時だけ関係のないふりをして！　これだから人間の小娘は嫌いよ！」

「結構。私だってあやかしが嫌いよ」

こんな場所で、ぎゃあぎゃあと言い合っていた時だ。

自分たちのいる裏通りの奥の方から、「まて！」「逃がすな」などの荒い声が聞こえてきて、私とお涼は口喧嘩《くちげんか》をやめる。

暗い路地裏の一本道。その向こう側から、カランカランと足速な下駄の音が聞こえて、ある芸妓《げいぎ》が走ってこちらへ来ているのが見えた。

桜柄の華やかな着物を纏《まと》ったその芸妓に、私は見覚えがあった。

「鈴蘭さん⁉」

それは、芸妓の鈴蘭さんだった。彼女も私たちに気がつく。

「お、大旦那様は……大旦那様はいらっしゃいませんか？」

鈴蘭さんは青ざめた様子で私に縋《すが》った。追われているようで、体を震わせている。

路地の奥からは、「いたぞ！」とこちらを指差す追っ手のあやかしたちが見えた。

事情は分からなかったが、私はとっさに逃げなければと考え、鈴蘭さんの手を引いて、夢中で追っ手の反対側に走った。

いくつかの曲がり角を曲がって、建物の隙間の物陰に隠れ、しばらく息を潜める。

やがて鈴蘭さんを追っていた集団の足音は遠ざかっていった。どうやら撒《ま》いたようだ。

「大丈夫？」

息を整えながら、鈴蘭は「はい……」と頷いた。

「ごめんなさい。ここに大旦那様はいないの。私もはぐれたのよ」

「そうだったのですか……」

「一体どうしたの鈴蘭さん。誰かに追われているの？」

芸妓の着物は美しいが、とても重いのだろうと思わされる程何重にも重なっているし、羽衣のような帯が無数に飾っている。そんな姿の鈴蘭さんが、あのように急いで走っている様子は、やはり異常事態を思わせた。

ただ、鈴蘭さんは戸惑ってばかりで、何も言わない。

「ちょっと、よくも私を置いて行ったわね」

雪女のお涼が後から追いついた。彼女は空を飛べるようで、その白い着物を揺らして目の前にすとんと舞い降りる。

「鈴蘭を追いかけていたあやかしたちは、大呉服屋〝八幡屋《やはたや》〟の一反木綿たちよ。八幡屋って言ったら、南西の八葉でもあるし、金も権力もある老舗《しにせ》じゃないの。鈴蘭ってば、八幡屋の主人を怒らせる事でもしたのかしら？」

「……お涼さん」

お涼と鈴蘭さんは知り合いのようだった。

それでも鈴蘭さんは震えてばかりいる。とにかく私は、彼女を無事に家まで送り届けなければと思ったが、鈴蘭さんはその場から動こうとしなかった。

「私、売られたんです」

「え？」

そして、険しい表情で、鈴蘭さんは自分の状況を語った。

「ここ最近、贔屓《ひいき》にしてくださっていた〝八幡屋〟の若様に、しつこく言いよられていたのですが、さきほど芸妓屋に戻ると、ずっと信じてきた親父様に、八幡屋へ嫁ぐようにと命じられて……それがお前の幸せだって言うんです。私が嫌がっているのを知っていたくせに、きっと大金を積まれて、私を売ろうとしたのだわ」

ぐっと表情を引き締めて、鈴蘭さんは拳《こぶし》を強く握りしめ胸に当てていた。

「何それ、最悪じゃなーい。八幡屋の若様は甘やかされて育ったボンボンよ。女好きで、馬鹿息子で有名だもの。天神屋でも散々好き勝手してくれた事があるわよ」

お涼が嫌な事を思い出したように、顔をしかめた。鈴蘭は俯《うつむ》いたまま。

「芸妓屋はもう八幡屋の迎えが囲んでいたので、私は荷造りをするふりをして、自室の窓から飛び降り、死にものぐるいで逃げてきたんです」

彼女の表情は深刻だった。

何となく、私が勝手に解釈するに、鈴蘭さんは金持ち男にストーカーされていて、自分は嫌がっているのに周囲がくっつけようとする、みたいな感じかしら。

いや、もっと複雑な話なのかも。鈴蘭さんは、これで職を失う可能性があるのだから。

「なるほどな……」

どこからか私たち以外の声がして、ビクッと肩を震わせた。

私たちのいる細い建物の隙間の入り口に、立つ者がいた。

奴らに見つかったかと思ったが、それは黒い着物と羽織を羽織った、大旦那様に他ならず、鈴蘭さんは「大旦那様……！」と、少なからず安心を覚えたようだった。

私はというと、大旦那様に一こと言ってやる。

「あんた、今までどこに行っていたのよ。私の事を置いていって！」

「消えたのはお前だ。ふらふらとこんな路地裏の、更にこんな建物の隙間に隠れていては、見つかるものも見つかるまい。むしろこんな場所にいるお前を見つけたのだから、褒めて欲しいくらいだ」

大旦那様は淡々とした物言いだった。怒っているのだろうか。

しかし確かに、ふらふらとこんな所まで来てしまったのは私だ。もしかしたら大旦那様は、私を一生懸命に捜してくれたんだろうか？

まあそんな事はどうでも良い。

「あらら……ええっとぉ、じゃあ、私はこれで」

いや、どうでもよくなさそうなのが一人ここにいた。雪女のお涼だ。

彼女は袖《そで》で顔を隠しそそくさと退散しようとしていたが、目ざとい大旦那様に見つかる。

「……お涼か？　なぜここにいる」

「いや、その、あの」

「お前には天神屋の留守を言いつけていたはずだぞ」

雪女はちらちらと大旦那様の表情を窺《うかが》っていたが、すっかり閉口。

「まさかとは思うがお涼……お前、若女将《おかみ》の仕事を放り出してここにいるのではないだろうな？」

すっと、大旦那様の口調や、纏《まと》う雰囲気が冷たくなった。雪女はピクリとそれに反応して、何とも言えない表情をしている。

また大旦那様は、私の服や髪に雪がくっついているのに気がついたようだ。

これは、雪女が無数の雪玉を投げつけてきたときのものだろうけれど、私は何故かとっさに払い落とす。

「まあ良い。今は鈴蘭だ。……鈴蘭、八幡屋の連中から逃げているのだったら、ひとまず天神屋へ来ると良い。天神屋は安全だし、様々な話を僕がつけてあげよう」

「大旦那様、申し訳ありませんっ」

鈴蘭さんは大旦那様にそう言われて、やっと安心できたのか、ぼろぼろと涙をこぼした。

それほどまでに恐ろしい思いをしていたのだった。

大旦那様は鈴蘭さんに優しく声をかける。

「何を謝っている。お前はうちの番頭の妹。僕にとって、お前たち兄妹《きょうだい》は可愛い孫のようなものだ。孫娘が無理矢理な縁談を結ばれようとしているのに、黙っていられるはずもない。さあ、とにかく海閣丸へ戻ろう」

そう言って、宥《なだ》めるように鈴蘭さんの肩を抱き、私たちに目配せをした。

私は頷《うなず》き、後ろで小さくなっていた雪女のお涼に声をかける。

「さあ、あんたも帰るわよ」

「…………」

だけどお涼はすっかりへたれてしまっていた。大旦那様《おおだんな》に大目玉をくらったと自覚があるのだろうが、自業自得と言うものだ。

呆《あき》れたため息をつく。

「雪女、大旦那様に見つかる前に、天神屋に戻るつもりだったの？」

「う、うるさいわね。あなたには関係ないでしょう」

「まあ、その通りだけど……」

まるで、親が出かけている間の留守を任された子供が、黙って外に遊びにいって、それがバレた時のようだ。

雪女はさっきまでの高飛車な様子をすっかり消してしまっていて、今ではしょげて、肩を落としてしまっている。まるで溶けかけのアイスクリームみたいだと思った。

薄く雲のたなびく、夜明けの時間帯。

あやかしたちが活動を終え、そろそろ店も閉まり始める。私たちもまた、南の大鳥居を越えて、天神屋の船に乗り込もうとしていた。

「あ、いたぞ！　天神屋の海閣丸に乗り込もうとしている！」

そんな時、やはり八幡屋の連中に見つかった。

奴らは港で、鈴蘭さんが逃亡しないか見張っていたようだ。皆して白い長髪の、人の姿でいる八幡屋の連中だ。〝反〟と書かれた布で顔を覆っていて表情は分からないが、焦っている様子は動きで見受けられる。

大旦那様は出迎えをしてくれたのっぺらぼうの三姉妹に鈴蘭さんを預け、船内へ連れていくように言った。

私は船の前で悠然と立つ大旦那様の隣に立って、一反木綿たちをまじまじと見た。

「一反木綿って一枚のヒラヒラした布切れのイメージが強かったのだけど、人の姿をしているのね」

「あやかしは常に化けるものだ。どんなあやかしだって、人の姿を持っている」

「そういえば、あんたも土蜘蛛《つちぐも》も、銀次さんも、人の姿だものね」

悠長な会話をしていると、威勢の良い声が響いた。

「天神屋の大旦那殿。芸妓・鈴蘭を引き渡していただきたい。八幡屋の跡取りであるこの僕が、正規の手続きにより鈴蘭を貰《もら》い受ける事となっている！」

一反木綿たちの真ん中に立つ、いかにもぼんぼんと言うような、派手な羽織を着た若い男の声だ。白い長髪をなびかせて、強気な笑みを浮かべている。また彼の側には、酷《ひど》く顔色の悪いじじいやっぽいのと、手下みたいなのが沢山控えていた。

大通りにいた他のあやかしたちや、港から船に乗って帰ろうとしている優美な姿のあやかしたちも、何だ何だとこちらのいざこざを見物し始めた。屋根の上からカメラのシャッターを切ろうとしている奴もいる。

大旦那様はと言うと、ぴりぴりしている一反木綿たちに対し、営業スマイルで対応するつもりのようだ。

「これはこれは、いつもお世話になっております〝八幡屋〟の若君ではないですか。血相を変えてどうしたのです？　鈴蘭でしたら、うちの番頭の妹ですので、たまには兄妹水入らずの時間をつくってあげようと、天神屋に迎えることになっておりまして」

「しらじらしい！　いつもお世話になってるって、そもそも、天神屋はうちの反物をいっさい利用していないではないか！」

大旦那様の物言いに憤慨する、八幡屋の小柄なじじいや。

「天神屋は八幡屋の品物を取り扱っていないの？」

　横からこそこそと大旦那様に尋ねてみる。

「うちの浴衣《ゆかた》は主に〝紫樹衣堂《しきいどう》〟の品を扱っている。八幡屋は老舗なのだが、割高でな」

「あ、そういう事」

　天狗《てんぐ》の時とは違う。特別な取引先ではないのなら、あまり気にせず敵を煽《あお》る事が出来るようだ。

　大旦那様は再び営業スマイルで若君に言った。

「それに、若君。どうにも鈴蘭はあなたが好きではないようです。無理な婚姻を取り付けるというのは、少々自分勝手ではないでしょうかね？　うーん……僕が思うに、愛のない夫婦ほど空しいものはないのではなかろうか」

「なっ……なんだと！」

　怒りを露《あらわ》にする若君は、じいやに向かって、

「あいつ僕を侮辱しやがった。宣戦布告だ！　どうにかしてよ、じいや！」

　とわがままを言っている。

　だけど私は、大旦那様がドヤ顔で言ってのけた事に対して、ただただ「お前が言うな」と言いたくて仕方がなかった。いや、本気で。

　大旦那様は何食わぬ顔で、海閣丸を出すよう船員たちに指示をしていた。

え、私たち乗ってないのに、船を出しちゃうの？

「あっ、待て！　天神屋の船!!」

徐々に浮く海閣丸に対し、ずらずらと並ぶ八幡屋の一反木綿たちはどこからともなく用意した弓矢を構える。その矢の先端には油を塗った布でも巻いているのか、黄色の妖火《ようか》が燃え盛っており、そんな物騒なものを海閣丸に向けて放とうとするので、私は仰天した。

その矢は容赦なく海閣丸に放たれた。

わっと慌てて、大旦那様を盾にする。大旦那様は変わらない態度で立っていたが、目の前に飛んできた弓矢を、いとも簡単に片手で受け止め、ふっと息をふきかけ妖火を消し、ゴミのようにぽいと捨てたりする。優秀な盾だと思った。

だが海閣丸にはいくつかの火矢が命中し、帆は燃え始めている。

海閣丸だけでは無く、周囲の船にも火矢が及んだようで、あちこちで炎が上がっていた。

わあわあと、慌てるあやかしたちの声が聞こえる。

これは酷い。なんて迷惑な。人道的じゃないわ！

そう思ったけれど、そう言えば奴らはあやかしだった。

大旦那様はと言うと、まだまだ煙管《キセル》を吹かして余裕な態度だ。

それがまた、相手を刺激してしまったらしく、八幡屋はもう一度、火矢をこちらに向けて放つ準備をしていた。

今度の狙いは大旦那様の様だ。

このままだと私が危ない……私が！

「あっつ！」

はらりと舞い落ちた火の粉が、手を掠《かす》めた。ただその時、自分が手に天狗の団扇《うちわ》を握りしめていた事を思い出す。

一反木綿の弓矢隊は「放て！」と息巻き、再び火矢をこちらに放った。

私は迷う事なく大旦那様の前に身を乗り出して、八つ手の葉の団扇を思い切り振り上げ、強く力を込め扇《あお》いだ。

ビュウウッ、と突風が吹き荒れた。向かって飛んできていた火矢の火は一瞬で全て消えて、そのまま南の大鳥居を越すようにして飛んでいく。

ついでに八幡屋の一反木綿たちも数名、人の姿をしているにも拘《かかわ》らず軽々吹き飛んでしまった。用意されていた牛車《ぎっしゃ》もひっくり返っている。若君やじいやだけが、必死に柱に掴《つか》まっていた。

「おお、僕を守ってくれたのか、葵！」

「いや自己防衛よ」

大旦那様が嬉《うれ》しそうな声を上げたが、私は事実を述べた。

私は改めて、この団扇の力を思い知った。じっと団扇をみつめながらぼやく。

「ただの葉っぱに見えるのに、凄《すご》い団扇ね。私、これを魚料理の下敷きにしようとしていたのだけど、やっぱりやめるわ」

「そうだな。やめておいた方が良いだろう。超がつくほどのお宝だぞ」

大旦那様のつっこみはさておき。八幡屋の一反木綿たちは後ずさりしはじめた。

「あれは天狗の宝である団扇じゃないか」

「いったいなぜあのような小娘が……っ」

ひそひそと、驚きの声が聞こえてくる。野次馬をしていたあやかしたちだ。

やっと風が落ち着いた。一反木綿の若君は風に煽られ髪を乱した姿のまま、私を指差し怒鳴っていた。

「何をする小娘！　というか誰だお前は！　天狗なのか⁉」

「いや、誰だと言われましても」

私はただの人間の娘。ちなみに無職です。天狗でもありません。

だけど大旦那様は口元を緩ませた。私の腰を引いて堂々たる様子で宣言する。

「彼女は津場木史郎の孫娘、津場木葵。天神屋の大旦那である、僕の許《い》い嫁《なずけ》である」

「……は？」

何を言っているんだこの男は、と言いたげな表情の私。

大旦那様は宣言後、私を抱えたままバッとその場から跳躍し、勢い良く海閣丸の甲板に飛び乗った。心構えのできてないうちにジェットコースターに乗ったような心地だ。

裏腹に、港には妙な静けさが漂っていた。

だが、その静けさを破るような悲鳴に近い「えええええええっ‼」という声が沸き起こり、私は何事かと港を見下ろす。

「取りかじ〜取りかじ〜」

この場から我先にと逃げる、あやかしたちの遊覧船もある。

「なんてこった。隠世の終わりだ」

なぜか隠世の終わりまで予期し、頭を抱えて怯《おび》えている真面目そうなあやかしもいる。

「あの津場木史郎の孫娘が、天神屋の鬼神の嫁だってよ」

「これは凄い悲劇だね」

興奮を抑えられない様子で、この話題を酒の肴《さかな》に語り合う低級のあやかしたちもいる。

「もどれもどれ！　夜刊の記事をすり替えろ！」

「もう間に合いません。明日の昼刊でギリギリっすよ」

まるで大物芸能人のスキャンダルネタでも掴んだかのように、急いで大鳥居を越え、妖都の人ごみに消える記者風のあやかしたちもいる。

大旦那様の宣言は、それほどに衝撃的だったのだろうか。

あやかしたちは、天神屋の大旦那様と津場木史郎の孫娘との〝婚姻〟という事実に酷く驚愕《きょうがく》し、何故かとても恐怖し、騒ぎ立てたのだった。

「ねえ大旦那様。あやかしたちはなぜあんなに驚いているの？　大旦那様って芸能人なの？」

「芸能人ではない。天神屋の大旦那だ。まあでも、僕はこれで八葉の肩書きを持つ。それなりに権力があり有名だからね。隠世の各界のお偉いあやかしから、娘や孫娘をと、縁談話が舞い込んでくる事も多々ある」

「ふーん……それなのに、今までずっと、独り身だったの？」

訝《いぶか》しげに尋ねたが、大旦那様は自信満々に頷《うなず》いた。

「そりゃあそうだ。だからこそ隠世では、常々僕の花嫁が誰になるのか、噂されていたんだよ。権力者、特に八葉の肩書きを持つあやかしの婚姻話とは、隠世の民衆が興味を示すネタだからね」

「興味って……でも、誰も喜んじゃいなかったようだけど」

「はは、実に愉快な事じゃないか。突然の公表だったし、史郎の孫娘ときたもんだから、みんな驚いているのさ。多分最悪だと思っているんだろう」

「最悪？　どうして？」

大旦那様の口ぶりは妙だった。私は首を傾げる。

「それは……葵が〝史郎〟の孫娘だからだよ」

私の顔を覗《のぞ》き込み、ニヤリと笑みを作り、祖父の名を印象的に口にした大旦那様。

祖父はこの隠世にとって、そんなに影響力のある人物だったのだろうか。あやかしたちに、あんなに怯えられる程……

足下から上ってくる悪寒に気がつかないふりをして、私はまた下界を見下ろした。

八幡屋の一反木綿たちは、あやかしたちの騒々しさに揉《も》まれている。それが足止めとなり、これ以上は私たちの船に手を出す事も出来ずに、ただただ悔しそうに上昇する海閣丸を睨《にら》んでいた。

海閣丸はその帆を燃やしながら、ぐんぐんと上昇していた。

この船だって十分大変な事になっているのだが、そんな船の甲板に立ち、下々の騒々しさを見据えるこの状況は、とにかく訳が分からない。

大旦那様はもう下界の様子には興味はないようで、必死に帆の炎を消す船員たちに何かと指示を出していた。そんなこんなで、海閣丸の帆を燃やしていた炎は、船員たちの火消しのかいあってすっかり鎮火した。

美しい朝日が東から昇りくる。普通なら、隠世にとっても静かな時間帯だ。

だが、本日の隠世の都の夜明けは騒々しい。

何だか色々な事があった一日だったと思いながら、私は日の出の眩《まぶ》しさを前に、目を擦《こす》ったのだった。

後々に分かる事なのだけど、この事件の翌日、かくりよ都新聞では『鬼嫁あらわる』などという、いかにも勘違いされそうなタイトルが一面を飾ったようだ。

そのせいで私は、知らぬうちに〝天神屋の鬼嫁〟と噂される事となる。

第六話　雪女の若女将

海閣丸《かいかくまる》は帆を丸焦げにした以外に、特に大きな被害はなく、順調に天神屋《てんじんや》へと向かっていた。

鈴蘭《すずらん》さんと大旦那《おおだんな》様は、海閣丸の個室にて何やら話し込んでいる。

先ほどの、八幡屋《やはたや》の一反木綿たちについてだろうか。

私はその間、大部屋にあった異国風のベルベットのソファで、うつ伏せになってぐうぐう寝ていた訳だけど、午後のうちに天神屋へ帰り着いた。

正面玄関から天神屋に入るのは、実は初めてだったりする。

祖父の押し入れにあった写真は、ここで撮ったのだなと分かる。分厚い板に、趣のある墨字で『天神屋』と書かれた大看板は、目の前で見ると迫力があった。

「おお、フロントが綺麗《きれい》になってる」

中へ入ると、天狗《てんぐ》とダルマの大喧嘩《おおげんか》のせいでボロボロだったフロントは、すっかり元通りになっていた。

まだ本日の受付が始まっていない事もあり、ここには番頭の土蜘蛛《つちぐも》しか居なかった。

「お帰りなさいませ、大旦那様！」

土蜘蛛は大旦那様の帰宅に深々と頭を下げたが、頭をあげた所で一度ギッと私を睨む。

だが私を睨んだ所で、やっと土蜘蛛は隣の妹の鈴蘭の存在に気がついて、非常に驚いた表情をしていた。

「なぜ、鈴蘭がここに？」

「兄さん、私、大旦那様に助けていただいたのです。私、私、兄さん……」

鈴蘭さんは兄の姿にホッとしたのか、その場で泣き出してしまった。

土蜘蛛はらしくない様子でオロオロとし始める。何が何だか分かっていないのだろう。

だがこの空気の中、二階へ続く長い中央階段の上から、厳しく鋭い怒声が飛んだ。

「お涼《りょう》!!」

一つ目の女将が、額に筋を作って仁王立ちで立っていたのだった。大きな一つ目が充血していて、明らかに怒っているのだと分かる。

そう言えば雪女のお涼が、名を呼ばれて体をビクッと震わせた。私たちの後ろからひっそりとついてきていた雪女のお涼がいた。あまりに静かだったので、すっかり彼女の事を忘れていたのだけど、私も大旦那様も、彼女の方を振り返る。

雪女はばつの悪そうな表情をしていた。

「お前、どこへ行っていたって言うんだい！　こんな大変な時に替え玉まで置いて！」

叫ぶ女将の後ろから、お涼と同じような格好をした仲居が、「すみませんお涼様〜」と苦笑いで顔をのぞかせた。どうやらお涼は、この仲居を替え玉にして、宿から抜け出していたらしいが、簡単にバレたみたいだ。

従業員の野次馬が集まる中、一つ目の女将はお涼の前までずんずんとやってきた。

「も、申し訳ありませんでした〜」

お涼はとりあえず謝ったが、態度からはいまいち反省の色が見えない。

照れているのか頬は赤く、へらっとしている。

だけど、心なしかふらふらしている気がする。

怒られているのにしゃきっとしていないこの態度が、一つ目の女将を更に激怒させた。

「何なのその態度は！　お涼、あんたは見込みのある仲居だと思って、若女将に強く推薦したのはこの私です。それなのに私の顔に泥を塗るような事をして！　若女将としての自覚が足りないようだね‼」

癇癪《かんしゃく》を起こした女将はもう止まらない。甲高い声をキィキィ響かせ、お涼に指を突きつけ雷を落としている。

大旦那様は女将の喚《わめ》き声を制しつつ、お涼の前に立ち厳しい表情をした。

「お涼。いったいなぜ、お前は僕の言いつけを守らなかった。天神屋の留守を頼むと、僕は言ったはずだ。お前を信用して言いつけたんだぞ」

大旦那様の問いかけにも、お涼は何も答えない。大旦那様の前では適当な態度にはならず、しゅんとしているのだが、頑固に何も言わない。また、ぽっと頬が赤い。

私は知っている。お涼が私たちをつけてきたのは、私に意地悪をする為だ。あわよくば私を亡き者にしようと本気で思っていたに違いない。あやかしはそういう事を平気でする。

「そう言えば、僕は葵《あおい》の衣服に雪がくっついていたのを見たな……」

だが大旦那様の鋭い目は誤魔化せないようだった。お涼は瞬きもしないで固まる。

「この春に雪だなんておかしいだろう？　お涼、お前まさかとは思うが、葵に何かしたんじゃないだろうな？」

お涼はあからさまに、ビクッと反応をした。

しばらく言い訳を考えていた様だがチラリと大旦那様の顔を見て、誤魔化しは効かないと分かったのか、うわずった声で言う。

「わ、私はただっ、大旦那様が心配だったのですわ！　だって、そこの小娘は〝天狗の団扇《うちわ》〟を持っていたし、大旦那様に危害を加えるかもと……っ」

思い切り私の方を指差したお涼。だが、大旦那様は目を細める。

「この僕が、葵に危害を加えられる？」

「あ、いや……それは、そんな事はないでしょうけれど……でも、だって、仮にもそいつは、史郎《しろう》さんの孫娘なのだもの」

お涼はますます追いつめられ、だがまるで意地を張った子供のように、眉《まゆ》を寄せた表情をしている。そんな態度のお涼に、大旦那様はため息をついた。

「お前には、まだ〝若女将〟は早すぎたようだ」

「……え」

「お前には失望したと言って良い。若女将の地位は、今後任せられない可能性がある。処分が決まるまで、部屋での謹慎を命ずる」

大旦那様の下した処分に、誰もが、「おお」と驚きの声をあげる。お涼は瞬きも出来ずに固まってしまっていた。

スタスタとお涼の前から去る大旦那様に、土蜘蛛と鈴蘭さんが慌ててついていく。

私はその一部始終を横から見ていただけだった。別に雪女を擁護するつもりもない。ただいざこの場に置いていかれると、どうして良いのか分からない。

お涼を横目に見た。お涼はただその場に立ちすくみ、いつもは青白い顔を赤くしている。恥をかいたとでも思っているのだろうか。どこか様子がおかしい気がした。

私の落ち着ける場所は、やはりあの中庭の離れしかない。

そう思って、結局あの場所へと戻った。入り口は開け放たれており、カウンターの内側では若旦那の銀次《ぎんじ》さんが、せっせと何かをしていた。

ひょいと覗いた所、彼はどこからか確保した食材を大量に並べている。

「あ、おかえりなさい葵さん。大旦那様とは楽しいひとときを過ごせましたか？」

「楽しいも何も、さっきまで凄《すご》い修羅場だったのよ」

雪女の事を知らない銀次さん。作業をやめて、「えっ」と蒼白《そうはく》な顔を上げた。

「別に、私と大旦那様が修羅場だった訳じゃないわよ」

私はカウンターに座って、一部始終を語る。

銀次さんは驚きつつも、なるほど、と唸《うな》った。

「お涼さんは勝手な事をしてしまいましたね。確かに、昨晩は緊急休館日で、ほとんどの従業員は待機状態でしたけれど〝若女将〟の立場で、しかも大旦那様に留守を任されていながら、それを守らなかったのは悪い事です」

「留守を任されていなかったら、勝手に宿を出ても良かったの？」

「訳あって行き先を申請して出るのでしたら、問題ありません。大旦那様も都へ行っていましたし、何より接待や営業は重要な仕事の一つです。私も食材調達の為に、昨晩は市場へ出ておりました」

「接待……」

昨日のあれは、接待だったのか、何なのか。遠い目。

「ただお涼さんの場合は、宿に申請もありませんでした。何より葵さんに危害をくわえています。葵さんは大旦那様の許《いい》嫁《なずけ》。一従業員が葵さんに対し危害を加えるなど、あってはならない事です。謹慎でも軽い罰ですし、若女将の地位は剝奪《はくだつ》されてしまうでしょうね」

「そういうものなの？」

何だか色々と厄介な事になっているなと、私はカウンターに突っ伏そうとして、分厚い飾り帯が胸につっかえて苦しくなった。和装って大変。

私の唸り声が聞こえたのか、銀次さんはひょこっとこちらを覗いた。

「葵さん、お疲れでしょう？　少しお休みになったらどうですか？」

「ん？　海閣丸で寝ていたから、大丈夫よ。……というか、銀次さん。そこに並んでいる食材は何？　昨晩食材調達をしたと言っていたけれど」

カウンターの内側を覗くと、新鮮な食材が並んでいた。

「この場所は葵さんの食事処《どころ》になるのです。メニュー考案を始めなければ」

「それ本気で言っているの？」

「勿論《もちろん》です。私はいけると思っていますよ。これを見てください」

銀次さんは私の元までやってきて、鮮やかな紅色の飲み物を、白いお猪口《ちょこ》に注いで出してくれた。そっと持ち上げると、よく冷えているのが分かる。

「わあ、これお酒？」

「いえ、実はただの、さくらんぼ百パーセント果汁のジュースです。この周辺はさくらんぼの名産地となっています。このジュースもうちのお土産の一番人気の商品でしたが、昨日の騒動のせいで、フロントの土産屋が吹き飛んでしまいました。瓶に傷が入ったものは売り物になりませんから、葵さんに召し上がって頂こうと思って」

「へえ。……ああ、凄く良い香り」

匂いを確かめ、一口飲んで、驚く。濃厚なのにすっきりとしていて飲みやすく、キレのある酸味が特徴。

あ、甘めのジャムが入っている。それが喉《のど》を通るたびまろやかなアクセントとなる。

これは本格的なジュースだと、すぐに分かった。

「さくらんぼのジュースにさくらんぼの甘煮を落としているのです。両方とも、天神屋がお世話になっている、ろくろ首が営む果樹園の主力商品です」

「美味《おい》しいわねえ。お酒じゃなくて、濃厚なジュースっていうのも、素敵ね」

「ええ。この果樹園も、今まではそこまで果実ジュースに力を入れていなかったのですが、昨今飲酒率の低下により果実酒の売り上げが悪く、果樹園のオーナーが取り組んだのが、本格的な果実ジュースの生産ということだったのですね。これが大当たりしまして」

「へえ……現世《うつしよ》でも若者の飲酒率が下がって、ビールの売り上げが悪くなっているって聞いた事があるけれど、隠世《かくりよ》でもそうなんだ……何だか意外だわ。あやかしってお酒が好きなイメージだったんだけど」

「最近のあやかしはそうでもないですねえ」

しみじみ言う銀次さん。私はもう一口、ジュースを飲む。やはり美味《うま》い。

この果樹園のジュースでしか味わえない嬉《うれ》しさがある。

「以前は、ジュースは子供の飲むものだとバカにされがちだったのですが、酒の飲めない者も年々増加しているので、実はとても大きな市場だった訳ですね。大人も子供も満足できる本格的な造りをする事で、酒の飲めない者たちの受け皿になりました。また酒の飲める者もジュースは飲めるので、大ヒットに繋《つな》がった訳です。今流行《はやり》の妖都切子のグラスに注いで飲むとオシャレですし、果実の甘煮をちょっと垂らすだけで、また味を変えます。パッケージも嫌味がなくて、なかなか可愛いんですよ」

銀次さんはいそいそと厨房《ちゅうぼう》に戻り、さくらんぼジュースの瓶を持って来た。

細身の透明硝子《ガラス》の瓶で、鮮やかな赤を前面にアピールしている。和紙仕様のパッケージには「ろくちゃんのさくらんぼジュース」と、丸みを帯びた墨字で書かれ、さくらんぼのイラストが脇に添えられている。ジュースの赤も相まって、全体的に愛らしい。

確かにお土産屋にあると、気になってしまう商品だろう。

銀次さんは、そのジュースの瓶をカウンターにおいて、続けた。

「僕はこういう食事処を、ここに作りたいのです」

「と、言うと？」

「ものは良いけれど、お気軽で嫌味のない食事、という事ですね。天狗《てんぐ》騒動でも分かったように、天神屋の食事は良くも悪くもやや古くさく、高級で頑固すぎるのです。天神屋の料理は全て部屋出しですし、お気軽感を重視するお客様は、少し敬遠してしまいがちで」

「ああ……確かにね。お部屋に仲居さんが来ると、少し緊張するものね」

私も現世にて多くの宿に泊まってきた。祖父は仲居さんとお話をするのが好きだったので、お料理の部屋出しを好んだけれど、苦手な人も多いと聞いた事がある。

「最近は宿泊と朝食付きのプランが人気で、夕食は外で食べる者も多いので、この場所が、そういったお客様たちの受け皿の一つになればと思っています」

「なるほどね。でも、私の料理なんて、お宿にいるような本格的な料理人のものに比べたら、本当に大した事ないのよ。きっと比較されてしまうわ」

視線を落とす。これはやはり、どうしても避けられないだろう。

「その点は、宿の料理とメニューの傾向が被《かぶ》らないようにすれば良いのですよ。葵さんは隠世のあやかし好みの味を知っていながら、現世の家庭料理も沢山知っています。今、隠世も現世から伝来したものが流行などしていますし、僕はここの食事処を、新しい事に挑戦していける場所にしたいと思っています」

「新しい事？」

銀次さんが、思い入れのある様子でカウンターの木目を撫《な》でた。

「かつても現世から伝わった料理が隠世に浸透した事はありましたが、和食以外の料理はまだまだこちらに伝わっておりません。そういったものを隠世風にアレンジできれば、この食事処ならではの、良いメニューを提供できそうです。前に、葵さんが僕に作ってくれた、オムライスのように。……とても美味しかったですから」

いつものように、優しい笑みを浮かべる銀次さん。

彼の言う事は、私でも、何となく理解できている。

「じゃあ、例えば、どんなメニューがあると良いと思っているの？」

尋ねてみると、銀次さんは少しだけ考え込んで、ぼそっと呟《つぶや》いた。

「そうですね……カレーライス、とか？」

「ああ、なるほど。カレーかあ」

なぜ銀次さんがカレーライスをたとえで出したのかは分からないけれど、現世の食堂にはだいたいある、定番の料理と言えばその通りだ。

「私もカレーライス、大好きだしなあ」

「……そうでしたね」

「そもそも、隠世には、カレーライスってないの？」

「ない訳ではないのですが、まだブームにはなっておりません。でも、そのうち確実に波はやってきそうな料理だと思っていますよ。果実などを入れて甘口にするとより良いと思います。白米に合うものは、だいたい隠世で流行の兆しを見せます」

ニヤリと、いつもより少し計算高そうな笑みを浮かべた銀次さん。

これはあれだ。天狗のご隠居である松葉《まつば》様の前で見せた、ビジネスモードな銀次さんだ。

さすがは天神屋の招き狐……

「……そっかあ」

テーブルに肘《ひじ》をついて顎《あご》を支えながら、ぼんやりとお猪口を見つめた。

やはり、自分に食事処を開けるのかと真剣に考えると、あまりにも自信がない。

今まで作ってきた料理は、あくまで祖父の為の家庭料理だった。時にあやかしに振る舞う事はあったが、それは無償の行為であった。

お金を貰《もら》って責任のある食事を提供する。そこには、今までの意識では絶対に触れてはならない壁があるように思えた。

「ただ、大旦那《おおだんな》様の許可が下りなければ、どのみち食事処を開くわけにはいきません。多くの幹部の同意が必要になってくるでしょう。ですが若女将《おかみ》の件でしばらく大旦那様は慎重になるかもしれませんね。早々に、新しい若女将も決めなければならないでしょうし」

銀次さんは「こんな大事な時に」と肩を落としたが、すぐに気を取り直し、厨房に揃えられた食材について告げる。

「ここにある食材は、好きに使ってかまいませんので、メニュー考案などに利用してください。勿論、好きに食べてくださってかまいませんので」

「わあ、ありがとう。しばらくの食料になるわ」

「……メニュー考案ですよ？」

「わ、分かってるわよ」

銀次さんは念を押す様子で、そろそろ本日の受付の始まる宿の仕事に戻っていった。

静かになった離れの厨房で、並ぶ野菜や川魚、お肉、果物を見つめながら、私はふと、先ほどの銀次さんとの会話を思い出し、疑問を持った。

「そう言えば……何で銀次さん、私がカレーを好きな事を知っていたんだろう」

まあ、カレーライスが嫌いな人はあまりいないけれど。

何だかカレーが食べたくなってきた。でも、ここにある材料では、カレーライスは難しい。

「牛乳や卵、はちみつに小麦粉もある。何かデザートも作れそう……あ、お豆腐もある！」

ボウルに入った四角くて大きなお豆腐を発見した。私はお豆腐が大好きなので、この白い長方形を見るだけで嬉しくなった。

さっそく大学ノートを取り出して、思い浮かぶメニューを書き出し、また食材が無駄なく利用できるかを思考錯誤する。食事処と言っても、どのような方向性で開くのか考慮しなければ、メニューもまとまりがなくなるだろう。

ここは隠世ではあるが、現世の要素を入れ込んだ方が良いのだろうか。

例えば、この小民家風の建物を生かした、和食カフェ風の食事処。現世では主に女性層やカップルに需要のある食事処だった様に思う。現世の洋食も少し取り入れ、メニューを作る事で、隠世では珍しいメニューを提供できるかもしれない。

例えば、居酒屋風食事処。和食の家庭料理や、酒のつまみがメインのメニューになるだろう。客層は、お酒を飲む男性や女性。主に大人が対象となる。祖父の為に作ってきた家庭料理を、生かす事はできるかもしれない。

例えば、ビュッフェ風の食事処。そもそも、隠世にこのスタイルの食事所はあるのだろうか？　主に和食を並べ、少し現世風の洋食なんかも置いておけば、もの珍しくとも少し食べてみようと思うかもしれない。

考えるだけならば、とても楽しい。考えるだけならば。

「おーい、葵ちゃーん」

そんな時だ。突然入り口が開かれ予期せぬ客が入ってきた。

たれ目に丸顔の仲居・春日《かすが》だ。背中には何故か、ぐったりしたお涼をおぶっている。

「あら、春日。背中のそれは何？　もうお仕事が始まっているんじゃないの？」

「そうなんだけどさ。ねえ、お涼様が熱を出して倒れちゃったの。仕事が始まっちゃったし、ぶっちゃけお涼様の事みんな嫌いだから、誰も介抱しようとしなくって」

「取り巻きがいたじゃない」

「あれは、お涼様が若女将だったから、みんなごますりをしていただけだよ。若女将を降ろされそうな落ち目なお涼様には、みんな冷たい訳。お仕事で忙しいしさ」

「……はあ。嫌な話聞いちゃった」

「で、葵ちゃんなら暇かなと思って、ここに連れてきちゃった」

正直者の狸娘だ。だがお涼は、あまりに辛《つら》そうで、聞いてもいない。

そう言えば、フロントで怒られていた時も、顔がほんのり赤かったな。

「いったいどうしちゃったのよ。雪女って熱を出すの？」

とりあえず寝かせなくてはと思って、奥の部屋へと通した。

布団を敷いて、そこにお涼を寝かせ、ひとまず体温を確かめる。

「あっつ」額に触れると、とても熱くなっていた。

「雪女は、基本的に涼しい所じゃないと生きていけないあやかしだからね。熱気に当てられると熱を出すって聞いた事があるよ」

「……熱気？」

もしかして海閣丸の火事が原因？　あれ、すぐに収まったんだけどな。でも確かに、しばらく甲板も熱気に包まれていたし……

狸娘の春日は更に言う。

「お涼様は元々体が弱い雪女だったって聞いた事がある。人の多い場所が、そもそも苦手なんだって。勝手に都に出て行って、大旦那様や女将様に大目玉をくらったあげく、熱を出してたおれてりゃあ、世話がないよね。暴走しがちな所があるからなあ、お涼様は」

「よくも若女将になれたわね」

「まあ、若女将になってまだ少ししか経ってないんだけどね。元々、前回の若女将や、かなり多くの若女将候補を蹴落《けお》としてついた地位だから、お涼様には敵も多いの。最近ちょっと調子に乗っていたしね。でももうダメだ。きっと、若女将を降ろされちゃうよ」

春日は容赦ない言葉を連ねて、立ち上がる。

「あたしお仕事に行かなくちゃ。あ、解熱剤を置いて行くね。雪女に効くか分からないけど、化け狸界じゃあ、有名なお薬。あと、これも」

紙に包まれた解熱剤を、春日は懐から取り出した。あと、分厚い本も。

分厚い本は、妖怪《ようかい》医学百科、と書かれている。漢字辞典並みの分厚さで面食らった。

春日は長鏡の前で前掛けを整える。

「今日は、塗り壁のお客様たちが来ているからね。あいつらが宿にやってきたら、他のお客さんたちの通路が塞《ふさ》がれて、あちこち混乱しちゃうのよね。じゃ、よろしく」

私にお涼を押し付けて、春日は慌ただしく出ていった。

「よろしくって言われても」

私は置いて行かれた妖怪医学百科をぺらぺらとめくって、さあ目の前で唸《うな》り苦しんでいる雪女をどう介抱したものか、と考える。

「うう……大旦那様……」

お涼は寝言を言っていた。こんな時でも大旦那様、か。

憎らしい雪女でも、目の前で熱に浮かされている姿を見ると、どうにかしてやらなければと思ってしまう。額に乗せていた手ぬぐいがすっかり温《ぬる》くなってしまったので、側に置いていた氷水で濡《ぬ》らしてから、また額に置く。少しだけ表情が和らいだ。

「雪女の発熱……あった。えっと『雪女、雪男は主に雪国に生息するあやかし。極端な熱を嫌い、火に当たりすぎると発熱する事がある。対処法は、とにかく冷やす事。温かい食事は避け、冷たい水分の摂取と、冷たい食事を心がける。氷菓子など特に良い』と」

はて。私は疑問に思った。氷菓子などが良い？

「氷菓子って、アイスクリームやシャーベットの事よね。かき氷とか？　流石は雪女ね」

一度、お涼の顔を覗《のぞ》いた。熱のせいか熱そうにしている。宿に戻ってきた時に思った、いつもと違う感じは、この色味のついた頬だ。

すっかり弱ってしまっているが、確かに、目を覚ました時に何か食べさせた方が良いかもしれない。お薬は、ものを食べた後に飲んだ方が良いし、海閣丸でもお涼は何も食べてなかった気がする。

そう言えば、自分も幼い頃、熱を出して祖父に介抱してもらった事が、何度となくある。できるだけあやかしに遭遇しないようにしていたが、それでも予期せぬ出会いというものはあり、その中には、悪意のあるあやかしもいた。邪気にあてられ熱を出す事など、当たり前のようにあった。

その度に、祖父は林檎《りんご》のジュースとアイスクリームを買ってきてくれたっけ。食欲のない私でも、アイスクリームは食べられた。

少し食欲が出てくると、祖父は自ら厨房《ちゅうぼう》に立ち、鰹節《かつおぶし》と醤油《しょうゆ》で甘く煮た豆腐とネギを、とろとろの卵とじにして、私に食べさせてくれたっけ。最近食べる事はないけれど、何だか食べたくなってきたな。

あ、そう言えば、厨房に大きくて四角いお豆腐があったたな。

「湯豆腐とか……ああ、でもそう言えば、雪女は熱いのはダメなのよね。じゃあアイス？　でも生クリームもないし……」

豆腐……アイス……豆腐……アイス……考えるうちに、ふと閃《ひらめ》いた。

「豆腐アイス！」

前に、高カロリーな生クリームを使わずに豆腐でアイスを作る特集を、どこかのテレビで見た事がある。美味《おい》しそうで、一度作った事があったのだった。

作り方を、おぼろげながら思い出せる。

「豆腐は高タンパクだし、アイスクリームは糖分も取れるし、なにより冷たい。良いかもしれないわね」

さっそく、豆腐アイスを作ってみようと思った。立ち上がろうとすると、お涼は目を覚ましていたのか「要らないわよ」と早口で言う。

「要らないわよ。あなたなんかに、ものを恵んでもらう筋合いはないわ」

「……それだけ強気なら大丈夫そうね」

顔を真っ赤にして、けほけほと咳《せ》き込むお涼。やはり熱は高いようだが、こればかりは寝て治す他ない。だが、お涼は起き上がろうとする。

「……お仕事に行かなくちゃ」

「何やってるの。あなた、今日は謹慎なのでしょう？　熱があるんだから、寝てなきゃ」

「うるさいわね！　私には〝若女将〟しかないのよ！」

大きな声を出して、そのまま後ろにぶっ倒れたお涼。やはりまだ寝ているべきだ。

「あんた……お仕事が嫌で抜け出した訳じゃないのね。そんなに若女将の地位が大事なら、大旦那様を怒らせるような馬鹿な事をしなければ良かったのに」

「うるさいうるさいっ。あんたさえ隠世にこなければ、こんな事に
……うぅ……っ」

お涼は目を潤ませて、布団を顔にまで上げてから、こちらに背を向けた。

まるで子供のような態度だ。やっぱり、大旦那様の事が好きだから、許《い》い嫁《なずけ》の私が許せ
なくて、彼女を暴走させてしまったのだろうか。

私は布団に籠《こ》もるお涼を見下ろしながら、長く息を吐いた。

「まあ、私の事が嫌いなのは分かるけど。とにかくアイスクリームを作るわね。別にあんたの為じゃないわよ。私が食べたいのだから」

「…………」

「何かあったら、呼びなさいよ。死んじゃったら、若女将どころの話じゃないわよ」

「若女将を降ろされるくらいなら、死んだ方がマシだわ」

「あ、そうですか」

お涼の投げやりな態度に、もう好きにすれば良いと思って、この部屋を出ていく。

その際に一言。「水分だけは、こまめに取りなさいよ」


さて、豆腐アイスだ。なんかもう、この単語だけで美味しそう。

ヘルシーだし、女性は好きかもしれない。例えば、喫茶店のデザートにこれがあれば、思わず頼んでしまいそうな魔力が、豆腐とアイスという組み合わせにはある気がする。

どのような作り方だったかを思い出しながら、私はまず、豆腐と牛乳、砂糖を用意した。

「たしか、これだけで良かったはずよね。これをミキサーにかけるんだったわ」

さて、ミキサー。確かどこかに、ミキサーらしきものがあった。

隠世のミキサーは何か丸い。金魚鉢のような形をしていて、その中に食材を入れて蓋《ふた》をすると、鉢自体が淡く輝き、中身は勝手に渦巻いて、やがて木っ端みじんになっている。

プロペラのような羽は無くて、電気も要らないようだ。これも霊力の恩恵か。

「わあ、なめらか～」

液状のそれをスプーンで掬《すく》って、少し舐《な》める。うん、甘い。

これをボウルに入れて、冷凍庫へ。隠世の冷凍庫はとても有能で、それは五分もせずに冷凍されてしまい、ボウルを取り出して中身を一生懸命ヘラでかき混ぜた。

実はこれで完成。とても簡単だ。

豆腐の色そのままの、滑らかな白。試しに一口食べると、ふわりと広がる豆腐風味の甘みが、さっぱりしているのにコクもあって美味しい。

「きな粉や黒蜜《くろみつ》があったら、とても合いそうだわ」

そう思って、きな粉や黒蜜を探してみた。きな粉はあったが、黒蜜はなかった。まあ仕方がない。

薄い陶器の器に白い豆腐アイスを盛って、きな粉をふるう。

「我ながら、なかなかオシャレな一品ね」

あ、銀次さんが持って来てくれたさくらんぼジュースと、ジャムで、さくらんぼ味の豆腐アイスも作れるんじゃないかしら。後から作ってみようかしら。

この手の豆腐アイス、もしかしたらメニューの一つに出来るかもしれないな。

「いやいや。まだ食事処《どころ》を開くかも分かんないのに。妄想は後にしましょ」

私はブンブンと首を振って、そのアイスクリームをお涼の元へ持っていく。

「雪女～溶けてないわよね」

畳の部屋の真ん中で、布団にくるまっている雪女が一人。

覗き込んだが溶けてはいないようだ。

「豆腐アイスを作ったの。食べてみる？」

「豆腐アイス？　何よそれ……要らないわよ。食欲がないもの」

「でも食べないと、お薬も飲めないわよ。……私、厨房にいるから、食べられそうになったら食べて頂戴《ちょうだい》。食べたら解熱剤を飲んでね。春日がせっかく持ってきてくれたんだから」

私が側にいると、この頑固な雪女はアイスを食べないだろうと思って、部屋を出ていく。

こそっと戸の隙間から、彼女を覗いていた。しばらくお涼はゴロゴロとしていたが、やがてのそっと起き上がって、訝《いぶか》しげにアイスの器を見つめる。だが、そのうちに意味もなくきょろきょろとして、アイスの器を膝《ひざ》に乗せて、食べ始めた。

まるで、まだ飼い主に馴《な》れていない、ペットの小動物の食事を見ているようだ。

やがてアイスを食べてしまって、彼女は薬を飲んだ。その手際はそこそこ機敏で、元気そう。この調子なら一晩寝れば、明日にも熱は下がるかもしれないと思った。

だが、お涼は薬を飲み終わると俯《うつむ》き、涙を拭《ふ》くような素振りを見せていた。

泣いているのだろうか。彼女はまたごそごそと布団に潜った。

「……ねえ、さくらんぼ味も作ったのだけど、いる？」

さくらんぼ味の豆腐アイスを作った後、そのボウルを持って奥の間を覗くと、雪女は目を覚ましていて、ぼんやりと天井の染みを見ていた。

突然部屋に入ってきた私に対し、ぼんやりとした口調で「いる」とだけ言う。そして、ごそごそと起き上がりだした。

先ほどのアイスが美味しいかどうかは尋ねなかった。不味《まず》いものを「いる」とは言わないだろうから、まあ気に入ってくれたのだろうと思う事にする。

よくよく見ると、顔色が少し落ち着いて、いつもの青白さを取り戻しつつある。

「雪女ってお腹を壊す事がある？　あんまり食べると、悪いかもと思ったけど」

「雪女がアイスを食べ過ぎてお腹を壊す訳がないでしょう」

「それもそうね」

木べらで、もったりとしたアイスを掬《すく》って、器に盛る。さくらんぼ百パーセントのジュースを練り込んだものなので、薄らと桜色。だけど、飽きのこないさっぱりした味だ。アイスの上に、さくらんぼの甘いジャムもちょこっとのせる。

私もまた、お涼の脇に座った。もう一つスプーンを取り出す。アイスを、直接ボウルから掬って食べながら、さりげなく問う。

「ねえ、あんたって、最近若女将《おかみ》になったの？」

「……春日に聞いたの？」

「ええ。いろんなあやかしを蹴落《けお》として、若女将になったって」

聞いたままに言うと、キッとお涼に睨《にら》まれた。私はおどけた様子で「やるじゃない」と付け加える。

しばらく沈黙していたが、お涼はちびちびとアイスを食べながら、ぼんやりと語った。

「〝若女将〟は一番変わりやすい椅子よ。女将はずっと変わっていないけれどね。だからこそ、これを狙っている仲居は多いし、奪ってやるって気概がないと、とてもなれないわよ」

「そんなに若女将になりたかったの？　なぜ？」

おそらく、若女将の座を巡る壮絶な女の戦いがあったに違いない、と思われる。

お涼はまた少しだけ黙り込んで、呟《つぶや》くように言った。

「大旦那《おおだんな》様に認めて欲しかったのよ。立派になったって、大旦那様に喜んでもらいたかった。若女将を選ぶのは大旦那様よ。だから……」

「若女将になるのって、大旦那様に認められて、喜んで貰《もら》える事なの？」

「そりゃあそうよ。大旦那様は、欲と成長のない者を嫌うもの。野望をかってくださる方よ。男も女も、野望を叶《かな》える為に努力できる者を、大旦那様は求めているわ。だからこのお宿は、どの役職も世襲制ではないのよ」

「……野望」

このお宿の従業員は、あやかしのくせに仕事に徹している。銀次さんはいつもやる気に満ちているし、土蜘蛛《つちぐも》だって受付台に立つと人が変わったように愛想が良くなる。皆、何かしらの野望があるからなのだろう。

お涼も、そうだったのだろうか。ではなぜ、怒られると分かっていて、宿を勝手に出たのだろう。それほど、私が憎かったのだろうか。

お涼が咳き込んだので、水を飲ませた。寝てなさいよ、と横にさせて布団を首元までかける。だがお涼はなかなか寝ようとはしなかった。またぼんやりと天井を見ている。

「あんた、なんで私の世話なんてしているのよ」

「え？　何故って、そりゃあ、春日に頼まれたからよ」

ふわふわした口調で問われたので、正直に言う。お涼はちらりと、こちらを見た。

だけど、そうだ。お涼は私に危害を加えようとしたのだった。すっかり忘れていた。

「おかしな女。普通、憎らしい相手がこんなに弱っていたら、復讐《ふくしゅう》するでしょう」

「そんな面倒くさい事はしないわよ。良いのよ。今までもあやかしたちと関わってきたのだから、あやかしがそういうもんだって分かっているもの」

なぜ自分自身が、お涼に対してこのような態度が取れるのか、私には分かっていた。

あやかしがそういうものだという事を分かっていて、ある意味で諦《あきら》めているからだ。

「勿論《もちろん》、私だってやり返すときもあるのよ。だけど、今回は保留にしてあげる。だってあんた、熱を出しているんだもの」

お涼は、変わらずムスッとしていた。何を考えているのやら。

「ねえ雪女。そもそもあんた、私を殺したくなる程、大旦那様が好きなの？」

「はあ？　そんなのは当然というものよ」

ムキになって断言される。やっぱりそうなんだ。

「……今の私がいるのは、あの方のおかげなのよ」

お涼は小さく息を吐いた後、ぽつぽつと、自分の身の上を語りだした。

彼女はここ北東の地と接する北の地の、寂れた山村で生まれたらしい。子供のうちから貧しい家を出て、町で奉公をしていたらしいが、失敗続きのお涼は奉公先の女主人に酷《ひど》い扱いを受けたのだとか。

「その時のご主人様が天神屋に宿泊する事があったの。私はそれについていって、大旦那様の前で、ご主人様に大恥をかかせちゃったのよね……」

「いったい、何をしてしまったの？」

尋ねると、お涼はらしい様子で、ふっと思い出し笑いをする。

「ご主人様は大旦那様に、現世から持って帰った飾り皿を贈ろうとしていたの。だけど私、そのお皿を落として割ってしまったのよね。……酷く怒られたわ。ご主人様が私をぼこぼこにぶって叱っていた所を、この天神屋の、鬼神の大旦那様に助けられたのだわ」

遠い昔の事を思い出すように、お涼は語る。いつものキツい眼差《まなざ》しではない。

あやかしは物忘れが激しいと聞くが、大事な思い出はよく覚えているものだ。

「ご主人様の暴力は日常茶飯事だったから、私、体中傷だらけだったの。そんな私の傷を手当てしてくれて、大旦那様は仲居として働けるように、一から指導してくださったわ」

「へえ……あの大旦那様、優しい所もあるじゃない」

「大旦那様はとても優しいお方よ！　あんたは知らないかもしれないけれど、助けられたのは私だけじゃないわ。番頭の暁だって、あの芸妓の鈴蘭だってそうよ。あの兄妹は、もともと現世出身のあやかしだったのだけど、しばらく史郎さんの所でお世話になってから、大旦那様に導かれてここ隠世にやってきたのよ」

私はもさもさとアイスを食べていた、その手を止めた。

不意に祖父の名が出てきたのもあったけれど、あの土蜘蛛と鈴蘭の兄妹が、現世で祖父の世話になっていたという話が初耳だったのもあり、いまいち信じられなかった。

「はあ。私、大旦那様を失望させてしまったわ」

突然、お涼が力ない言葉を漏らし、がくっと項垂《うなだ》れた。あからさまに沈んでいる。何かを酷く後悔している。

留守を頼まれたのに言いつけを守らず、大旦那様や私についてきた事だろうか。

それこそ私を、蹴落とそうとした事だろうか。

「何もかも、バレないって思っていたの？」

「さあ、分からないわね。私、若女将になりたいと思って、がむしゃらにしたたかに努力をしたつもりだったのだけど、いざ若女将になってしまったら、大旦那様は私の事を気にかけなくなったもの。自立したって……思ってくれていたのかもしれないけれど」

お涼は自らを、鼻で笑った。それは、複雑な乙女心だ。

大旦那様に認めてもらいたくて頑張ってきたのに、いざ立派になった姿を見せると、安心させてしまい、かまってもらえなくなる。そんな時に、私みたいな意味不明な許《い》い嫁《なずけ》が現れて、ますます大旦那様は自分を見てくれなくなる。そう思ったのかもしれない。

お涼はそろそろ、眠そうにしていた。

「……私、大旦那様に呆《あき》れられて、ため息をつかれて、凄《すご》く辛《つら》いと思ったわ。私を信じてくれた大旦那様を失望させて、いったい何の意味があったんだろう……馬鹿な事をしたわ」

ぼそぼそと言葉を零しながら、お涼は遠くを見ていたので、私は「もう寝なさいよ」と言った。お涼は横になりながら、不思議そうに、私の顔を見上げた。

「何で私、嫌いなあんたにこんな話をしたのかしら」

「……熱のせいよ」

私の答えに、お涼は鼻で笑って、一度大きく呼吸をした後すぐに寝付いた。寝顔はあどけなく、幼子の様だ。

それにしても、私の事をあんなに憎らしそうにしていたのに、本当によく喋《しゃべ》ったこと。のっぺらぼうに聞いた、大旦那様とお涼の愛人関係は、やはり噂でしかないのかも。もしかしたらこの二人は、父娘に似た関係があったんじゃないだろうか。

雪女のお涼は大旦那様が好き。

そこに僅《わず》かな憧《あこが》れや恋心はあれど、恋人になりたいとか、夫婦になりたいというのとは、少し違うのかもしれない。

第七話　大旦那様からの贈り物

お涼《りょう》がぐっすり寝ているのを確認してから、また厨房《ちゅうぼう》に戻った。

「あれ？　何これ」

厨房のテーブルの上に、見慣れない木箱が置かれていて、私は不審に思う。銀次《ぎんじ》さんが置いていったのだろうか。いや、でもさっきまでは、確かになかったと思うのだけど……

木箱の上には紙が貼られていて「好きに使用せよ」と墨字で書かれている。しかし、中身が何なのかは書かれていない。木箱をつついた後、そろっと蓋《ふた》を開けてみた。

「まあ、これ妖都《ようと》切子の鉢じゃない」

真上から見た鉢の底では、万華鏡のような模様がキラキラと煌《きら》めいている。これは昨日、妖都で見た品物に他ならない。良いなあと思っていた品だったので、一瞬気持ちが高揚したが、ふと我に返る。誰がここに持ってきたのだろう。

「………大旦那様？」

やっぱり、大旦那様が買ってくれたのだろうか？

妖都の店で私が真剣に見ていたのを、欲しいのかと聞いてきたのは大旦那様だった。

きょろきょろと辺りを見回したが、当然ここにはいない。

一度会って確かめたいと思ったけれど、そう言えば大旦那様は今、土蜘蛛と共に、鈴蘭《すずらん》さんの事情を聞いている所なのではないだろうか。

「……鈴蘭さん、大丈夫かしら」

鈴蘭さんは客であった一反木綿の若君にストーカーされて、逃げていた所を、私たちと共に天神屋《てんじんや》へやってきたのだった。

鈴蘭さんが、アイスを好きであるならば持って行きたい。少しでも癒《いや》しになれば良い。

そうだ。その時に、この妖都切子の鉢を使ってみようかしら。きっとアイスを盛るのにぴったりで、とても綺麗《きれい》だと思うの。

「でも鈴蘭さん、いったいどこにいるのかしら。このお宿って本当に広いからなあ」

フロントへ行けば、誰かがアイスを鈴蘭さんの所へ持っていってくれるかもしれない。

妖都切子の鉢に可愛らしく紅白に盛りつけた、プレーンとさくらんぼ味のアイスクリーム。思っていた通り、色がガラスに反射して輝き、とても見栄えが良い。

これをお盆に乗せて、離れを出て本館のフロントへ向かった。

しかしフロントへ行く途中、のっぺらぼうの三姉妹に出会ったので、鈴蘭さんが今どこへいるのかと聞いてみた所、最上階の高級客室〝大椿〟だと教えてもらう。

のっぺらぼうの三姉妹のうち、お松《まつ》さんはお涼の元へ向かい、お竹《たけ》さんとお梅《うめ》さんに同行してもらう事となる。私は本館の最上階へと向かった。

しかし途中、何度か塗り壁の客と遭遇してしまった。彼らは勝手に壁を作って通路を塞《ふさ》いでいたため、遠回りして最上階へ向かう事となってしまった。

そのせいで、持っていたアイスが溶けそうで、私はずっと焦り気味だった。

「現世《うつしよ》へ行くだって⁉　馬鹿な事を言うな鈴蘭。史郎《しろう》はもう死んだんだぞ‼」

大椿の部屋の前で、私は立ち止まる。土蜘蛛の怒号が飛び交っていたからだ。

直後、大椿の立派な襖《ふすま》が吹き飛んで、私もまた、その勢いによって吹き飛ばされ、廊下の壁際でお梅さんに受け止められる。

ただ、その衝撃でアイスを盛った鉢が飛んで、私はそれを頭からかぶってしまった。溶けかけのアイスだったせいで、良い感じにベシャッと。妖都切子の鉢も、まるでヘルメットかのように綺麗に頭にはまっている。割れなくて良かったけれど、もうめちゃくちゃだ。

だがアイスの冷たさ以上に、もっともっと冷え上がる光景を目の当たりにする。

「何よ、兄さんのバカ兄さんのバカ！」

「兄に向かってバカとは何だ！」

「史郎様が死んだなんて、そんな事、私は知りたくありませんでした‼」

「知りたくなくても事実だ。史郎が居なくても、お前は現世へ行きたいのか！」

「勿論です！　私は史郎様と過ごした現世へ、もう一度行くために、一生懸命働いて、現世への通行札を買うお金を溜《た》めていたのですよ！」

襖の向こう側にいたのは、見た目の恐ろしい、二匹の巨大な蜘蛛《くも》だった。一匹は大量のドクロを腹回りにくっつけた蜘蛛で、もう一匹はそれ以上に大きく派手な色合いの蜘蛛。

大旦那《おおだんな》様が少し遠い所から、何かを諦めたような表情で、そんな大蜘蛛の取っ組み合いを見ている。

「え……まさかこの蜘蛛って……番頭と、鈴蘭さん？」

疑惑が確信に変わるのに、それほど時間はかからなかった。なぜなら、見た目はこのようなまごう事なきあやかしでも、声は二人のものだったからだ。

「ドクロを腹に抱えた蜘蛛が、〝土蜘蛛〟の番頭、暁《あかつき》様。もう一方の、腹の赤い大蜘蛛は、〝女郎蜘蛛〟の鈴蘭様でございます」

お竹さんが寄り添い説明してくれた。

二匹の大蜘蛛が暴れまくるので、大椿の部屋はめちゃくちゃに壊されているし、襖や障子はばりばりに破れているし、金箔《きんぱく》の美しい屏風《びょうぶ》はすでに穴ぼこで、蜘蛛の糸があちこちに絡まりついている。

私がこの部屋で外を覗《のぞ》いた、あの丸い窓ガラスはすっかり割れて、外側の濡《ぬ》れ縁も、遠くの夜景もよく見え、風が室内へ吹き込んでいる。

しばらく二匹の大きな蜘蛛は好き勝手に言い合い、相撲を取っていたかのように見えたが、最終的に土蜘蛛が外界に放り出されてしまう。「あああ」という情けない悲鳴のようなものが、下へ落ちていくにつれ小さくなるのが分かった。

「鈴蘭の勝ちだな」

大旦那様の冷淡な判定が出た所で、彼は廊下の壁際で踞《うずくま》っている私に気がついた。

「おや、葵《あおい》ではないか。妖都切子の鉢なんか冠《かぶ》って何をしている。好きに使えとは言ったが、まさか兜《かぶと》にされるとは思わなかったな」

「……私だって冠るとは思ってもみなかったわよ」

たらりとこめかみに冷たいアイスを垂らしながら、力なく答えた。だけどこのやりとりで、この鉢はやっぱり大旦那様が贈ってくれたのだと分かった。

「か弱い鈴蘭さんが、色々とあって辛《つら》い思いをしているかと思ったから、豆腐のアイスクリームを持ってきたのよ。でも、何だか私の勘違いだったみたい」

「ああ、頭から垂れ流しているのはアイスクリームか。あはは、お前は本当に面白い娘だな。妖都切子の鉢を冠って、アイスクリームを頭から垂らす娘は初めてみた」

大旦那様は、さっきまでの冷淡な表情を一変させ、膝《ひざ》を叩《たた》いて笑っていた。

恥ずかしいやら冷たいやら。でも私にとっては自分の状況よりも、さっきまで目の前で繰り広げられていた光景の方が気になるんですけど……

ひとしきり笑った後、大旦那様は優しい口調で私を気遣った。

「すまないすまない。冷たいだろう？　風呂《ふろ》にでも入るか？」

「そうさせてもらえる？　私、凄いものを見ちゃって腰を抜かしてしまった上に、体が冷えきっているのよ」

妖怪同士の激しい争いなんて、あまり見た事がなかった。鈴蘭さん、一反木綿くらいひとりで倒せたんじゃないかしら……

だけど、鈴蘭さんは再び可憐《かれん》な人の姿に戻って、さっきからずっと壊された大椿の部屋の真ん中でしくしく泣いていた。


その後、私はお風呂に入って、湯上がりほっこりなスタイルで大旦那様に呼び出された。隠世《かくりよ》へやってきて、二人きりになったあの奥座敷だ。

大旦那様はやはり、囲炉裏の茶釜《ちゃがま》を混ぜていた。

「体は温まったかい、葵」

向かい側に座る私に、お茶を出す。私はその抹茶色をジッと見つめた後、一口飲んだ。

「お涼がお前の所で世話になっているんだって？　あいつの具合はどうだい」

大旦那様はまず、お涼の事を尋ねた。

「ただの発熱よ。解熱剤を飲んだから、あとは一日寝ておかないとね。でも大変だったんだから。死んだ方がマシとか言って」

「そうかい……」

気になっているのかいないのか、大旦那様は素っ気ない返事だ。

「ねえ、雪女のお涼は、やっぱり若女将《おかみ》を降ろされちゃうの？」

「なぜお前がそんな事を気にする」

「だってお涼は、ただあんたが好きなのよ。父のように慕っているんだわ。だから私に嫉《しっ》妬《と》して、あのような勝手な行動に出たのよ。あんたにかまって欲しかったんじゃないの？」

「そんな事は分かっている。だが、それでは若女将は務まらない。お涼は、若女将か、僕への甘えの許される立場か、どちらかを選ばなくてはならない」

大旦那様は袖《そで》から煙管《キセル》を取り出して、いつものように吹かし始めた。ただ、視線はどこか、遠くを見ているようだ。

私はもう一口お茶を飲んで、大旦那様の言葉の意味を少しだけ考えていた。

「しかし、自分に危害を加えたあやかしの世話をするなんて、お前も史郎譲りの変わった所があるな。そんなことだから、あやかしたちにつけ込まれる」

「余計なお世話よ。あんただって、いいって言ったのに妖都切子の鉢を買ってくれたじゃない。人の事を言えないでしょ」

「気に入らなかったかい？」

「……気に入ったわよ。何か文句あるの」

「ふふ、そうかいそうかい」

つんとしつつも素直な感想を述べる私に対し、大旦那様はニコニコとしていた。

「あ、お茶と一緒に豆大福も食べるかい？」

「食べる」

大旦那様はいそいそと、戸棚から豆大福を取り出した。手のひらサイズの小振りながら、そのごつっとした豆が白い餅《もち》に品よく落ち着く姿は、まごう事なく私の大好きな豆大福だ。

私は、途端にわくわく顔になって喜んだ。

「まあ、これは素敵ね。頂いて良い？」

「どうぞ。お世話になっている幽林堂《ゆうりんどう》の豆大福だ」

一口かじる。餅は柔らかい白玉餅で、餡子《あんこ》は大粒の豆と良い具合に響き合う甘さだ。

夜中に豆大福なんて太ってしまうかしら……

脳裏によぎった乙女らしい懸念。一応乙女らしい。まあいいや。あまり深くは考えない。

「美味《おい》しい。百点満点だわ」

「ああ、それは嬉《うれ》しい。葵は本当に美味しそうに食べるな」

私があまりにもぐもぐ食べているので、大旦那様はじっと私の顔を見ていた。私が喜ぶと、いつもは飄々《ひょうひょう》としている大旦那様が嬉しそうにする。

なぜだろう。私をお嫁にしたいからだろうか。分からない。

分からないけれど、少し悔しい。私ばかりが一方的に受け身で、このままでは大旦那様のペースに乗せられるばかりだ。

せめて、貰《もら》ったものに対するお礼はしたい所なのだけれど……

こんな時に、またしても大旦那様の大好物が何なのかが、気になった。

大好物を作る事ができれば、少なからず大旦那様は食べてくれるのではなかろうか、と考えたのだった。

前にも聞いたけれど、あっさりかわされたっけ。

もう一度、さりげなく尋ねてみる。

「ところで……大旦那様の一番の大好物は何？」

「何だ急に」

唐突な問いかけに驚いていたが、大旦那様は私の思惑に勘づいたのか、ニヤリと嫌な笑みを浮かべた。

「僕は、一番の大好物を簡単には教えない主義でね。弱点になりかねないからな」

「弱点って何よ。昔、一人の女性にだけは教えたとか言っていたくせに」

「ふふ。お前も、僕がうっかり大好物を言ってしまえるくらい、良い女になると良い」

「はあ……なるほど。言うじゃないのよ」

かつて大好物を教えたであろう女性は、それはそれは良い女だったんでしょうね。いったいどんな女性なのか、お目にかかってみたいものだわ。

私は豆大福を食べてしまって、ちびちびとお茶を啜《すす》る。

そう言えば、今晩は甘いものしか食べていないなあ。やばいなあ。こんな事では、良い女とやらにはほど遠い気がする。……というか、何で私はこんな所で、湯上がりほっこりスタイルで豆大福を食べているんだろう。

落ち着いた所で、私は「あっ」と声を上げて、やっと本題を思い出した。

「そうよ。土蜘蛛と鈴蘭さんの事よ。あの二人は、いったいどうしてあんな喧嘩《けんか》になってしまったの？　おじいちゃんがどうとか、聞こえたのだけど」

別にお風呂に入りにきた訳でも、豆大福を食べにきた訳でもなかったじゃない。すっかり、別の話ばかりしてしまっていた。

大旦那様も、先ほどの騒動を思い出したようだ。

「ああ、あれはな。鈴蘭が現世へ渡りたいと言ったから、番頭がそれを止めていたんだ」

「現世へ？」

なぜ、あやかしである鈴蘭さんが、人間の世界である現世へ？

不思議そうにしているのが表情に出ていたのか、大旦那様は続けた。

「どこから話そうか……番頭と、鈴蘭が、現世出身のあやかしである事は知っているか？」

「ええ、聞いたわ」

「あれは、史郎が現世と隠世を行き来していた、三十年程前の事だ。当時現世では、居場所を求め彷徨《さまよ》っていた蜘蛛のあやかしが、人間を襲う騒動があってな。それを起こしていたのが、今のうちの番頭である土蜘蛛〝暁〟だった」

「へえ。見た目通り、チンピラだったのね」

「まあそう言うな。奴は弱っていた妹の為に、人間を襲って霊力を集めていたのだ。だが、ふらりと現れた史郎に簡単に敗れて、その後は史郎の元で兄妹《きょうだい》とも世話になったようだ」

「でもあの土蜘蛛、おじいちゃんの事を相当嫌っていたわよ」

「ああ。番頭……暁は言っていたな。あんな奴の世話はもうこりごりだ、と。だが、鈴蘭は今でも史郎に恩義を感じているし、史郎を好いている」

「…………」

「史郎が僕に頼んで、二人を隠世へと送った後、土蜘蛛は天神屋で働き始め、鈴蘭は都で芸妓《げいぎ》の修業を始めた。史郎はよく鈴蘭の舞と三味線を楽しみに、都へと赴いていたが……

ここ十年近く、史郎は鈴蘭に会いに行ってはいなかったようだ。だから、鈴蘭はこつこつと金を貯め、現世へ渡る準備を整えていたらしい。史郎に会う為にな」

「……なるほどね」

鈴蘭さんは私の祖父・津場木《つばき》史郎に会いに行きたかったのに、あの土蜘蛛《つちぐも》に反対され、あまつさえ彼が死んだ事を知らされ、激高してあのような凶暴な姿になったのだ。

「鈴蘭さんは、今はどうしているの？」

「別室で寝かせている。のっぺらぼうに世話を任せたから、大丈夫だろう」

「鈴蘭さん、本当に現世へ行くの？」

「本人はそのつもりだし、その為の通行料もある。次に現世への門が開くのは来週の月曜日。それまで、天神屋で準備をさせようと思う。天神屋には〝異界旅立ち贅沢《ぜいたく》プラン〟があるからな」

大旦那《おおだんな》様は、鈴蘭さんの意向をくむつもりのようだったが、最後に口にした意味不明な宿泊プラン名のせいで、私はそちらが気になってしまう。

「何それ。異界旅立ち？　贅沢プラン？」

「宿泊プランの一つだ。天神屋にだって、色々と宿泊プランやお客の要望に応えた客室が設けられている。ビジネスプラン、女子会プラン、この時期だったら夜桜ライトアップ見学ツアー付きプラン、あとはカップル専用露天風呂《ろてんぶろ》付き客室プランとか。鈴蘭のように、異界へ旅立つ者は様々な手続きをこの宿でするため、最後の隠世を堪能《たんのう》する贅沢なプランが用意されている。異界へ旅立つには、八葉の管理する異界への入り口のどこからでも良いとされているのだが、このプランのおかげで天神屋から旅立つ者が増えたのだ」

大旦那様は当たり前のように、数々のプランを紹介した。現世のホテルや旅館にあるプランのようで、私はぽかんとなってしまった。

「……本当に、普通に今時なお宿しているのねえ」

「普通に現代を生き抜くお宿だからな。老舗《しにせ》とはいえ、ライバルは多い。僕は現世の宿もあちこち巡って、研究を重ねているよ」

「へ、へえ」

あやかしとは言え、やはりちゃんと客商売をしている鬼なのだ。

「分かったわ。鈴蘭さんは、その異界旅立ち贅沢プランで旅立つとして、じゃあ土蜘蛛はどうするの？　あいつ、鈴蘭さんが現世へ行く事、反対しているんでしょう？」

私は、土蜘蛛が鈴蘭さんに対し激怒する姿を、もう一度思い出してしまった。

「確かに奴は兄で、反対をしているが、鈴蘭ももう子供ではない。自分の意志で、現世へ行くと決めたのだ。史郎が死んだと知らされてもなお。しかも、自分で必死に働き、稼いだ金で行くつもりだ。誰が止められると言うんだ」

「それは、そうかもしれないけれど」

でも、現世のあやかしたちは暮らしにくそうにしているし、いつもお腹を減らしているわよ……そう言おうとして、止めた。私が口を出す事ではない。

「お前も、現世に帰りたいかい？」

ふいに、鬼が私に尋ねた。鈴蘭さんが現世へ行くから、私も帰りたいと考えるのでは、と思ったのか。

「それは……意地の悪い事を聞くのね」

皮肉な笑みが漏れた。どうせ帰りたいと言っても、帰してもらえない。

だけど、少しだけ思い直す。今の私はこの隠世で仕事を探す事に一生懸命ではあるが、それは借金返済の為だ。

だが、そもそも現世に帰りたいのかと聞かれると、果たしてそうなのかどうか……

「そりゃあ、私は人間だもの。現世にいるのが普通でしょう。帰りたいと言うよりは、いつか帰らなければっていう思いの方が強いわね」

「なぜ？　史郎も死んで、お前は孤独なはずだ。もう現世に家族もいないだろう？」

「なぜ……って。言っておくけれど、現世では人が一人いなくなっただけで、大騒ぎになるのよ。私は学生だしね」

「僕はお前の気持ちを聞いているんだよ。お前は、現世に未練があるのかい？」

大旦那様は真剣な表情だ。コツンと、囲炉裏に煙管の吸い殻を落とす。

私は少し戸惑った。元の世界に帰りたい理由が、今の私にあるのだろうか。

両親もおらず、祖父は死んでしまって、親戚《しんせき》との絆《きずな》や繋《つな》がりは薄い。

当然、おじいちゃん主義な所が強すぎて恋人もいなかったし、友人も大学で会う程度だ。

ちっぽけな自分が抱く未練なんて、祖父の死に際の、あの意識も曖昧《あいまい》なぼんやりとした顔だけ。

食べる事が大好きだった祖父は、「人生最後の食事は、葵の手料理が良い」といつも言っていた。冗談言わないで、と私は鼻で笑っていたのに、最後というのはあっけなく、結局私の料理を食べる事は出来ず、不味《まず》い病院食で一生を終えた。

「最後くらい、大好きなものを食べさせてあげたかったな……」

ぽつりと、呟《つぶや》いた。脈絡のない呟きだったが、大旦那様は真面目な顔をして聞いている。

少しの沈黙の間、大旦那様は茶釜《ちゃがま》のお湯を混ぜていた。

そして、何かを思い出した様子で、私の茶碗《ちゃわん》をとって二杯目を注ぐ。

「ああそうだ。お前もやはり、銀次の言うように、あの離れで食事処《どころ》を開くべきと考えているか？」

「え？」

「銀次は、うちの料理は伝統を重んじすぎていて、客に選択肢がないと言う。受け皿が必要だとな。僕も、今の天神屋の形式では限界があると思っていたし、銀次の思いも分からなくはないのだ。だから、うちの会席料理では扱えない流行の妖都切子の鉢をお前に贈ったというのもある。良い食事処を開く為の、ヒントの一つになればと思ってな」

「ああ、なるほど。そういう事だったのね」

「だが、お前の気持ちを確かめねばなと思っていた。お前はあの離れで、客の受け皿となる食事処を開きたいのか？」

帰りたいか、と問われた次は、食事処の件か。私はうっと尻込《しりご》みする。

「や、やってみたいとは思うわよ」

自分の意志で、初めて肯定の言葉が出た。目は泳いでいたと思う。

先ほど、銀次さんの熱い思いを聞いて、自分もメニューをあれこれ考えるうちに、欲が出てきたのかもしれない。お涼もまた、欲と向上心の話をしていたし、触発されたのかもしれない。やってみようという気持ちは、確かにあったのだ。

「わかった、それならば真剣に考えてみよう」

大旦那様は頷《うなず》き、私に、綺麗《きれい》に折り畳まれた小さな紙を差し出す。美しい和紙の表には、〝天神会席〟と書かれている。どうやら、お品書きの様だった。

天神会席『卯月《うづき》』

食前酒　梅酒
先付け　生湯葉の雲丹《うに》寄せ
前　菜　煮豆　若竹の酢の物　焼豚
お吸物　蛤《はまぐり》吸
お造り　本日の三種盛り
煮　物　ふきの煮物
強　肴《しいざかな》　味噌《みそ》田楽　鴨の陶板焼き
焼き物　桜鯛《さくらだい》の化粧焼き
揚げ物　春の山菜の天ぷら
お食事　竹の子の釜《かま》めし　香の物
止　椀《とめわん》　春の味噌汁《みそしる》
水菓子　よもぎのわらび餅《もち》　さくらんぼの砂糖漬け

「わあ、これ、天神屋の会席料理？」

私は生唾《なまつば》を飲んだ。数々の美味《おい》しそうな料理の並ぶお品書きの文字を読むだけで、たまらない気持ちになる。脳内で料理を想像し、味を妄想するのだった。

「うちの料理は、確かに美味《うま》い。一年で十二通りの品書きがあり、食材の関係で少々変わる事があっても、ほとんど同じ品書きでやってきた。板前長こだわりの料理ばかりだ。だが、うちの料理は十二通りしかない。常連は、飽きてしまうものなのかもしれない」

「まあ、あやかしって本当に長生きだものね。人間の尺では考えられない〝飽き〟もあるのでしょうよ」

「しかしこの変わらない味が好きな者たちもいる。だからこそ、銀次は別の場所に、全く違う食事処を開こうとしているのだ。別の特徴を持った、食事処をな」

大旦那様は私の持つお品書きの紙をチラリと見た。

「お前に、その品書きをやろう。もしあの離れで食事処を開くのであれば、参考にすると良い。離れは銀次の管轄だ。あいつと良く考え、話し合い、上手《うま》くやると良い。ただ、僕を納得させるだけの食事処でなければ、開かせられないから、そのつもりで」

「……分かっているわ」

これは仕事の話だったからだろうか。大旦那様は、真面目な口調だったが、色々と考えてくれていたようだ。

だがすぐに、豆大福をすすめた時のように柔らかい声音になって、私を気遣う。

「さあ、昨日の今日で、疲れただろう、葵。もう離れへ戻ってお休み」

「……離れにはお涼がいるのよ。私、どこで寝ようかしら」

「僕の部屋で寝るかい？　枕をもう一つ用意するよ、花嫁殿」

「結構よ。それなら野宿をした方がマシだわ」

「ほお。ならば明日《あした》から、ちゃんと働く事だな、無職娘」

「こ、ころっと態度を変えるんだから、全く」

相変わらず良くわからない大旦那様の調子だ。冷徹だと思ったら甘やかす所もあったり、真面目だったかと思ったら戯《ふざ》けた様子を見せたり。これが飴《あめ》と鞭《むち》という奴だろうか。

ただ私は、さっきから茶釜を回す大旦那様の手元が気になっていた。手元と言うか、茶釜の中身と言うか。

「ねえ、大旦那様。少し、頼みがあるのだけど」

「ん？　お前が僕に頼み事だなんて、珍しいな。食事処の事なら考えておくと言ったが」

「違うのよ。その……〝抹茶〟ってここにある？」

「抹茶？」

「そう。抹茶よ。抹茶を少し分けてもらえないかしら。豆腐アイスの抹茶味を作りたいの！」

頬を染め、恥じらいつつ頼み込んだ。私の望みを、大旦那様は目を点にして聞いていたが、やがてごそごそと棚をいじって、抹茶の入った小さな缶をくれた。

「やった――――！　ありがとう大旦那様！」

「………………」

今までくれた様々な贈り物以上に、大喜びの様子を露《あらわ》にして、満面の笑みで感謝を述べたものだから、大旦那《おおだんな》様も複雑な様子だった。

第八話　土蜘蛛の番頭と女郎蜘蛛の芸妓（上）

翌朝の事だ。

私は離れの奥の間の、押し入れの中で目を覚ました。

昨晩は部屋の押し入れから荷物を降ろし、そこに座布団と風呂敷《ふろしき》なんかをかき集めて並べて重ねて、潜り込んで寝たのだった。

快適な眠りという訳ではなかったけれど、そこそこすっきりとした気分で起床して、私は雪女の様子を見て、額に触れてみた。熱はもう下がっている。

思わずホッとした。まあ、私に害を加えようとしてこんな事になった雪女に対して、熱が下がって安堵《あんど》するというのもおかしな気がするけれど、私は存外、この良くも悪くも自分の気持ちに正直な雪女が、嫌いではなかった。

もう少し寝かせておこうと思って、私は一度、離れを出る。

外の空気を吸おうと思っていただけなのだが、脇の大きな柳の木の根元で奇妙なものを発見し、ぎょっとする。

なんとそこに、木の幹に巣を張り、丸まっている赤紫色の蜘蛛《くも》がいた。大きさは中華鍋《なべ》程で、ドクロのような模様が背中にある。もしやこの蜘蛛は、昨晩〝大椿〟の間で暴れまくっていた土蜘蛛ではないだろうか。何だか弱っているようだ。

「ねえ、あんたもしかして……土蜘蛛の番頭？」

尋ねると、蜘蛛はその複数の目をギョロギョロとこちらに向けあからさまに威嚇した。

「あんた、あちこちぼろぼろで、怪我しているじゃないの。もしかして、昨日鈴蘭《すずらん》さんに最上階から落とされて、そのままここで大人しくしていたの？　よく生きていたわねえ」

「あの程度で死ぬはずがない。去れ！　俺にかまうな‼」

切羽詰まったような声が、その中華鍋程の蜘蛛から聞こえた。喋《しゃべ》る事は出来るらしい。

私は蜘蛛の前に屈《かが》んで、ぷっと笑ってやる。

「見たところ、霊力が足りなくなって、人の姿に化ける事が出来ないのでしょう。番頭の土蜘蛛様もたいした事ないわねえ。妹に負けるだなんて」

「う、うるさい！　いいからあっちへ行け」

「あっちへ行っても良いけれど、あんたも連れていくわ」

蜘蛛の糸を布団にしていた土蜘蛛を、容赦なくぶちぶちと引き離し、私はそれを小脇に抱えた。案外軽い。

「あっ、やめろ、貴様」

土蜘蛛は無数の脚をばたばたさせるが、人の姿にも、昨晩のような大蜘蛛の姿にもなれない辺り、やはりとても弱っていると見える。

「やめろ、離せ。食ってやるぞ！」

「うるっさいわね！　あんたこそ、醬油《しょうゆ》と砂糖で甘辛く煮詰めて、佃煮《つくだに》にして、ご飯のお供にしてやるわよ。それか、大鍋で素揚げして、脚からバリバリ食ってやる！」

土蜘蛛は具体的な調理法を挙げられ、怯《ひる》んだ。今の姿では、私に分があるようだ。

さて。弱った土蜘蛛を、離れの座敷まで抱えて連れてきた。

土蜘蛛を座布団の上に乗せて、傷口を洗ってから、絆創膏《ばんそうこう》を貼付ける。我ながら、あやかしに対して意味のない事をした気もする。土蜘蛛の暁《あかつき》は、さっきからずっと大人しい。

妖怪《ようかい》医学百科がまたしても役に立つとは思わなかった。土蜘蛛のページを探して、その特徴を知る。

「土蜘蛛。鬼の顔と虎の胴体、蜘蛛の長い脚を持つ巨大なあやかし。あれ、何だかこいつと違うわね。土蜘蛛にも色々といるのかしら」

目の前の番頭の暁は、鬼の顔も、虎の胴体も持っていない。

「えーと。土に籠《こ》もる習性があり、〝土籠り〟とも呼ばれる。気性は荒い……だって。あはは、言えてる～」

思わず笑うと、土蜘蛛が「シャッ」と威嚇するように、蜘蛛の糸を吐いた。それは私の足下で、床石を僅《わず》かに溶かしている。

「え、えーと……土蜘蛛は土に籠もる習性があり、主に糸を吐いて人間を襲って食うと言われている。隠世《かくりよ》の法により、現世《うつしょ》から勝手に人間を攫《さら》ってはいけないと取り決められてからは、現世に移住する土蜘蛛が多くいる。……怪我をした土蜘蛛の治療法は、主に三通りである。一、治るまで放置する事。二、霊力治療を行う事。三、高い霊力を内蔵するものを体内に取り込む事。以上」

　私はその文面を読み上げて、首を傾げた。霊力治療って何？

「ねえ、この、高い霊力を内蔵するものを体内に取り込む、と言うのは何かを食べるってことかしら」

「知るか」

　土蜘蛛に尋ねても、こんな態度を取られてしまう。

　やってられないなと思いながらも、私はまた、土蜘蛛に尋ねた。

「蜘蛛って何を食べるの？　虫？」

　とにかく、元気になるには食べる事以外にはあまりないと思っている単純な私にとって、土蜘蛛を回復させる手段はやはり、〝食べさせる事〟だと考えた。

「虫の調理法なんて、それこそ佃煮くらいしか知らないのだけど。あ、でもそれで良いのなら、外で虫でも捕まえてきて……」

「虫なんか食うか！」

勢い良く否定されてしまった。現世の普通の蜘蛛とは色々と違うらしい。

現世の蜘蛛は益虫と言われているのになあ。あやかしって本当に気難しい。

そんな時、ガラリと奥の間の戸が開き、病み上がりという様子の、すっぴんの雪女が出てきた。座敷にいる私と土蜘蛛に、少し驚いている。

「あら……なぜ番頭の暁が？　しかもその姿は何？」

雪女は昨晩の、蜘蛛兄妹《きょうだい》の合戦を知らない。当然、土蜘蛛がこのように弱り切っている理由が分からないのだった。

「妹の鈴蘭さんとの喧嘩《けんか》に負けちゃって、昨日本館の最上階から突き落とされちゃったのよ。ねえ、土蜘蛛」

真実を言う。土蜘蛛はばつの悪そうな表情だ。

「あらま。相変わらず、妹には弱いのね暁」

雪女も片方の眉尻《まゆじり》を上げて、ふっと皮肉な笑みを漏らした。土蜘蛛は立場がないようだ。

「お腹が空《す》いたわー。葵《あおい》、何かを作ってちょうだいな」

お涼は背伸びをしたり、腰をよじったりしながら、カウンターの席に座った。

「なによ。いきなりフレンドリーね。裏がありそうだわ」

「いいから何か作りなさいよ。あなたは料理しか能がないのだから」

お涼はあっけらかんとした様子で、昨日のうじうじした態度は、もう見受けられない。

一晩でケロッと元通り。すっかり高飛車な若女将《おかみ》、お涼《りょう》に戻っていた。

「やれやれだわ。私は土蜘蛛に、何か食べられるか聞いていたのに」

「あーら。あなた大旦那《おおだんな》様から、そこの暁に乗り換えたの？　これだから人間の女は尻軽《しりがる》で嫌だわ。若旦那様にも媚《こび》を売っているようだし」

「誰が、大旦那様から乗り換えた〜よ。乗り換える前に乗ってもいないわよ」

上手《うま》い事言ってやったぞ、と思ったけれど、雪女のお涼は本当にお腹が空いてしまっていたようで、腹の音で返事をした。

その音を聞くと、私はいても立ってもいられず、厨房《ちゅうぼう》へ向かうのだった。

「何が食べたいのよ。冷たい料理？」

「馬鹿ね。雪女だって、元気な時は何でも食べるわよ。ちなみに私は今、がっつり親子丼が食べたいわ。ひたすらに肉と卵と米を掻《か》き込みたい。大盛りで」

「あんた、太っちゃっても知らないわよ。仲居は見てくれも大事とか言ってたくせに」

「あーあー。もう良いのよ、もうどうでも良いのよ。どんぶりを食べさせろって言っているのが聞こえないのかしら」

子供みたいなわがままを言うお涼。私は呆《あき》れを通り越して、少し不安になった。

「……お涼、やけになってるの？」

「今日の私は若女将じゃないんだもの。謹慎を食らったただの雪女よ。よって、我慢する必要はなくってよ」

やけくそなのだな、と再確認した。確かに、人はやけ食いをしてストレスを発散する事もあるし、それが必要な時もあるだろう。

「ねえ、土蜘蛛も何か食べるでしょう?」

この流れで、土蜘蛛に何か食べさせられないかと思ったが、土蜘蛛はすっかりそっぽをむいている。

まあ良いや、と思って、私は親子丼の調理にとりかかった。

親子丼の作り方は、至って簡単。鶏肉と卵と玉ねぎがあれば、誰が作ってもある程度美《お》味《い》しくできる、お財布にも優しくて栄養バランスも良い料理。

カロリーも丼ものの中では低め。時々ふと食べたくなる、そんな家庭の味だ。

この料理にもあやかしの大好きな、醬油、みりん、砂糖という三種の調味料が揃っており、そこに酒と白だしを追加して、平鍋でスライスした玉ねぎをぐつぐつ煮込んで、更に一口大の鶏肉を煮込む。煮汁を少しだけ味見した後、溶き卵を入れて半熟の状態で、白い飯を盛ったどんぶりに載せる。刻み海苔《のり》を散らして、これで出来上がり。

「わあ、良い匂い〜」

雪女は海苔の踊るほかほかの親子丼を前に目を輝かせた。一口食べると、もう箸《はし》が止まらない。彼女は相当にお腹を空かせていたようだ。

「土蜘蛛《つちぐも》、あんたも食べないと、受付の始まる時間までに、霊力が回復しないわよ」

お涼は口をもごもごさせながら、座敷の上で弱っている土蜘蛛に声をかけた。

「うるさい雪女。若女将を降ろされた身のくせに、俺と対等のように話しかけるな。いつの間にかそんな人間の女の食い物を、恥ずかしげもなく貪《むさぼ》って」

「ま。可愛くない奴。私だって好きでこんな女の料理を食べている訳じゃなくってよ」

と言いながらも、米と卵と鶏肉を口に掻き込む事を止めないお涼。

「暁、なぜ九尾の若旦那様が、この女に料理処《どころ》を開かせたいのか、よくよく考えた事があって？　なぜ天狗《てんぐ》の松葉《まつば》様が、この女の料理を特別に気に入っているのか……。あなたは何も分かっていないのね」

「知るか。どうでも良い。史郎《しろう》の孫娘の事なんて」

こちらに丸い背中を向けているミニマムな暁は、ぶっきらぼうな口調でお涼に返す。

だがお涼は口の周りに米粒をつけて、高笑いをし始めた。

「だからあなたはダメなのよ暁〜。あのねえ、この女の料理には、霊力を回復する特別な効果が備わっているのよ。あやかしだって食事をすれば、そりゃあ少なからず霊力は回復するものだけど、葵の料理はその効率が高いの。腐っても史郎さんの孫娘、という事よ」

「……チッ」

土蜘蛛の暁は舌打ちをした。

私はカウンターから身を乗り出して、お涼が意味深に語る内容について、まるで他人事《ひとごと》のように聞いていた。一応、自分の料理があやかしたちの霊力回復に役立っている事は、現世にてあやかしたちに聞いた事があったから。

「霊力回復の効果がある〜なんて言われても実感はないなあ。人間で言う体力が戻るようなもんなの？　というか、味はどうなのよ」

「味は……まあ、悪くないってくらいね」

お涼はガツガツと食べてしまって、どんぶりをテーブルに置いて、腹をさすりながら、偉そうに断言する。まあ、全部食べてくれたし、何も言うまい。

「ごちそうさま。じゃあ、私はもう一度寝るから」

お涼はさっきまで寝ていたくせに、ご飯を食べたそばから、また寝るなどと言う。

彼女は奥の間へ消え、この場には再び私と土蜘蛛だけになった。

「お涼ってば、大丈夫かしら。食べた後すぐに寝ると、胃に悪いのに……ねえ、土蜘蛛」

さりげなく話を振ってみるも、土蜘蛛の暁は、軽く無視を決め込む。

私は寄って行って、上から声をかけた。

「ねえ、お薬だと思って何か食べない？　あんた、夕方から番頭のお仕事があるでしょう」

「…………」

「私の事が嫌いなのは良く分かっているけど……でもほら、苦い薬程よく効くって言うでしょう?」

自分で言って、微妙な喩《たと》えだなと思ってしまった。暁はやっぱり無言。

とりあえず、残った具材で、もう一杯の親子丼をこさえた。それを一杯のお茶と共にお盆に載せて、こちらに背を向ける暁の側まで持って行って、一番近くの卓に置いた。

「食べられる時に食べたら良いわ」

それだけ言って、また厨房へ戻った。雪女の時と同じように、私が目の前にいたら食べられないのでしょう。

さて。昨日作った豆腐アイスを再び冷凍庫から取り出した。

豆腐アイスはまだまだ研究の余地があった。ミキサーで混ぜては凍らせる、これを繰り返す事で、より滑らかになったのだった。

更に〝抹茶〟だ。昨晩大旦那《おおだんな》様の奥座敷にて、少し頼み込んで貰《もら》った抹茶と、隠し味にハチミツを混ぜて、より滑らかになった豆腐アイスの新味を生み出した。これがたまらなく濃厚なのだ。

シンプルなプレーン、甘酸っぱいさくらんぼ、濃厚な抹茶の三つの味が揃う。

食器棚の目立つ所に置いていた、透明な妖都《ようと》切子の鉢を手に取った。この涼しげな器に、まずカットしたフルーツを盛り、そこに三種の豆腐アイスを載せる。最後にきな粉をふるって、出来上がり。

「三食豆腐アイスパフェの完成～」

白、赤、緑の色合いはまるで三食団子の様。お花見のこの時期にはぴったりね。

私はこの自信作をお盆に載せて、さっそく厨房から出た。昨晩はアイスクリームを鈴蘭さんに食べてもらう前に私が頭からかぶっちゃったけれど、今度こそ持って行きたい。

「土蜘蛛、私、鈴蘭さんのところへ行ってくるから」

「なんだと？　貴様、鈴蘭に何をする気だ」

私の事をさっきまで無視していたくせに、鈴蘭さんの名前が出ると、むくりとこちらに顔を向けた暁。

「何って……別に、アイスクリームを届けるだけよ」

「ふざけるな。史郎の孫娘が鈴蘭に近づくんじゃない。手を出すな！」

「……手を出すなって」

暁の言う事に、私はほとほと呆れてしまう。それは鈴蘭さんにしつこく求婚し、ストーカーと化した一反木綿に言って欲しい。

「あんた、そんなに鈴蘭さんが大事なら、早く仲直りしなさいよね。鈴蘭さんは現世に行ってしまうのでしょう？　現世に行くと、簡単にこちらに帰って来られないと聞いたわ。手遅れになっちゃうわよ」

「お前には……史郎の孫娘なんかには関係ない……っ」

絞り出すような、因縁の籠もった口調だ。史郎の孫娘、史郎の孫娘と。

「やってらんないわね」

まだこちらを威嚇する土蜘蛛を横目に見ながら、私はアイスクリームを持って、離れを出て本館へ向かったのだった。


鈴蘭さんは、最上階の上級客間〝八雲《やくも》〟で、一人静かに琴を弾いていた。

あやかしたちにとって、正午頃と言うのは起き始める時間帯だったから、鈴蘭さんが起きているようで良かった。

「鈴蘭さん、あの、葵です」

襖《ふすま》の前で声をかけると、そっとその襖が開き、鈴蘭さんが出てきた。

「まあ、葵さん」

「早い時間にごめんなさい。あの、これ良かったら」

いそいそとお盆ごと、三色パフェを差し出す。鈴蘭さんは「まあ素敵」と目を輝かせてから、私を部屋へと入れてくれた。八雲の間は大椿の間と違って、シンプルで清涼な雰囲気のある、青を基調とした部屋だった。

私は座布団に座って、鈴蘭さんと向き合う。鈴蘭さんは昨日の事などすっかり忘れているような落ち着いた様子で、嬉《うれ》しそうに三色の豆腐アイスを食べてくれた。

「まあ、美味《おい》しい。私、アイスクリームって、大好きなのですよ」

「よく食べるんですか？」

「豆腐アイスは初めてですね。全部美味しいけれど、抹茶が特に好きです。まったりとしていて」

確かに、大旦那様に貰った高級抹茶のおかげで、抹茶の豆腐アイスは濃厚でまったりとした味わいに出来上がった。ここは大旦那様に感謝。

「私は現世のアイスクリームが好きでした。現世にいた時に、史郎様が買ってくださった、ただのバニラ味のアイスが」

「へえ。おじいちゃん、あなたにアイスを買ってあげたりしていたの？」

「もう随分と前の事ですけれど」

鈴蘭さんは溶けかけのアイスをスプーンで掬《すく》って、一口啜《すす》る。艶《つや》っぽい唇を一度舐《な》めて、目を細めた。そして、私が何を聞かなくとも、語り始める。

「私と暁兄さんは、現世の田舎の、古いお寺で生まれました。かれこれ三十年程前のことです。ですが当時、隠世では現世への行き来を制限する法案が通り、その前に現世へ移住するあやかしが数多くおりましたので、現世ではこの手のあやかしを退治する退魔師が一世を風靡《ふうび》しておりました」

「へえ……そんな時代があったのねえ」

退魔師の存在は、こんな私でも知っている。出会った事はないけれど、そういう奴らがいると、祖父やあやかしたちから聞いた事があった。

「あやかしたちの中にも、現世で好き勝手に暴れる者たちがいましたからね。ですが、寺でひっそりと暮らしていた、私たちの両親は違いました。土蜘蛛と、女郎蜘蛛の父と母でした。人の姿に化けて、働き、お金を稼いで、私たちを含む多くの子供を育てていたのです。しかし……寺にあやかしが住み着いていると知った住職が、知人の退魔師に頼み込んで、私の両親と、兄弟たちを、皆焼き殺してしまったのです」

上手《うま》く反応が出来なかった。視線を落として、話を聞き続ける。

鈴蘭さんもまた、話を終わらせる事はなかった。

「生き残ったのは、私と暁兄さんだけでした。暁兄さんは私をつれて、日本中を転々と移動しながら、安心して暮らせる居場所を探したのです。時には、人を襲って金品を奪ったり、人を食ったりもしました。兄さんは人間を恨んでいましたから、人を襲うたびに霊力を高め、あやかしとしての力をつけていったのです。私は兄さんとは違い、病弱でしたから、兄さんはそんな私の為にも、人を襲っていたのです。兄さんは人々に恐れられ、一流の退魔師にも手に負えない、大妖怪《ようかい》になってしまっていました」

そこまで語り、鈴蘭さんは一息をついた。

あの番頭に、そのような過去があったなんて、私には想像もできなかった。確かに現世のあやかしたちは、居場所も無く徘徊《はいかい》している。見境なく人を襲う奴らは沢山いた。

「ですが、ある退魔師と対決していた、ちょうど最中でした。ふらっと私たちの前に現れたのが、史郎様だったのです。史郎様は、一流の退魔師も敵《かな》わなかった暁兄さんを、いとも簡単に退治してみせました。それこそ、何もかもを馬鹿にする様子で。全ての者たちのプライドも夢も希望も、あざ笑って、粉々に砕くように」

「想像できるわ」

祖父が、あやかしも退魔師も、世の中の何もかもを馬鹿にして、簡単に事を成していた自慢話を、私は聞いた事があった。自分は退魔師どもよりずっと凄《すご》いのだ、偉いのだと、お酒を飲んで連呼していたっけ。

私にはさっぱり訳が分からなかったけれど、こういう事だったのかしら。

祖父は退魔師が嫌いだった。でもあやかしが好きという訳でもないようだった。

「ただ物好きな史郎様は、退治した私たちにとどめは刺さず、自らの家に連れて行き、ご飯を食べさせてくださいました」

「へえ。なんだかんだと言って、おじいちゃんはあやかしに慈悲深かったのね。何を食べたの？」

「水餃子《すいギョーザ》です。史郎様は酒のつまみにしようとしていたらしいのです」

「水餃子！　おじいちゃんの水餃子は、確かに美味しかったわ」

思わず祖父の水餃子の味を思い出した。祖父の得意料理の一つが水餃子で、私もよく作ってもらったっけ。

「史郎様は、私たちに居場所を下さいました。その後も、まだ若いあやかしだった私たちを使役し、調教し、奴隷と呼んで家事を任せ、また用心棒として側に置いてくださったのです！」

鈴蘭さんは、かつての喜びを思い出すように頬を染めながら力説した。

しかし私は目が点。感心から一転、嫌な予感がして青ざめた。

「ち、調教？　奴隷？　何、もしかして鈴蘭さん、おじいちゃんに酷《ひど》い事をされたんじゃないでしょうね」

「いえいえ、私は簡単な家事を担っていた程度です。基本的に、お料理は史郎様がなさっていました……史郎様のお料理は、とても美味しかったのです」

懐かしむ様子で、鈴蘭さんは一度目を閉じた。心底、祖父を好きでいるようだ。

「おじいちゃんの料理か……」

確かに祖父は料理が得意だった。私に料理のいろはを教えてくれたのも、祖父だった。

私に料理を任せるようになって、祖父はあまり自分で料理をしなくなったけれど。

「私も暁兄さんも、お料理は全くダメでした。たまに暁兄さんが料理をすると、まずいと言って史郎様に怒られていました」

「へ、へえ」

「兄さんは史郎様にこき使われておりましたが、私は、史郎様には沢山甘やかしていただいたと思うのです。そう、こっそりと、カップのバニラアイスを買っていただいたり」

頬を染め、唇に人差し指を添える乙女チックな様子で、祖父との思い出を語る鈴蘭さん。

すでに豆腐アイスパフェは全部食べてしまっている。いつの間にやら。

「なるほど。そういう事だったのね。まあ、あの土蜘蛛《つちぐも》がおじいちゃんを恨めしく思う要素は、多々あった訳ね」

土蜘蛛の態度にも少しは納得できた気がした。鈴蘭さんは少しばかり視線を落とす。

「いえ……兄さんも、本当は史郎様を慕っているのですよ。ただ、裏切られたのだという気持ちが、強くあるのでしょう」

「裏切られた？」

「史郎様はある日、私たちに、あやかしたちの世界〝隠世〟へ渡るよう言いつけたのです。もうお前たちは要らないからと、使役の為の契約を切ってまで」

「隠世……」

「隠世へ行く算段を整えてくださったのが、ここ天神屋《てんじんや》の大旦那様でした。ただ、私は嫌だ嫌だと言って、史郎様を随分と困らせました。史郎様の側で、史郎様のお役に立ちたいと思っていたから……ですが、史郎様はやはり私たちに隠世へ渡るよう命令したのです。現世は、生きていきにくいから、と。いつでも会いに行くと〝約束〟するから、と」

鈴蘭さんの言葉は消え入りそうだった。ぐっと、鈴蘭さんの目元に力が込められているのが分かる。思い出すだけで辛《つら》くなる、まるでそんな様子だ。

祖父は一体なぜ、土蜘蛛の暁や鈴蘭さんを、隠世へ渡らせたのだろうか。

そこには、意味はあったのだろうか。祖父は、彼らをどう思っていたのだろう……

鈴蘭さんは、少し間を置いて、また語り始めた。

「結局、私も兄さんも、隠世へと渡りました。大旦那《おおだんな》様は、隠世の何もかもが分からない私たちに、この世界の事を教えてくれて、私たちに合った仕事を斡旋《あっせん》してくださいました。最初は私も、ここで仲居をしていたのですよ」

「へぇえ。鈴蘭さん、天神屋の仲居だったの？」

「はい。ですが、神出鬼没な史郎様が、よく都に現れるという噂を聞いて、私は天神屋のお仕事を辞め、都に向かい、芸妓《げいぎ》としての修業を積みました。芸妓だったら、きっと史郎様は会いにきてくれる。史郎様を楽しませる事が出来る……そう考えていました」

「…………」

囁《ささや》くような言葉の数々に、私は胸を打たれていた。

祖父は、それはもうモテモテで仕方がなかったと聞いていたが、ここまで思ってくれていた者を、あの人はいったいどれほど悲しませてきたのだろうか。

「思っていた通り、史郎様は私が芸妓になった事を喜び、都に訪れた際は呼びつけてくださいました。私はそれが嬉しくて、都で一番の芸妓になるべく日々励みましたが、私はなかなか三味線が上達せず、史郎様に恥ずかしい音を聞かせていたのです」

「嘘。今はあんなに綺麗《きれい》な音色なのに」

「ふふ。史郎様といつも約束していたのですよ。次に史郎様が訪れた時は、絶対に素敵な音色を奏でてみせると。豪語する私を、史郎様は笑っていました。楽しみにしていると言って、頭を撫《な》でてくださいました。しかし、私がやっと、満足のいく音を奏でられるようになった頃には、史郎様はぱったりと会いにきてくれなくなりましたね」

鈴蘭さんは一口お茶を飲んだ。

僅《わず》かな沈黙の後、今度は私が、鈴蘭さんに告げる。私には、一つ思い当たる事があった。

「それ……それは、きっと私のせいだわ。おじいちゃん、私を引き取ってから、ふらふらしなくなったってみんなが言っていたもの。隠世へ行かなくなっちゃったんだわ」

鈴蘭さんは、戸惑う私に、眉《まゆ》を寄せ笑いかける。

「史郎様は、ずっとお一人でした。沢山の人間とあやかしを魅了し、翻弄《ほんろう》し、自由に生きていたが故に。あやかしの誰よりあやかしらしく、人間の誰より人間でした。しかし孤独でした。だからこそ私はあの人の側にいたかった。でも、お孫さんと暮らしていると聞いて、私は悟ったのです。ああ、もう一人ではない。史郎様には、もう家族がいるんだって」

スンと、彼女は鼻をすすった。その感情は、きっととても複雑なものなのだろう。

私には全く分からないけれど、想像する事はできる。嫉妬《しっと》も悲しさもある。だけどやはり、大事な人が孤独ではないという事に対する、安堵《あんど》もあったのではないだろうか。

「鈴蘭さん……現世へ行くって、本当？」

私は改めて尋ねた。

「ええ。もう一度、史郎様と過ごした現世へ行きたいと、ずっと思っていました。その為に、働いて働いて、現世へ渡るためのお金を貯めたのです」

「おじいちゃん、もういないのよ」

「……ええ、分かっております。人間とは、こんなにもすぐに、死んでしまうものなのですね。史郎様は何者にも負けない、強い人だと思っていたけれど」

鈴蘭さんの言う言葉は、前にもどこかで聞いた。天狗《てんぐ》の松葉様が、そう言っていた。

元々泣きそうだったのを堪えきれずに、彼女は涙を流した。

津場木《つばき》史郎が死んだのだと聞いたのは、昨日の事だ。あっけらかんとして見えたが、心の底では、悲しい思いを抱えて、一人で一晩を過ごしたのだ。

「それでも私は、現世へ赴きたい。史郎様の墓があるのならその側で。史郎様と過ごした土地で、強く、生きてみたいのです」

だが鈴蘭さんの言葉は強く、大旦那様の言った通り誰にも彼女を止められないと思った。

だからこそ、私は土蜘蛛の事が心配になった。

土蜘蛛は、妹である鈴蘭さんの決意を、どれだけ理解しているのか。このままでは鈴蘭さんは、一人で現世へ行ってしまう。

祖父のせいで、蜘蛛の兄と妹が、喧嘩《けんか》したまま別れてしまうのではないか……

「鈴蘭さん。土蜘蛛は、どうするの？」

「兄さん……兄さんは、私が現世へ行くのを、納得はしないでしょうね。兄さんはあの世界で、私をずっとずっと守ってくれていた。やっと平和な世界へやってきたのに、なぜまたあちらへ行くんだと、必死になって私を引き止めようとしていたのですから」

「このままで良いの？」

「いいえ。でも、仕方がありません。私も兄さんも、とても頑固なのですよ」

鈴蘭さんは、苦しそうに、小さく微笑んだ。

このまま離ればなれになるなんて、悲しい事だ。祖父が様々なあやかしたちとの約束を守らずに、好き勝手に生きて、好き勝手に死んだのと同じくらい。

さようならも言えなかった、その不意の別れが、少なからず一部の者たちを悲しませた。

この兄妹《きょうだい》も同じ後悔を背負うかもしれない。出来る事ならば、仲直りして、お互いが納得の形で別れて欲しい。その為に、私に出来る事は何だろうか。

離れへ戻ると、もう土蜘蛛はいなかった。

ただ、親子丼を食べていない所を見るに、土蜘蛛はまだ弱っていて、そう遠くへは行っていないはず……

そう思って、私は離れの周囲を探した。柳の木の周りを確認し、裏手へ回ってみた。

「そう言えば、妖怪《ようかい》医学大百科に、土蜘蛛は土に籠《こ》もる習性があるって書いていたわね」

さっそく、中庭に穴がないか探した。思っていた以上にすぐに見つかったのだが、本館と離れを繋《つな》ぐ渡り廊下の下に、大きな穴が出来ていた。

「土蜘蛛。土蜘蛛!! 出てきなさいよ。出て、ご飯を食べて、とにかく元気にならなければ、あんた本当に、このまま鈴蘭さんとお別れになってしまうわよ」

「五月蠅《うるさ》い。お前に指図される覚えはない！」

「あ、やっぱりここにいるのね」

ごそごそと穴を弄《いじ》って、蜘蛛の脚を一本持って引っ張りだす。

「あっ、やめろ。脚がもげるだろ。蜘蛛の脚はもげやすいんだぞ」

「だったらこんな所でうじうじしてるんじゃないわよ。案外引きこもり体質なのね」

じたばたと暴れる土蜘蛛を小脇に抱えて、離れへと戻る。私は奴を再び座布団の上に置いて、そこにいるように指示をした。

「ここで待ってなさい。霊力を回復しなければ人の姿になれないのでしょう。私の料理を食べたくないのは結構よ。だから〝あれ〟を飲ませてあげる」

「あれ？」

疑問を浮かべている土蜘蛛を無視し、私は厨房《ちゅうぼう》へと戻った。厨房ではほうれん草やトマト、人参、林檎《りんご》、いちごを全部ミキサーにかけ、さらに氷とミルク、ハチミツを加えて、更にミキサーで混ぜる。私はここにある食材でスムージーを作っているのだった。

どろっとした、不気味な色合いのスムージーだ。きっと美味《おい》しくない。だが栄養は取れる。大きな乳白色の器にどろどろのそれを装《よそ》い、土蜘蛛の元へと持っていく。

「土蜘蛛！　これを飲むのよ」

「な、なんだそれは」

「美味しさなんて二の次。とにかく元気のでるスムージーよ！　これを飲めば、あんたは人間の姿に戻って、番頭としての仕事ができるわ」

さあさあ、と、土蜘蛛の口元に、そのお碗《わん》を持って行く。だが土蜘蛛はぎちぎちと口をならして、後ずさった。

「い、嫌だ。そんなおどろおどろしい色の液体……それにお前の情けなんて」

「いつまで意地を張っているのよ！　さっさと飲め、このヘタレ野郎‼」

私はもう色々な事が我慢できず、怯《ひる》んでいる土蜘蛛《つちぐも》を片腕でがっしりと掴《つか》み、口にスムージーを流し込んだ。

じわじわとした鈍い音の後、土蜘蛛は赤黒い煙をまき散らしながら、私の腕から飛び出し、いつもの小豆《あずき》色の髪をした青年の姿に変化した。

軽く咳《せ》き込んだ後、屈辱と絶望を感じているような顔で項垂《うなだ》れて、前屈《まえかが》みになっている。

「俺とした事が……俺とした事が、史郎の孫娘の料理なんか……」

「これは料理とは言えないわよ。でも良かった。細かい調理の過程を踏まなくても、これはこれで霊力の回復に繋《つな》がるのね」

私の場合、調理過程が、ある種の術の組み立てになっているらしく、そのせいで出来上がった料理が、あやかしなどの大幅な霊力回復に繋がるらしい。

スムージー程度のざっくばらんな調理でも、何とかなるようだ。

「土蜘蛛。鈴蘭さんに会ってきたわ。あんた、本当に意地を張っている場合じゃないわよ」

「……何がだ」

「鈴蘭さんは現世へ行くわ。たとえ、おじいちゃんがもうあの世界にいなくてもね」

私の言葉に表情を歪《ゆが》ませ、土蜘蛛は一度、ぐっと歯を食いしばる。

「そんな事はお前に言われなくても分かっている。鈴蘭は行くさ。ずっと史郎を追っていたのだからな！」

土蜘蛛は座敷から降りて、この離れを出て行こうとする。

私は彼の背中に向かって声を上げた。

「ちゃんと見送ってあげないと、後悔するわ。何もかも手遅れになるわよ！」

離れの戸を開こうとして、土蜘蛛はピタリと、その手を止める。私は続けた。

「おじいちゃんだって、死んじゃった。殺しても死なない奴だって、みんな言っていたのに、本当にあっけなく、いなくなっちゃったのよ。私、おじいちゃんに何もしてあげられなかった。美味しいものが大好きだったのに、病院食が最後になっちゃった。後悔しても、もうどうしようもない……最後くらい、大好きなものを食べさせて上げたかった」

「…………」

「でも、あんたは違うでしょう。現世へ旅立とうとしている鈴蘭さんを、勇気づけてあげる事も、見送る事も出来るじゃない。二度と会えない訳ではないかもしれないけれど、その時その時を、後悔のないように選択しなければ……時間は巻き戻ってはくれないのだから」

必死だった。私はこの蜘蛛の兄妹に、何か思い入れがある訳ではないのに、祖父に助けられ、育てられたのだという共通の経験が、彼らに後悔のない選択をして欲しいという望みに繋がっていた。

土蜘蛛は拳《こぶし》を震わせ、肩も震わせて振り返り、ギッとこちらを睨《にら》む。ずかずかと近寄ってきて、私の襟元を掴んで言うのだ。

「何もかも史郎のせいだ！　あいつは鈴蘭の気持ちを分かっていながら、鈴蘭を……俺たちを捨てた。いつでも会いに行くと言っていた、その〝約束〟を破ったんだ！　なのになぜ、今もあいつに振り回されなければならない。勝手に死んだあいつに！」

「土蜘蛛……」

土蜘蛛の憤りが、痛い程伝わってくる。

祖父に振り回され、辛《つら》い思いをしても、それでもあの人を忘れる事は出来ない。

祖父は他人に、治りにくい傷をつけて責任をもとらずに去っていく酷《ひど》い奴だった。だけどその傷は思い出でもあり、見るたびにふと、彼を思い出してしまう。

土蜘蛛にとっても、鈴蘭さんにとってもそうだ。

彼らは忘れられないのだ。津場木史郎を。

「チッ」

土蜘蛛はその憤りを全て私に吐き出す事も出来ず、舌打ちをして、私の襟元から手を離した。背中を向けて、ただ黙る。

津場木史郎を許す事は出来ない。だから、妹の選択も、素直に喜べない。

私も意地っ張りな方だから、土蜘蛛の複雑な心境は分かる。

「じゃあ、お料理を作りましょうよ、土蜘蛛」

だからこそ、私は突拍子もない提案をした。

当然、土蜘蛛は「は？」となって、目を点にして振り向く。

「鈴蘭さんが言っていたわ。あんたたち、おじいちゃんに拾われた日に、手作りの水餃子《すいギョーザ》を食べさせてもらったのでしょう？」

土蜘蛛は眉《まゆ》をピクリと動かした。覚えはあるようだ。

「おじいちゃんの水餃子の作り方なら、私も知っているわ。だけど、今は材料がないの。私、銀次さんに頼んで揃えてみるから、あんた、鈴蘭さんにこれを作って上げなさいよ。作り方なら、教えるから」

「何を馬鹿な事を。なぜ俺が料理なんか……」

「あんた、料理がヘタだったんですってね。おじいちゃんにいつも怒られていたって、鈴蘭さんが言っていたわ」

「……鈴蘭め。何から何まで、こんな女に言って」

額を押さえる土蜘蛛の様子は小気味良い。

ただ土蜘蛛は迷っているようだ。私の提案に、否定も肯定もしない。

私が料理の提案をしたのは、彼らにその思い出があったからだ。そして何より、美味《うま》い料理というのはあやかしを素直にさせる。

「番頭のお仕事があるでしょうから、返事は明日で良いわ。でも、時間はあまりないわよ。

来週の頭には、鈴蘭さんは現世へいってしまうのよ」

「分かっている」

吐き捨てるように返事をして、土蜘蛛は結局私に背を向け、この離れから出ていった。戸を勢い良く締めたせいで、パラパラと天井から木屑《きくず》みたいなのが降ってきた。

「おはよ〜」

そんな時、今やっと奥の間から出てきた雪女のお涼の間抜けな声が、この空気を壊した。

あんなにぴしっと整えていた髪も乱れて、いまだすっぴん。

「暁も若々しいったらないわよねえ。頑張り屋だから出世は早かったけれど、頑固なのが玉に瑕《きず》っていうか」

お涼は言い合いを聞いていたようだ。カウンター席に座り、テーブルを叩《たた》く。

「お腹すいた〜、葵、何か作りなさいな」

「本当に、食べるか寝るかしかしないつもりね」

「天ぷらが食べたい。天丼にしてちょうだい！　天丼天丼」

「また丼もの……」

呆《あき》れた視線を彼女に向ける。お涼は怯む事なく、天丼を連呼。仕方がないので、私は厨房にあった根菜と、きのこと、白身魚で、天ぷらを揚げたのだった。ただこの時の私は少しだけぼんやりとしていたのか、匙《さじ》まで揚げてしまったのだからどうしようもない。

第九話　土蜘蛛の番頭と女郎蜘蛛の芸妓（下）

幼い頃、自分の命を助けてくれたあやかしがいる。

誰もいない暗い部屋の影の中から、じっと私を見つめていた、能面をつけた奇妙なあやかしだ。

母においていかれ、食べるものがなくて朦朧《もうろう》とした意識の中、フローリングの冷たさだけを身に感じながら、私はその奇妙なあやかしと一緒にいる事で孤独を癒《いや》していた。

表情のない真っ白な能面が、ぽっかりと闇に浮かび上がっていたのを思い出せる。

あのあやかしは幼い私に、何が望みか、と尋ねた。

『……名前を呼んで』

口からぽろっと出てきた望みは、名を呼んでもらう事だった。

ずっと、誰にも自分の名を呼んで貰《もら》っていなかった。それはとても寂しい事だった。

あやかしは『アオイ』と私の名を呼んだ。

あやかしは最初から、私の名を知っていた。

どのような声をしていたのか、思い出す事は出来ない。だけど、名を呼ばれるだけで、私はこの世にまだ生きているのだと実感できたし、訳もなく安心した。

あやかしは、また私に望みを聞いた。

『……お腹が空《す》いた』

ぽつりと呟《つぶや》くと、今度は何が食べたいのかを尋ねた。

『……お母さんのカレーが食べたい』

『…………』

それは難しい、と、あやかしは心もとない声で謝った。

その代わりに、横たわる私の側に置かれたのは、いったい何だったかな。

食べ物だったのだけれど、思い出す事は出来ない。だけど、その時貰った食べ物を、私はがむしゃらに食べた事だけは、良く覚えている。

涙を零《こぼ》しながら食べた。とてもとても美味《おい》しかった。

それだけは、絶対に忘れられない。

◯

翌朝の目覚めがすっきりとしていたとは言えない。寝過ぎたようで、壁にかけられている時計を見ると、『十』時を過ぎた所のようだった。

僅《わず》かに思い出されたのは、幼い日の、辛くとも大切な思い出。今までは、どんな会話をしたのかさえ思い出す事は出来なかったのに、今回は僅かに思い出された。

「最近、この夢をよく見るわね……。なぜかしら、隠世《かくりょ》に来ているからかしら」

あの時、私を助けてくれた能面のあやかしは、今どこで、何をしているのだろう。

あのあやかしがいたから、私は今、生きている。

あやかしは人を食うし、極悪非道な奴らも沢山いるけれど、決して悪い奴らばかりではない事を、私は知っている。だから、私はお腹を空かせたあやかしを見ると、ついつい料理を振る舞ってしまうのかな……

いつか、あの能面のあやかしに会える日が来るだろうか。もしかして、この隠世のどこかに、あのあやかしがいるんじゃないだろうか。

再び会えたなら、かつての恩返しに、私の料理を食べてもらいたい。

食事の喜び、料理の楽しさをおしえてくれたのは祖父だが、私の中にある食べる事への強い執着の原点は、やはり、あの時のあやかしに貰った、命を救う〝食べ物〟にあったのだろうから。

私はごそごそと、寝床にしていた押し入れの中から出て、寝ている雪女の脇を通り過ぎ、大鏡の前で着替えた。

まとめた髪に挿した簪《かんざし》の椿は、また少しふくらみ、先端を開きかけていた。

「えーっと、キャベツ……にんにくとショウガとしいたけ……はある。だけど、一番重要な豚ひき肉とニラがないなあ。あと、うどん粉があると良い皮が作れるんだけど」

厨房《ちゅうぼう》では、まず冷蔵庫の中身を確認した。祖父特製の手作り水餃子は、皮から作る。

ただ、その為に必要な材料がこの厨房には足りない。

「葵《あおい》さん、おはようございます。メニュー考案の調子はどうでしょう？」

ちょうど良いタイミングで、若旦那《わかだんな》の銀次《ぎんじ》さんがやってきた。

手には籠《かご》を抱えていて、その籠の中には大ぶりのたけのこがどっしりと横たわっていた。

「わあ、立派なたけのこねえ」

まだ土のついた新鮮なたけのこに、思わず両手を合わせる。

「裏の竹林から、お庭番のサスケさんが掘ってきてくれたんですよ。何かに使えないかなと思って」

「何にだって使えるわよ。掘り立てのたけのこなら、灰汁《あく》抜きをしないでも、焼いて食べられるわ。味噌《みそ》をつけて串焼《くしや》きにしたら美味しそうねえ」

「良いですねえ。朝からお酒が進みそうです」

「お仕事前なのだから、ダメよ」

銀次さんは「分かってますよ」と、ご機嫌だ。

春はたけのこが沢山採れる季節だ。それでいて、とても美味しい。たけのこの炊き込みご飯にしても良いしお味噌汁《みそしる》に入れても良いし、天ぷらも良い。

「って、違うわ。水餃子《スイギョーザ》よ」

私は目の前の大きなたけのこから美味しい妄想の旅に出ていたが、本来の目的を思い出す。銀次さんはいきなり出てきた〝水餃子〟という単語にきょとんとしていた。

「水餃子？　水餃子に、たけのこを入れるんですか？」

「まあ、それも悪くないかもしれないけれど、そうじゃないわ。あのね、銀次さん……実は土蜘蛛《つちぐも》と、鈴蘭《すずらん》さんの事なのだけど……」

私は、昨日の事を銀次さんに話した。土蜘蛛と鈴蘭さんの為に、何か仲直りのきっかけを作る事が出来ればと思って、水餃子の材料を用意したいという事も。

銀次さんは頷《うなず》きながら聞いてくれていた。

「なるほど。水餃子を作る為に、ニラとうどん粉が必要なのですね。それなら簡単に用意できると思いますよ」

「本当？　私が買いに行けたら良かったのだけど、勝手に天神屋《てんじんや》から出るなって言われているから……銀次さんはやっぱり頼りになるわね。ありがとう」

「いえいえ。史郎《しろう》さん直伝の料理とあれば、僕も興味がありますしね。しかし、うどん粉で水餃子の皮が作れるのですね」

「ええ。おじいちゃんはいつもこれで作っていたわ。もちもちとした食感で、とても美味しいのよ」

「へぇえ。良いですねえ。良いメニューになりそうです」

「……土蜘蛛と鈴蘭さんの為よ？」

「勿論《もちろん》、勿論」

銀次さんは上機嫌な様子で、水餃子を食事処《どころ》のメニューとして考えてしまっている。

「とは言え、お店は午後から開きますから、少し待っていただければ。急ぐのでしたら、厨房からくすねてきます。バレたらダルマの板前長に三枚におろされかねませんが」

「む、無茶は良くないわ、無茶は」

材料は今日中に揃える事が出来れば良いと思っていたので、首を振った。

私は水餃子を作る材料のあてが出来た後、今朝からもやもやと心の中にある事を、銀次さんに尋ねてみた。

「ねえ銀次さん。話が変わるのだけど、隠世で人探しって、出来るのかしら」

「人探し……ですか？」

突然の質問に、銀次さんは当然不思議そうにしていた。

「人と言うか、あやかしなんだけど……私がまだおじいちゃんの所で暮らす前の、幼い頃に出会ったあやかしなの」

説明する私に、銀次さんは少しだけ黙り込み、やがて尋ねた。

「どのような特徴のあやかしですか？」

「真っ白な能面を被《かぶ》っていたというだけで、後は何の特徴もなかったの。だから、見つけ出すのは難しいかもしれないわね」

「……そうですか」

顎《あご》に手を当て、声のトーンを僅かに下げた銀次さん。彼は視線だけを横に逸《そ》らしていた。

私が見ている事に気がつくと、銀次さんはいつものように、ニコリと微笑む。

「そのあやかしが、気になるのですか？」

「気になると言えば、そうなのかも」

「会いたいのですか？」

「そりゃあ、もう一度会えるのなら、恩返しがしたいわ。私、その不思議なあやかしに、命を救われたの。寒さと孤独の中、とてもお腹を空かせていたのだわ」

「…………」

「だけど、そのあやかしが毎日側にやってきて、食べ物を分けてくれた。だから私、そのあやかしに報いる為に、お腹を空かせたあやかしたちに料理を振る舞ってきたのだと思うのよ……なんだかんだと言いながらもね」

「…………」

ぽつぽつと答えると、銀次さんは何故か、笑みを消して視線を落とした。しっぽもタランとさせている。

「隠世も広い世界ですから、葵さんの探し人を見つけ出すのは、なかなか難しいかもしれませんね」

「そうよね。現世《うつしよ》だって、人探しはとても大変なのに」

「申し訳ありません。お役に立てなくて」

「い、いいえ、良いのよ。何だかごめんなさい」

無茶な事を聞いてしまった。だけど、銀次さんはまだ何かを考えているようだ。

「でも、そうですね……ここ天神屋は隠世中のあやかしが宿泊しにやってくる旅館です。ここから異界へ赴く者もいれば、異界から帰ってきたあやかしが泊まる事もあります。葵さんを救ったあやかしも、葵さんがここにいれば、出会える事もあるかもしれませんよ」

「……そっか。確かに、ここは多くのあやかしが出入りするものね」

「そうですそうです。だから、ここで頑張って、良い食事処を作りましょう！　美味《おい》しい食事が出ると噂になれば、あやかしは集まってきます。いつかそのあやかしにも噂が届くかもしれません。きっと、出会えますよ！」

「そ、そっか」

銀次さんが急に始めた熱弁。その勢いに気圧《けお》されながらも、私はコクコクと頷いた。

一度、軽く拳《こぶし》を握りしめる。もし本当に、あの命の恩人のあやかしが、ここ天神屋にやってくる事があれば、私は料理を振る舞いたい。

その為に、ここ天神屋で食事処を開いて、美味しい料理を作り続けたい……

そんな欲が、自分の中にじわりじわりと生まれてきているのが分かった。

銀次さんは、真面目な顔をして物思いにふけっている私に向かって「葵さん」と名を呼び、肩を叩《たた》いた。

「とりあえず、朝ご飯にしませんか？」

「…………」

心を落ち着かせてくれる、優しい声だった。

言われた途端に、とてもお腹が空いている事に気がつく。思わずぷっと、噴き出してしまった。

「そうね。……せっかくの新鮮なたけのこですもの。焼いて食べましょう」

「あ、確かこの棚の奥に七輪がありますよ。外で炭火焼にしましょう」

「ああ、良いわね。お味噌お味噌」

さて、私と銀次さんはすっかり気分を変えて、たけのこに心をとらわれている。

離れを出て、柳の木の下に七輪を置き、そこでたけのこを味噌焼きにした。

「いい匂いだわ。なにこれ〜なにこれ〜」

「わあ！」

銀次さんが、やっと起きて出てきたすっぴんのお涼《りょう》に仰天していた。しかし数秒して、それがお涼であると気がついたようだった。

「ああ……何だ、お涼さんでしたか……」

「あらま若旦那様。何だとは何ですか。すっぴんでは私に気がつかないと？」

「い、いや。お涼さんのすっぴんは久々に見たなと。……ゴホン、というかお涼さん、ずっとここにいたんですか？」

「私、謹慎の間はここで過ごす事にしておりますの。良いですわよね？　私は謹慎中なのですから。何か不都合ございまして？」

「い、いえ……」

若旦那のくせに、すっぴんのお涼の横暴さと凄《すご》みに押されている銀次さんだった。

パチンと、炭火が弾《はじ》ける音がして、私は焼けたたけのこをお皿に盛る。

「さあ、どんどん食べてちょうだい」

この香ばしい味噌の香りはすぐに辺りに広がって、午前のうちから起きているカマイタチのお庭番たちを引き寄せた。

「はよーございやす」

「良い匂いにつられて」

初めて見るカマイタチたちは、みんな薄い緑色の髪をしていて、小柄で、童顔だ。この時間帯はみな作務衣姿で、春風に紛れて次々に現れる。まるで妖精《ようせい》のよう。

カマイタチたちは嬉《うれ》しそうに、たけのこの味噌焼きを頬張ってくれた。最初は彼らと対面する事も出来なかったのに。

感慨深い光景であった。美味しい匂いには、どのようなあやかしたちにとっても気にせずにはいられない不思議な力があるのだなと、何だか嬉しくなったものだ。


「……やっと来たわね」

土蜘蛛が再びこの離れにやってきたのは、更に翌日のお昼頃だった。

しぶしぶという表情で、相変わらず私を睨《にら》んでいる。

どうやら元若女将《おかみ》のお涼や、若旦那の銀次さん、お庭番のカマイタチたちに説得され、またここへやってきたようだった。

「他の奴らがうるさいからな。お前、いつの間にうちの者たちをたらし込んでやがる」

「酷《ひど》い言い草ね。別にたらし込んじゃいないわよ」

警戒心を露《あらわ》にしている土蜘蛛。私はため息をついて、彼に割烹着《かっぽうぎ》と三角巾《さんかくきん》を投げた。

いつも銀次さんがここで身につけているものの、スペアがあったから。

「それを着て。豚ひき肉は一度冷凍しちゃったけど、水餃子の材料は全部揃っているから」

「……天神屋の羽織を脱いで、こんなものを着なければならないのか」

「別に羽織の上から着たって良いのよ？　そんなにその羽織が好きならね」

丸天の紋のついた黒地の羽織や法被《はっぴ》は、天神屋の男たちが皆着ているものだ。役職によって形は違えど、この土蜘蛛にとって、天神屋の従業員であるという誇りのようなものなのだろう。しかし割烹着姿の土蜘蛛は、なんだかとてもシュール……

「さ、水餃子を作るわよ。まずは生地から作りましょう」

「………チッ」

土蜘蛛は舌打をしながらも、手を洗い、言われた通りの行動を取った。

祖父、津場木《つばき》史郎の得意料理の一つだった〝皮から作る水餃子〟は、うどん粉に水を加え、こねて作る。薄力粉と強力粉を混ぜて皮を作る方法もあるが、祖父はうどん粉を好んだ。もちもちとした食感と、つるんとした喉越《のど》しが、水餃子には合っているようだった。

「ほら、最初はヘラを使って、切るように混ぜるのよ」

「うるさい。俺に指図するな」

「はいはい」

まるで思春期の息子を相手にしているみたいだ、と思った。子供もいないのに。

生地をこねる土蜘蛛《つちぐも》は、さっきからずっとムスッとした表情だ。

「耳たぶの柔らかさにするのよ」

「耳たぶの柔らかさって何だ」

眉《まゆ》を寄せて、激しく困惑する土蜘蛛。作業の手を止めた。

「何って……自分の耳たぶを触ってみたらどう？」

びっと、土蜘蛛の耳たぶを引っ張ってみる。おお、案外伸びる耳たぶをしている。

「触るなっ！」

「ご、ごめんごめん」

彼は私をキッと睨みつけ、自分の耳を守る体勢を取り、さりげなく触って確認していた。

耳たぶ程の柔らかさというのは、生地を作る料理ではよく使う用語ではあるが、曖昧《あいまい》な表現なので個人差が出てしまうよなあ、といつも考える。きつね色に揚げる、塩をひとつまみ、など、料理には曖昧な表現をする用語がある。これってどのくらい？と、誰もが思うだろう。結局の所それは目安であり、なんとなくこの程度、というのは、何度も料理をして自らで確認していくしかないのだ。

「これでどうだ」

土蜘蛛は生地を捏《こ》ね終わり、自信満々な様子で私に確認するように言う。

生地をぐっと摘んでみて、オッケーを出した。その時の、微妙に嬉しそうな土蜘蛛の表情に、思わず「おお」と思ったり。

「次は、棒状に伸ばして、白玉くらいで切っていくのよ」

「白玉？」

土蜘蛛は良くわかっていなかったので、ジェスチャーを混ぜながら、生地を転がすように促す。言われた通り、土蜘蛛は生地をころころと転がした。棒状に伸びた所で、端から切っていく。お手本の大きさを教えてあげた。

「まるで、たんきり飴《あめ》のようだな」

土蜘蛛は、切った一欠片《かけら》を摘《つま》んで、まじまじと見ながら呟《つぶや》いた。

「ああ。確かにそうかも。そっちの方が分かりやすいわね。たんきり飴だと思って、切ってみてよ」

土蜘蛛は頷《うなず》き、棒状にした生地を切っていった。次に、切ったものを二人で引き伸ばしていく。いよいよ、餃子《ギョーザ》の皮になるのだ。

麺棒で、生地を回しながら、外側から中心へ、ヘソを作るように転がして……

「って、ああ、なぜ叩くの⁉」

「麺棒は叩くものじゃないのか」

「違うわよ！　そういう時もあるけど、今回はコロコロするのよ、コロコロ」

乱暴に生地を叩き始めた土蜘蛛に、私はハラハラしながら、生地の広げ方を教える。

土蜘蛛も真剣な様子で、私に倣おうとする。

「あら、もしかしてあんたって左利き？」

その際、私は土蜘蛛が左利きな事に気がついた。土蜘蛛は「それがどうした」と、ぶっきらぼうに答えただけだった。

さて。手作りなので、市販のもののように綺麗《きれい》な円形ではないが、直径十センチ程度広がると、いよいよ餃子の皮らしく見えてくる。

「よし。じゃあ、次は餃子の中身に入れる肉ダネを作るわよ」

「肉ダネには何を入れるんだ」

「大ざっぱに言うと、豚ひき肉と、キャベツと、ニラよ。まずはキャベツをみじん切りにしてちょうだい」

「みじんぎり……」

土蜘蛛の表情が陰った。何だろう、みじん切りに嫌な思い出でもあるかのようだ。

「あんた、もしかしてみじん切りが苦手なの？」

「いや得意だ」

キリッとした表情で断言する土蜘蛛。とりあえずさせてみた所、いや確かにもの凄く早い手さばきでキャベツをみじん切りにするのだが、キャベツがあちこちに飛びまくる。

「ス、ストップストップ!!」

思わず声をあげた。土蜘蛛は「何だ！」と、同じ調子で返事。

「何だ、じゃないわよ。私を見てちょうだい。キャベツを大量にかぶっている私を！」

「…………」自らの手に持つ包丁を見つめ、無言になる土蜘蛛。

「ちょっと落ち着いて。みじん切りって、別に早くなくても良いんだから。食べ物を粗末にしてはダメよ」

なぜか焦りにかられてみじん切りをしていた土蜘蛛を落ち着かせた。土蜘蛛いわく、

「キャベツのみじん切りは早さが命って史郎が言っていた」との事。それは多分祖父の嫌がらせだと教えてあげたら土蜘蛛は青ざめていた。

さて、みじん切りにしたキャベツに、塩をまぶして少し置いて、今度は豚ひき肉に、塩《しお》胡椒《こしょう》、おろし生姜《しょうが》、きざみにんにく、ごま油で味付け。肉にそれらを馴染《なじ》ませるように、混ぜる。そこへ、先ほど刻んだキャベツと、更にたっぷりの刻みニラを加えて、混ぜる。

粘りが出てきた所で、これが肉ダネになる。ニラの香りが、出来上がりの餃子を想像させる。良い匂いだ。

「おお、良い感じじゃないのよ。やるじゃない」

「……俺だってやれば出来る」

「そうね。その調子よ」

料理がヘタと聞いていたが、ちゃんと教えると、思っていた以上に素直に聞いて、飲み

込みも早い。

きっと祖父は、土蜘蛛がイライラする事を横で言いながら、教えていたに違いない。そういう嫌らしい事を、あえてやるようなクズだった。

「さあ、今度は皮に肉ダネを包んでいくわよ」

匙《さじ》に肉ダネを取って、皮に包む作業は、個人的にはとても好きだ。

「ひだを作りながら……そうそう。皮を伸ばしながら」

「難しいな」

「そのうち慣れるわよ。まだ沢山作らなきゃならないからね」

最初こそ、土蜘蛛は手慣れない仕草だったものの、二つ目、三つ目を作ると、形も整ってくる。でこぼこで、小さな餃子が並ぶ様子は、何だか可愛らしい。

慣れてくると、後は黙々と作業をこなすだけだ。真剣な土蜘蛛の様子を見ながら、私は何だか微笑ましく思った。

「あのね。私もね、おじいちゃんと一緒に、こうやって水餃子を作ったのよ」

祖父の話題を出すと、土蜘蛛は「史郎、か……」と目を細めた。

「ええ。私だって、最初から料理が出来た訳じゃないのよ。おじいちゃんが、楽しい事から一緒に教えてくれたし、美味《おい》しく食べてくれたから、また美味しいと言ってもらいたくて、作っていたの」

今だって、料理が特別出来ているとは思わない。きっと世の中のお母さんたちの方が、毎日こだわりの料理を作っていると思う。

土蜘蛛も作業の手を止める事なく、私の話を聞いていた。

やがて、口を開く。「史郎は、とんでもない奴だった」と。

「あいつはめちゃくちゃな強さを持った、ただの人間だった。人もあやかしも嫌いだと言っていた。だが、俺や鈴蘭は、確かに一度あいつに助けられたのだ。話は、鈴蘭に聞いただろう」

「ええ。あなたたち、退魔師とのバトル中に、おじいちゃんに横入りされて、ぶっ倒されちゃったんでしょう？」

「……まあ、そういう事だな」

気まずい表情の土蜘蛛だ。祖父に負けた事は、彼にとって忘れたい黒歴史なのだろう。

「あいつは、俺たちをいとも簡単に倒して、勝手に契約を結んで、勝手に使役しやがった。俺たちの了承も得ずに、だ。むちゃくちゃな奴だった。そのくせに、人を召使いのようにこき使った」

「料理は怒られてばかりだったんでしょう？」

「ああ。あいつは、俺たちあやかしの好む味付けを嫌った。とにかく辛くて濃い味が好きだったんだ。やれみそ汁は薄い、やれ煮付けが甘い、と何度もちゃぶ台をひっくり返されたな」

「……え？」

土蜘蛛の言う事に、思わず、餃子を包む手を止めた。

私の知っている祖父は、ずっと、あやかし流の、少し甘くて薄味を好んでいたからだ。

「でも、そう言えば松葉《まつば》様も、そのような事を言っていたわね。おじいちゃん、昔はあやかし好みの味付けが合わなかったって……」

私が戸惑いの様子を見せたからか、土蜘蛛は手を止めた。怪訝《けげん》そうな表情で、少しばかり考え込んでいる。

「お前は、史郎にあやかし好みの味付けを習ったのか？」

「ええ。だっておじいちゃんが、その方が好きだって言っていたから。おじいちゃんは私に、徹底してその味を叩《たた》き込んだのよ」

「……それは」

土蜘蛛は言葉を止めて、少しだけ黙り込んだ。

私には訳が分からなかったが、土蜘蛛は何かを確信した様子で告げる。

「それはきっと、お前をあやかしから守る為だろう。あやかしは、霊力の強い者を見つけて、食おうとする。現世のあやかしは特に、食い物がないから、人間を襲う。お前は史郎譲りの霊力を持っているから、史郎はそこを憂慮したのだ」

「え？　それって、おじいちゃんが好みを偽って、あえてあやかし好みの味付けを私にさせていたって事？」

「さあな……史郎の考える事は分からないし、分かりたくもないが、あいつがお前を溺愛《できあい》していたなら、その可能性は十分ある。お前に、あやかしと上手《うま》く渡り合う為の力として、料理を教え込んだのだろう。特にお前の料理は、その過程を経て、ある種の呪いを含んでいる。お前が作った料理には、霊力を大きく回復できる力があるのだから。俺はお前の料理を食って、それを思い知った」

「…………」

それは私にとって、目から鱗《うろこ》が落ちる程の見解だった。

しかし思えば、確かに現世であやかしたちに狙われながらも今まで生きながらえてきたのは、料理があったからと言える。あやかしたちに、私を食べる代わりに、この料理を食べなさいと、何度も取引してきた。

あやかしたちは私の料理を好んだ。それは、あやかし好みの味付けであり、霊力を回復できる力が、私の作ったものにあったからなのだろう。

祖父は、それら全てを見込んで、私に料理を作らせていた。

そういう事なのだろうか。密《ひそ》かに、料理というものに術を忍ばせて。

「でも、それならば、最初からあやかしを倒す退魔の術でも教えれば良かったのに」

「お前……俺たちを倒そうと思っているのか？」

「い、いえ。そっちの方が、回りくどくないじゃないって話よ」

横目に土蜘蛛《つちぐも》に睨《にら》まれた。殺気を感じる。出会いの当初を思い出させる殺気だ。

しかし彼はすぐにそれを収めて、また見解を述べた。

「……それはきっと、大旦那様《おおだんな》との約束があるからだ」

「大旦那様？」

「借金の代わりに、孫娘を嫁にやると言った、あの約束だ」

土蜘蛛はどこか恨めしそうにして、私を見下ろした。私は閉口。

「史郎が大旦那様に巨額の借金をしたのは、俺や鈴蘭があいつに無理矢理契約を切られ、大旦那様によって隠世へ連れて来てもらった後の事。俺が、当時の番頭の下でフロントの仕事を始めた直後の事だった。ふらっと天神屋に現れて、あいつは好き勝手に飲み食いをして、暴れまくった。フロントにあった、国宝級の壺《つぼ》を割りやがった！」

徐々に口調が強くなり、ヒートアップする土蜘蛛の恨みつらみ。

またしてもいたたまれなくなった。しかし、思いは土蜘蛛も同じようだった。

「俺はいたたまれなくなったものだ。あいつのせいで、大旦那様に迷惑をかけてしまったのだからな。結果、史郎は多額の借金を抱えて、しかもその借金のかたに、自分の孫娘を提示した。大旦那様は何を思ったのか、それを了承した訳だ」

「…………」

　あさっての方向を向いていた私を、流石の土蜘蛛も哀れんだ。

「お前は史郎に似ている。だから俺はお前が気に食わないが、史郎のせいで苦労しているのは分かる。御愁傷様としか言いようがない」

「同情するなら、どうにかしてよ」

「いや、無理だな。大旦那様と史郎の誓約は絶対だ。俺ごときではどうにも出来なかった。だからこそ、史郎はお前に、あやかしと対等に渡り合う力を身につけさせたのだ。この隠世で、ただの人間が生きていく為に」

「それが料理だって言うの？」

「そういう事になるだろうな」

　私は土蜘蛛の見解を、全て理解できる訳ではなかったが、妙な説得力を感じてしまい、また戸惑った。土蜘蛛もまた、思い出す事があるように、視線を落としている。

　だが、二人とも餃子《ギョーザ》を作る手だけは止めなかったし、止められなかった。

「俺は、鈴蘭が史郎に惹《ひ》かれる理由が、分からなかった訳じゃない……」

「え？」

「凄《すご》い奴だった。だが史郎は、力がありすぎた。人の環《わ》にも、あやかしの環にも入れない、ふらふらしたクラゲみたいなろくでなしだ。史郎は鈴蘭を可愛がってはいたが、一生側に置いておく気はなかった。俺の事も。……だから俺たちを隠世へと送ったんだ。俺たちの事が、鬱陶《うっとう》しくなったんだろう」

土蜘蛛の零《こぼ》す、祖父に対する言葉は、少しだけ悔しさと寂しさを帯びたものだと思った。

ただ、私は思う。果たして本当に、祖父はこの蜘蛛の兄妹《きょうだい》を、鬱陶しく思ったのだろうか、と。いや、その可能性は確かにあるが、私はあまり信じたくはない。

「あ、もう出来上がっちゃった」

語り合っているうちに、餃子が全て並んだ。私たちはもう、祖父の事を考えるのは止めて、水餃子の仕上げに取りかかる。後はこれを茹《ゆ》でるだけだった。

沸騰したお湯にいれ、しばらくして茹であがった水餃子を全て引き上げ、器に盛る。水餃子の一つを小皿に取って、用意していた酢醤油《すじょうゆ》をかけた。

「おお、いい感じいい感じ。ほら、一つ味見をしてみなさいよ」

土蜘蛛にすすめると、彼は何故だか少々怯《ひる》んでいた。しかし、私が差し出す小皿を受け取り、その水餃子を一口で食べる。

「………………」

少しの間、無言だった。あれ、もしかして微妙だったかな、と思って焦ったが、土蜘蛛は水餃子を飲み込み、長く息を吐く。

「そうだ。この味だ。現世で史郎に救ってもらった日に、これを鈴蘭と共に食べたのだ」

彼は、はたから見たら、落ち込んでいるかのように見える神妙な表情だった。

だが、やがて小気味良い様子で、鼻で笑う。何かに納得をしたかのように。

「美味しかった？」

「……まあ、悪くはない。俺が作ったのだから」

「そう。それなら良かったけれど」

思わずニコリと微笑んだ。美味しいものが作れたのなら、私は満足だ。

土蜘蛛はそんな私を、物珍しい様子で見てから、何だかひねくれた表情をして、割烹着《かっぽうぎ》を脱ぎ始めた。

「そろそろフロントに出ていかないといけない。俺には番頭としての仕事がある」

「えっ。ちょっと、じゃあこの出来上がった水餃子はどうするのよ！」

てっきり、今から水餃子を介した、蜘蛛兄妹の仲直りの儀式が始まると思っていたのに。

しかし土蜘蛛はこれを、鈴蘭さんの元へ持って行く気は、さらさらなかったようだ。

「お前は、水餃子を鈴蘭に作ってやれと言った。これを鈴蘭の元へ持っていけとは、言っていない」

「そ、そりゃそうかもしれないけど！」

「責任を持って、お前が持っていけ。お前〝無職〟だろうが」

「え……いや、それは、おっしゃる通りですけれど」

「それと、鈴蘭には俺が作ったという事を、絶対に言うな。分かったな無職め」

「…………」

無職と言われると、流石に強く出られない。土蜘蛛はニヤリと、片方の口の端を上げた。

この言葉が私に有効であると察したようだ。これはもう、ぐぬぬ、としか言いようがない。立ったままブルブル震えた。

「それと、俺は土蜘蛛だが、お前なんかに土蜘蛛と言われると微妙に腹が立つ。俺は、天神屋の番頭、〝暁《あかつき》〟だ。天神屋の離れでこそこそ暮らす無職のお前は、たとえ俺の尊敬する大旦那様の許《い》い嫁《なずけ》であっても、序列の上では、まだまだ最下位の存在。よって、お前は俺を、敬う必要がある」

「何よいきなり。だってあんた、名前で呼ぶなって言ったでしょう。だから、土蜘蛛って呼んでたんじゃない」

「これからは〝暁〟と名で呼ぶと良い」

土蜘蛛〝暁〟は、その名を堂々とした態度で名乗った。自分で名乗っておきながら、何だか微妙に難しい表情をしている。こちらとしては、きょとん、だ。

「水餃子を鈴蘭に持っていけよ」

彼はぼそっと、それだけを命令し、黒い天神屋の羽織を翻し、この離れを出ていった。

「……まあ～……後片付けもしないで、偉そうに」

しばらくぽかんとした後、私はぼやいた。

ちょっと前に、雪女のお涼が、土蜘蛛は若々しいと言っていた事を思い出す。確かにそんな感じがした。

しかしまあ、祖父に育てられた順で言えば、彼は私の兄の立場であるはずなんだけど。

「私も一つ、味見をしましょう」

食べていなかったなと思って、私も水餃子を一つ、小皿に取って、お箸《はし》で割ってみた。

肉汁がじわりと溢《あふ》れ、ニラとにんにくの香りが、食欲をそそる。個人的には、これに刻んだたけのこを入れて作ってみても良かったかな、と思った。しかし今回は、思い出の味の再現が、優先であった。一口食べて、懐かしい祖父の水餃子の味を噛《か》み締める。

うん、これだ、と納得できた。いつも祖父と一緒に作って、食べた、水餃子の味だ。

「って、ぼんやりしていられないわ」

私は慌てた。出来立ての水餃子を、今すぐ鈴蘭さんに持っていかなくてはならない。

「ねえ〜、何だか凄く良い匂いがするんだけど〜。にんにくとニラの匂い〜」

奥の間から、ここぞとお涼が出てきた。こいつ、まだいたのか。

「ちょうど良かったわ。お涼、ここの後片付けをしておきなさい」

「えっっ⁉」

「後片付けをした後なら、残った水餃子を食べても良いから」

「えー、まー、それならやっても良いけどー」

お涼はしぶしぶ承諾し、たらたらと着物の袖《そで》をたすきがけし始めた。

私は鈴蘭さんの為の水餃子を盛りつけ、急いでお盆に載せる。酢醤油と、取り分ける小皿と、お箸とレンゲも用意して、小走りで離れを出ていった。

小鉢やらデザートやら、色々とつけられたら良かったのに……

この時の私には、とにかくこの〝水餃子〟を、一刻も早く鈴蘭さんに食べて欲しいという思いしかなかったのだった。


鈴蘭さんは、やはり最上階の上級客間〝八雲《やくも》〟で、ただ一人で三味線を弾いていた。

その音色は洗練されていて、物悲しさと寂しさに溢れていて、ここ隠世に対する別れを憂いているようにも思える。

「鈴蘭さん！」

ただ、私はその音色の響く部屋に飛び込むようにして、了解も待たずに上がり込んだ。

当然、鈴蘭さんは驚いていた。部屋の窓辺から外界を見ていた彼女は、三味線をその場に置いて、私の元へ寄ってくる。

「どうかしましたか、葵さん」

「いきなり、ごめんなさい。これ、鈴蘭さんに食べてもらいたくて」

私は、お盆ごと鈴蘭さんに差し出した。

「水餃子よ。おじいちゃんに教わった作り方で作ったの」

鈴蘭さんは大きな目を見開いた。その反応は明らかで、瞬きも出来ずにずっと水餃子の器を覗《のぞ》いている。

「私に……？」

鈴蘭さんが確認するので、私はコクコクと頷《うなず》いた。

今すぐにでも食べて欲しいという思いが伝わったのか、鈴蘭さんはレンゲで水餃子を一つ小皿に取って、箸で摘《つま》んで一口食べる。

ごくりと息を呑《の》んだ。自分の作った料理を、他人が食べている所を見る以上に、とても緊張していた。理由は良くわからない。

咀嚼《そしゃく》する様子を見つめるのは失礼かと思ったけれど、私は反応が気になって、彼女から目を逸《そ》らす事が出来なかった。鈴蘭さんは飲み込んでしまって、小さく頷く。

「これは確かに、史郎様の水餃子ですね……美味《おい》しいです。とても」

何を思い出したのか、彼女は着物の袖で、目の端を拭《ぬぐ》った。

ほっと胸を撫《な》でおろす。暁、やったわよ、と心の中で呟《つぶや》いた。

「史郎さんに救われたあの日を、思い出さずにはいられません。この味は、私が一番幸せだった時の、象徴のようなものです」

「幸せだった……？」

「ええ。私は史郎様と、兄さんと共に、現世で過ごしたあの短い時間が、一番幸せでした」

もう一つ水餃子を取って食べ、彼女は微笑む。

美味しい、美味しいと何度も言ってくれた。一つ一つの餃子の形を、よくよく確かめて。

「もしかして、この水餃子、兄さんも作りました？」

「えっ。どうして分かったの？」

私は何も告げていないのに、鈴蘭さんはこの水餃子を、兄の暁も作ったものだという事に気がついていた。

「餃子のひだの向きです。逆の仕様のものがいくつかあります。兄さんは左利きなので」

「あっ……あああ、なるほど～」

そう言えば、土蜘蛛《つちぐも》は左利きであったと私も思い出した。確かに、左利きだと餃子を包む際ひだの向きが逆に出来上がる。思わず感嘆の声が漏れた。

「流石は妹さん。お兄さんの事は、良くわかっているのね」

「最初は葵さんが作ってくれたのだと思っていたのですが、もしかして、と思ったのです。それでひだを確認して、やはり向きの違うものがあったので」

「これは暁もしてやられたわね。あいつ、鈴蘭さんには知られたくなさそうにしていたの」

「うふふ。兄さんは頑固ですからね。でもこの味を知っているのは、私たちだけですから」

微笑みを湛《たた》えながらも、彼女は切なげな表情をして、左手の人差し指を唇に添えた。

嬉《うれ》しいのか、寂しいのか。私にその心を推し量る事は出来ない。

「ねえ、暁の事は、このままで良いの？」

私は、土蜘蛛の暁の事と、目の前の鈴蘭さんの関係が、やはり気になった。確かに暁は鈴蘭さんに水餃子を作ってあげたが、果たしてこれで、仲直りと言えるのだろうか。

「兄さんは、私と顔を合わせると、また小言を言ってしまうと思っているのでしょう。私を現世に向かわせたくないのは、兄さんの本心ですし」

鈴蘭さんは、眉《まゆ》を寄せクスクスと笑う。水餃子を箸でもう一つ摘んで、慈愛に満ちた表情で見つめている。

「ですが、この水餃子が兄さんの優しさであり、甘さです。私の無茶やわがままを、いつも聞いてくれた兄さんだもの」

「……鈴蘭さん」

「史郎様の水餃子《スイギョーザ》の味を、もう一度思い出させてくれただけで、私は十分、兄さんの愛情自らに言い聞かせるように、鈴蘭さんは繰り返し頷いた。

「離ればなれになっちゃっても良いの？」

「兄さんも私も、もうそれぞれの道を持つ、大人のあやかしですもの。私が現世で生きていきたいと願うのと同じように、兄さんはここ天神屋で生きていきたいと願っているでしょう。兄さんには兄さんの、居場所と夢があるのです。私は、天神屋の番頭として働く兄さんを尊敬していますよ」

とっくに冷めてしまった水餃子を、鈴蘭さんは残さず全部食べてしまった。

元々離れて暮らしていた暁と鈴蘭さんだけど、同じ隠世で生きていたのと、別々の世界で生きていくのでは、何かが違うのではないかと思っていた。

だけど、私が思っていた以上に、二人は様々な事を分かり合っていて、それぞれの生き方を尊重しているのだ。

「兄弟って良いな……なんだかんだと心配し合っていても、絶対的な味方なのね」

兄弟のいなかった私には、何だか羨《うらや》ましい関係だと思う。

鈴蘭さんは小首を傾げ「あら」と不思議そうにしていた。

「葵さんだって、暁兄さんと、私と、兄弟のようなものではないですか？」

「え？」

「だって、同じ史郎様に育てられたのですから。家族も同然ですよ」

「………」

チリン……

鈴蘭さんの髪に挿さった、手鞠《てまり》の髪飾りの鈴が鳴った。

その音は、鈴蘭さんの優しい言葉と共に、私の心に強く響く、涼やかな音色だった。

共通の思い出の味。それが導いた関係。

祖父、史郎の残した数奇な繋《つな》がりを、鈴蘭さんは家族という言葉で表現した。

私と暁の手作り水餃子が、旅立つ鈴蘭さんのはなむけとなればと、心から願う。

幕間

「失礼致します」

「……銀次《ぎんじ》か。入れ」

銀の九尾を揺らし、深々と頭を下げ、私は大旦那様《おおだんな》の御前に出ていった。

大旦那様は煙管《キセル》を吹かしながら、いつもの黒い羽織り姿でいる。

「暁《あかつき》と鈴蘭《すずらん》さんの件は、一件落着となったようですね」

「葵《あおい》が暁に力を貸したらしい。鈴蘭との仲を取り持ったようだ」

「やっぱり、葵さんは史郎《しろう》殿の孫娘なんですねえ。流石と言いますか」

「史郎の場合は、あやかしたちの関係や立場をめちゃくちゃにする方が、得意だったがな」

「ですねえ」

大旦那様はくすくす笑いながら障子を開け、濡《ぬ》れ縁に出た。葵さんがあやうく飛び落ちそうになった場所だ。遠く闇夜で点滅する、塔の赤い妖火《ようか》を見つめている。

「葵は〝あの件〟の約束を、覚えていないようだな」

「……そのようですね。幼い日の、辛《つら》い記憶に伴うものですから、致し方ないかと」

「銀次。お前は、葵が過去の事を思い出した方が良いと思うか？」

大旦那様の問いかけに、私は耳を垂らし少し考えた。

「それは……どうでしょうか。葵さんは、幼い頃に出会ったあやかしを探したいとおっしゃっていましたけれど、いまだに過去の傷は残っているようですから。ただ私は誤魔化す事に必死で、つい、この宿で食事処《どころ》を開けば、そのあやかしに出会えるかもしれないと口走ってしまいました」

「まあ、間違いではないな……誤魔化すのにも、苦労をかける。いっそ言ってしまった方が、お前にとっては楽だろうに」

大旦那様はふっと笑って、視線を斜め下に落とす。おそらく葵さんのいる離れの方だ。

「大旦那様は、あの件に関して、葵さんに何もお伝えするつもりはないのですか？」

「僕は何も言うつもりはない。僕にとってそれは、婚姻を結ぶ上で不利な話だからな」

「……不利、ですか？」

大旦那様の横顔を窺《うかが》った。ぷかぷかと煙管を吹かすその表情や態度は、いつも通りだ。

「ただ、この件を抜きにしても、葵には選ばないといけない事があるな……」

「……？」

大旦那様は意味深な事をぼやいて顎《あご》を撫でた。何を考えていらっしゃるのだろう。

長年の付き合いのある私でも、この方のお考えを正しく読み取る事は出来そうにない。

第十話　あやかしとの約束を忘れてはならぬ

鈴蘭《すずらん》さんが現世《うつしょ》へ出発する日がやってきた。

現世へ行くには、天神屋《てんじんや》からまっすぐに伸びる吊り橋を渡り、中級、低級のあやかしたちが営む商店街を歩み、その先にある小山の頂上に伸びる石段を上り、異世界へと繋《つ》がる〝境界の岩戸〟を開く。その岩戸を越えれば、現世へ辿《たど》り着けるのだそうだ。

「よし、完成」

離れの厨房《ちゅうぼう》で、お弁当を作っていた。以前、大旦那様と知らずに鳥居の脇に座っていたあやかしにお弁当を作ってあげた、その時の弁当箱があったから。

内容は至って普通のお弁当だ。唐揚げと、焼き鮭、ネギ入り卵焼き、いんげん豆の胡麻《ごま》和《あ》え、人参とごぼうのきんぴら。たけのこの炊き込み御飯の真ん中には、梅干しを一つ。

鈴蘭さんに持って行ってもらえればと思って、好物を聞いたのだった。

そう言えば、自分が隠世《かくりよ》へやってきて、まだ一週間と少ししか経っていない事に気がつく。現世ではとっくに大学が始まっているだろうし、このままでは確実に留年決定だ。

一体いつになったら、私は現世に帰る事が出来るのだろうか……

「葵《あおい》ちゃーん！　大変だよ!!」

そんな時、狸娘の春日《かすが》が離れに飛び込んできた。狸のしっぽが丸出しだ。

「いったいどうしたの？」

「大変だよ。天神屋の外に、八幡屋《やはたや》の一反木綿たちが集まっているんだよ！」

「……ええ？」

素っ頓狂《とんきょう》な声を上げてしまった。春日は早口で言った。相変わらずここの奥の間でだらだらしていた雪女のお涼《りょう》も、何事かと出てくる。

「きっと、鈴蘭さんが現世へ行ってしまう事を知っちゃったんだよ。あいつら、鈴蘭さんを出せって言って聞かないの。後少しで、現世への門が開いちゃうのに、このままじゃ鈴蘭さんが落ち着いて出ていけないよ。異界旅立ち贅沢《ぜいたく》プランは、気持ち良い旅立ちが売りなのにさっ！」

「それは由々しき事態ね」

「大旦那様は、鈴蘭さんをなんとしてでも無事に、境界の岩戸を越えさせるって言ってる。今は番頭様が、頑張っているよ」

事の厄介さを理解し、私はお弁当を、銀次《ぎんじ》さんの用意してくれた桜柄の風呂敷《ふろしき》に包んで、抱えた。急いでフロントへと向かう。

フロントは予想通り騒がしい。天神屋に宿泊していた、これから現世へ向かおうというあやかしたちが集まり、動向を見守っている。

そんなあやかしだかりをかき分け、私は宿の表に出た。

谷にかかる吊り橋を挟んで、天神屋の幹部と八幡屋の一反木綿たちが、まさに一触即発という空気の中、向かい合っている。

「天神屋の大旦那に告げる。女郎蜘蛛《ぐも》、鈴蘭を出せ！　こちらは正規の手続きにより鈴蘭を嫁に貰《もら》う事となっている。お前たちのしている事は、誘拐に等しい。中央に申請して、訴えるぞ！」

木製のメガホンのようなものを口元に当て、一反木綿の若様が大声を上げていた。

じいやを始めとした、彼の取り巻きが、うんうんと頷《うなず》き臨戦態勢を取る。一反木綿たちは武士のように鎧《よろい》と兜《かぶと》を纏《まと》い、腰に刀を下げて、背中には旗を掲げていた。なんだか桃太郎を彷彿《ほうふつ》とさせる格好だ。ただのお宿に向かい合っているので、場違い感が凄《すご》い。

「うるさいぞ一反木綿共！　営業妨害だ‼」

打って変わって天神屋側は、ただの丸天の羽織姿である。丸腰と言っていい。

「ここは天下の天神屋。大旦那様を訴えるなどという身の程知らずな事を言う奴は誰だ！　そもそも、芸妓《げいぎ》置屋に賄賂《わいろ》を渡しておいて、何が正規の手続きを踏んだ、だ。お前みたいな奴に、鈴蘭を嫁になんて出すか！」

天神屋サイドの中心には、鈴蘭の兄である番頭が仁王立ちしており、またメガホンを口に当てて、相手の言う事に対して反論を展開していた。

「鈴蘭はお前を心底嫌っている。というかキモチワルイと言っている！　貴様、おなごをしつこく追い回し、気持ち悪がらせて何が楽しいのだ、この変態野郎！　痛々しい恋文を晒《さら》してやるぞ‼」

土蜘蛛は羽織の袖《そで》から、バッと一枚の文を取り出した。

周囲に居たあやかしたちが、楽しみな様子で「おお」と声を上げた。

「うわあああああああ、やめろおおおおおおおおおお‼」

流石の一反木綿の若君も真っ青な様子で頭を抱え、慌て始める。

「じいや、あの一介の土蜘蛛ごときが、僕に対して名誉毀《き》損《そん》も甚だしいことをしようとしているっ！」

「はい、鈴蘭様の兄とは言え、名誉毀損甚だしいですな」

じいやは「大砲をここに」と、妖都《ようと》で弓矢部隊を揃えた時のような調子で、大砲をいくつか揃え、谷の際で並べた。

「ちょっ、ちょっと、戦争でも始めようって言うの」

様子を見ていた私も、思わず弁当を抱きしめ、後ずさり。

容赦なく大砲は撃たれ、稲妻の落ちるような音が響いたかと思ったら、悲鳴はあちこちから聞こえ、低級の従業員たちは皆、天神屋の番頭である暁《あかつき》の後ろに隠れようとしていた。

暁は巨大な土蜘蛛という本来の姿を現し、向かい来る大砲の弾をその身に受け止めた。

「暁！」

流石の私も暁を心配したが、モクモクと立つ煙の中からは無傷の土蜘蛛が現れる。流石は現世を騒がせた退魔師泣かせの大妖怪《ようかい》。この程度どうって事ないようね。

吊り橋を渡ってこようとする一反木綿兵も居たが、土蜘蛛の糸によって払われ、コロッと谷に落とされたり、また空中を自在に動き回る天神屋のお庭番、カマイタチたちによって、数多くの一反木綿兵があっさり切り刻まれた。言ってしまえば、彼らは「布」なので、カマイタチの忍者のようなプロの身のこなしにはついていけず、簡単にのされてしまっているのだった。

とは言え、一反木綿たちもこちらに向かって大砲を打ち続ける事を止めず、天神屋の従業員たちも多少の被害を受けている。ほとんどを、従業員たちが体を張って防御している状態で、あやかしと言えど大砲を食らって、痛い思いをしない訳がない。

しかしここは天神屋。多くの客が寝泊まりしている隠世一のお宿だ。

皆必死になって、この宿と、お客様を守っているのだ。

「葵」

そんな時、私の名を呼び、肩を引いた者が居た。

大旦那様だ。大旦那様の側には、笠《かさ》を被《かぶ》った鈴蘭さんが、俯《うつむ》いた様子で隠れている。

わあわあとうるさい、表の騒音と爆音が、耳から遠のいた気がした。

「葵、お前に一つ、頼み事がある。鈴蘭を無事に現世まで送り届けて欲しい」

「え……私が？」

「そうだ。お前は現世を知り尽くしているし、鈴蘭の目的の場所へ、連れていく事が出来るだろう」

「目的地？」

はて。鈴蘭さんの目的の場所とはどこだろう。

鈴蘭さんは、おずおずとした様子で私を見ていた。大旦那《おおだんな》様は続ける。

「ここに、〝境界の岩戸〟を越える為の通行札が二枚ある。お前は鈴蘭と共に、飛行牛車《ぎっしゃ》に乗って、向かい側の小山まで行くのだ。さあ、こっちだ」

「…………」

私は一つ疑問を抱いた。それは、やはり私も現世へ行けるという事なのだろうか。

何が何だか分からなかったが、大旦那様は私の腕を引いて、天神屋の中庭まで連れて行った。そこには銀次さんも居て、すでに牛車が用意されている。

「さあ、鈴蘭さん。葵さん。乗ってください」

銀次さんは私の戸惑いの表情に、困ったように笑いかけ、すぐに牛車に乗るよう急《せ》かした。私は更に不安になる。

「どういうことなの、大旦那様」

「何が？」

「何が……って」

私はお弁当を抱えた状態で、訳も分からず鈴蘭さんの後に続きながらも、牛車の上から大旦那様に顔を向ける。しかし彼はひょうひょうとした表情をしているだけだ。

「ちょっと！　これこれ」

そこへ、雪女のお涼が、私の大学バッグを持ってやってきた。

「これを忘れては、色々と大変なのではなくて？」

「おお……お涼。気が利くじゃないか」

「嫌ですわ大旦那様。〝若女将《おかみ》〟たる者、気が利かなくては務まりませんもの」

さっきまでぐうたらしていたお涼とは思えない、キリッとした表情だった。大旦那様に褒められて、どこか得意げだ。

「葵。鈴蘭を頼んだぞ」

「…………」

「鈴蘭を目的の場所まで無事に送り届けたなら、お前は天神屋で食事処《どころ》を開いても良い。……約束しよう」

大旦那様はそれだけ言って、牛車の運転手に、行くように指示を出した。

「ちょ、ちょっと……っ」

でも、現世に帰った後、私はどうやって隠世へ戻ってくれば良いの？

尋ねようと思ったけれど、大旦那様は相変わらず不敵な笑みを浮かべているだけだし、銀次さんは遠い場所へ行く娘を心配する母親のような態度だし、お涼は存外、男前な様子で腰に手を当て、どんどんと高く昇る牛車を見上げている。

私はあまりにあっけに取られていて、大旦那様への言葉が口から出てこなかった。

「……葵さん？」

鈴蘭さんは、私の様子がおかしいと思ったのだろうか。

着物の端をちょいちょいと引っ張って、不安そうな、申し訳なさそうな面持ちでいた。

「申し訳ありません。私の事情に、巻き込んでしまって」

「い、いや……それは良いのよ」

「大旦那様が、葵さんを連れていくようにと言うので。私は、一人で大丈夫と言ったのですが……」

「鈴蘭さんが現世にいた時代とは、ガラッと変わっているでしょうからね。大旦那様の判断は正解かもしれないわ」

私たちの乗った牛車が空を飛んでいるというのは、時にふわっと落ちたり浮いたりする感覚で分かる。

後方ののれんを上げて、下界を覗《のぞ》いてみた。相変わらず、深い谷を挟んだ妖怪大戦争が繰り広げられている。天神屋のあやかしたちって、やっぱり強かったんだなー……

しかし、ちょうど吊り橋のかかる谷の上を越えようとしていた時だ。

飛び交う大砲の弾がこちらに飛んできたのが確認でき、私は「ああっ」と声を上げた。

下界にいる天神屋のあやかしたちも「あああ」と、悲鳴に近い声を上げる。

だが大砲の弾がこちらに届く事はなかった。白い蜘蛛の糸が、目前で大砲を包み、谷へ投げ落としたのだった。

「……暁だ」

土蜘蛛姿の暁が、牛車を守ってくれたようだった。鈴蘭さんはそれを知り、思わず牛車から身を乗り出して、叫んだ。

「兄さん、お達者で！」

土蜘蛛の暁は、複数の瞳《ひとみ》を、ぎょろとこちらに向けた。無言ではあったが、蜘蛛の兄妹《きょうだい》、ただ視線を交わすだけで通じ合った思いはあるのだろう。

鈴蘭さんは肩を震わせていた。

危ないので、私は彼女に、奥に座るように勧める。

ただ下界は騒がしくなった。鈴蘭さんの声が一帯に響いた事で、一反木綿たちが「上だ」「飛んで逃げるつもりだ」と、騒ぎ立てたのだ。

「鈴蘭！　僕だ！　結婚しよう！」

一反木綿の若様がひらりと一枚の布切れになり、こちらまで飛んでこようとしていたので、私は背中にさしていた八つ手の葉の団扇《うちわ》を冷静に取り出し、一度扇ぐ。

一反木綿なんていとも簡単に飛んでいってしまった。

代わりに手元まで飛んできたのは、一枚の恋文。

そこに書かれていたのは長い文章で、やれ「ずっと君を見ている」「物陰から君を見ている」さらに「草むらから君を見ている」などという、読んでいるだけでもゾッとするような、ストーカー気質満載の内容だった。

最終的に「僕反之介《たんのすけ》。今君の後ろにいるんだ」という、ホラーじみた文面になってきたので、とりあえず見なかった事にして、もう一度空に捨てた。

私たちの乗っていた牛車は、すぐに小山の頂上に辿《たど》り着いた。

現世ではそれほど長くない石段を登ると、古くて小さな社があっただけなのに、隠世では、本来長い石段をひたすらに登って辿り着く、〝境界の岩戸〟があるのである。

その岩戸の周囲には、太い綱と、無数のお札が張り巡らされていて、神聖で冷たい空気が流れている鎮守の土地だ。

今、私たちは巨大な岩の扉の前に佇《たたず》み、それを見上げている。

　こちらはかくりよの〝境界の岩戸〟
　高天原《たかまがはら》、常世《とこよ》、隠世、現世、黄泉《よみ》、地獄へと続く世界の境界線
　通行札《チケット》を門番の樹に結びつけるべし
【月：現世　火：地獄　水：常世　木：休み　金：隠世　土：黄泉　日曜：高天原】

岩戸の側に立てかけられた立て札には、そのように書かれていた。

曜日によって、開く世界が違うようだ。

「異界への岩戸は、八葉によって厳格に管理されているみたいです。でも、八葉の肩書きを持つあやかしは、自由に、どの世界でも出入りできるみたいですよ」

「へえ……じゃあ、大旦那様は得ね」

「ええ。ですから八葉の肩書きを持つあやかしは、大妖怪なのです」

岩戸を前に、私たちはそんな会話をした。

現世や隠世以外にも世界があるのだという事を初めて知り、妙な心地になるが、あやかしたちが住む〝かくりよ〟が確かにあったのだから、それも不思議な事ではないのかもしれないと思った。

立て札の後ろに、紫色の小さな実のなっている樹があった。何の樹なのかは知らない。

そこには、色分けされた紙が細長く折られて、結びつけられていた。まるでおみくじを結んでいるような具合だ。

私も、鈴蘭さんも、その樹に大旦那様から貰《もら》った、白い色の通行札を結びつける。

途端に、岩戸は勝手に開き始め、大地が揺れた。轟々《ごうごう》と鳴る地響きは、大きな獣が吠《ほ》えているかのような、恐ろしい音だ。

ただ、開く岩戸から漏れ出る、懐かしさすら感じる匂いや、木漏れ日は、どうしようもなく私に焦燥を抱かせた。

「行きましょう、葵さん」

鈴蘭さんの足取りに迷いはなく、迷っていたのは私の方だった。

振り返ってみても、誰もいない。引き返す意味も、また私にはなかった。

だから私は、岩戸を越えて、不意に足を踏み外したような落ち行く感覚に身を委《ゆだ》ねた。

今度はぬるま湯の気泡ではなく、沢山の若葉にでも包まれているかのようなこそばゆさが体を包んでいる。

どこまでも暗い場所を落ちていたはずなのに、一点の光が遠く煌《きら》めき、凄《すご》い勢いで私を通りすぎ、全てを呑み込んでいった。

戻ってきたのね……

それを意識したのは、遠くから聞こえてくる電車の走行音を耳にした時だ。

そろそろ緑の葉の見える桜の樹の、その花びらが、頬をかすめた。

昼下がりの緩やかな時間と、温かな木漏れ日の下。赤鳥居と、細やかに光って見える桜の枝葉。

私は、魚町《うおまち》商店街を抜けた場所にある、寂れた神社の境内の、赤鳥居の下で倒れていた。

ここは、大旦那様の事をただのあやかしと思い、お弁当を手渡した場所だ。

皆、隠世からこちらへやってくる時、この場所へ落ちるのだろうか。

それは分からない。だけど、私はここを越えて、隠世と現世を行き来した。

祖父がこの街を、最後の拠点とした意味は、ここにあるのだろうか……

「鈴蘭さん、鈴蘭さん」

側で眠る鈴蘭さんを、揺り起こす。彼女は目を覚ますと、しばらく赤子のような純粋な瞳で空を見ていたが、ゆっくりと立ち上がると、思い切り深呼吸をする。

その目は、しっかりと前を向いていた。

「現世にやってきたのですね……」

そして、鈴蘭さんは、脇にいた私の手を取る。

「私、史郎様のお墓へ、お参りをしに行きたいのです」

「おじいちゃんのお墓？」

祖父の墓は、隣町のお寺にある。そこへ行く事は、全く難しい話ではない。

鈴蘭さんは本気のようだ。ぎゅっと、私の手を握り続けている。

「分かったわ。すぐに行きましょう」

私はすぐに、赤鳥居を越え、神社の石段を降りようとした。

鈴蘭さんもまた、私の案内のままについてくる。

彼女の桜柄の着物と、桜の樹の並ぶこの場所は、とてもお似合いね。

一歩一歩自らの足で、現世を歩みだした鈴蘭さんの手を引きながら、私はそう思った。

私たちとすれちがう人々に、鈴蘭さんの姿は見えないようだが、むしろ着物姿の私の方が目立ってしまっている。

ふとどのような姿で鈴蘭さんはこの現世を生きていくつもりなのか、気になった。

あやかしには三通りいる。

自らを人にも見える姿に具現化し、人の姿で、人の営みに溶け込んでいるあやかし。

人の営みに影響を与える程度に力があるが、一般の人間には見えないようにして、生活しているあやかし。

またどちらの力もなく、ただひっそりと暮らす低級のあやかし。

鈴蘭さんは力のある上級のあやかしだ。どの方法も可能だと思った。

「鈴蘭さん。やっぱり、人間に化けて、人間の営みの中で生きていくつもりなの？」

尋ねてみると、鈴蘭さんも同じような事を考えていたと言った。

「その時々かと思うのですが、しばらくは蜘蛛《くも》の姿で生きていきたいな、と」

「蜘蛛の姿？」

予想外だった。天神屋で暴れた、あの巨大な女郎蜘蛛を思い出す。

もしや、鈴蘭さんはあやかし本来の姿で、この現世を闊歩《かっぽ》するつもりなのだろうか。

彼女の事なので人を襲う訳ではないのだろうが、あやかしとして目立ってしまうと、それこそ退魔師の標的にされてしまうのでは、と心配になる。

そんな私の表情に気がついたのか、彼女はクスクスと笑って、首を振った。

「違いますよ。小さな、蜘蛛の姿です」

「どういうこと？」

「私、史郎さんとの約束を果たした後は、出来る事ならば、史郎さんのお墓の側で生きていきたいのです」

「……約束」

鈴蘭さんは、確か祖父に、立派な三味線の音色を披露すると約束したと言っていた。

祖父もまた、鈴蘭さんに、いつでも会いに行くよと約束していた。

結局、お互いの約束は果たされないまま、祖父は逝ってしまったのだった。

祖父はクズだ。こんな所まで会いにきてくれた鈴蘭さんとの約束を、どこかで覚えていても、きっと果たそうとはしなかった。

それでも鈴蘭さんは、そんな祖父を今でも慕って、ここにいる。彼女だけが、約束を守ろうとした。

要するに祖父とは、そういう人であったのだ。


電車で二駅移動した隣町の、閑静な寺の奥に、祖父の墓がある。

津場木《つばき》家代々の墓では無く、祖父が勝手に用意していた新しい墓で、生けられている花もない。祖父は、自分が親戚《しんせき》たちから疎まれている事を知っていたし、そんな者たちと同じ墓に入ろうとは思っていなかったのかもしれない。

私も、久々にここへやってきた。祖父がこの墓へ入って以来、と言って良い。

祖父の墓はちょうど墓地の隅っこで、桜の樹の下にある。強い風がふいて、はらはらと舞う桜の花びらが、私と鈴蘭さんの視界を横切った。

鈴蘭さんは少しだけ唇を震わせた後、小さく微笑んだ。

そっと手を合わせ、瞼《まぶた》を閉じる。

「お久しぶりです……史郎様。あなたの霊力は、変わらず澄んでいるのですね」

その墓が、祖父のいる墓であると、受け入れている様子だ。

私にも何となく分かる。

霊力なんていうものを意識した事はないが、ここには、祖父の匂いがある。特別な緊張感がある。きっとそれが、霊力なのだろう。

「…………」

だけど私はまだ、ここで手を合わせる事が出来ない。ただただ、この墓に残っている祖父の力に圧倒され、佇んでいる。長い息を吐いた。

おじいちゃん……あなたの借金のせいで、私は鬼に攫《さら》われてしまったのよ。あなたが一番気をつけろと言っていた鬼の嫁にされそうだったのだから。

嫌みを吐き出してやりたい気持ちもあったが、ここへやってくれば、祖父への文句が口から溢《あふ》れたりしない。

なぜだかとても切ない。

祖父が死んで、まだひと月と少ししか経っていないのだ。

彼の死後、しばらくは自らの今後を考えなければ、強くならなければ、一人で生きていかなければと、悲しみを抑え込んでいた。

辛《つら》くない訳ではなかった。

だけど、悲しんでいても日々は何食わぬ顔で、淡々と過ぎていくのだから、気をしっかり持って、自分の生活を維持しなければと考えていた。

様々な面で支えてくれた人たちもいたけれど、結局の所自分の家族は一人もおらず、もう、自分を助けられるのは自分しかいないのだから、と。

しかし隠世に渡って、祖父の自由な生き様の痕跡《こんせき》というものを、至る所で確認した。

私の知らない祖父の顔、だけど納得できる彼の所業を、沢山知った。

彼はやはり、現世でも隠世でも、その特別な存在感を発揮したたぐいまれな人間だった。

懐かしく思わないはずがない……祖父を失った悲しみが、今になってやってくる。

「葵さん、死者がどこへ行くか知っていますか？」

「え？　天国？」

鈴蘭さんの不意な質問に、私はとっさにそう答えた。

「ふふ、言い方が違うだけなのかもしれませんが、私たちはその国の事を、〝黄泉《よみ》の国〟と言います」

「……そう言えば、境界の岩戸の立て札にも、そんな名前の世界が記されていたわね」

「ええ。罪人は地獄へ落とされてしまいますが、基本的に死者は黄泉の国へ参ります。黄泉の王の治める世界です」

「まあ、おじいちゃんの場合はもしかしたら地獄かもしれないけど」

祖父が地獄行きでも驚かない。

鈴蘭さんでさえ「そればかりは私にも分かりませんねえ」と笑っている。

ただ彼女は祖父の墓に向き合い、そっと声をかけるのだ。

「史郎様、私の三味線を聞いてください。やっとお聞かせできる音を奏でられるようになったと思うのです」

背負っていた三味線を前に持ってきて、鈴蘭さんは桜の花びらの絨毯《じゅうたん》の上に座り込んだ。

彼女は三味線を奏で、優しく歌い始める。彼女の甘く美しい声と、その三味線の音色は、この寺に隠れ住んでいた低級のあやかしたちをも引き寄せた。

皆、静かに聞き入る。私もまた、祖父の事を思っていた。

祖父は多くのあやかしとの約束を破ったまま、彼らに詫《わ》びもせずこの世を旅立った男だ。

孫娘である私を、借金のかたとして、あやかしの嫁に出す約束をしたとんでもない奴だ。

ただ、そんな事が理由で地獄に行ったとしても、祖父は祖父らしくやっている気がする。

それに、彼には垂らされるべき一本の蜘蛛の糸もあるのかもしれない。

蜘蛛の兄妹《きょうだい》を救った事があるのなら。

私をずっと、守ってくれていたのなら。

「…………」

おじいちゃん、なぜ好みの味付けを偽っていたの？

それとも、本当にただ好みが変わっていただけだったの？

私があやかしたちに食われないよう、奴らと渡り合えるように、自らの好みを偽ってまで、あやかし好みの料理を教えてくれた……

そうなの？　おじいちゃん。

『葵、おじいちゃんだよ。今日からお前は、おじいちゃんと暮らすんだよ』

祖父が施設まで迎えにやってきた、その日の事を今でも覚えている。

ひとりぼっちだった幼い日々。その孤独を終わらせてくれた、かけがえのない人だ。

それを思うと、自分を借金のかたにしやがって、とか、面倒事を残していきやがって、とか、祖父への複雑な思いも、ゆっくりと溶かしていく事は出来そうだ。

やっと私は、祖父の墓前で手を合わせて、瞼を閉じ、祖父への思いを募らせたのだった。

「葵さんは、これからどうするのですか？」

鈴蘭さんはすでに小さな女郎蜘蛛の姿となり、祖父の眠る墓石の上にちょんと乗っている。今後の事をあまり考えないようにしていた私は、低く唸《うな》る。

鈴蘭さんは控えめな口調で言った。

「私、勝手な想像かもしれませんけれど……大旦那様《おおだんな》は、葵さんを現世に帰してくれたんじゃないかなって思うのです」

「……やっぱり、そうなのかな」

思わず、顔を歪《ゆが》めた。どさくさに紛れて私を鈴蘭さんのお供にした大旦那様。

二枚の通行札《チケット》を握らせて、現世への岩戸を越えさせた。

最初から少しだけ気になっていた事だけど、私には帰りのチケットがない。誰かが迎えにこなければ、私は再び隠世へ戻る事が出来ない。

しかし待て。

そもそも、私は隠世へ戻るべきなのか。戻りたいのか。

誰もが迎えにこないのならば、別にこの世界に留《とど》まり、望み通り、今までの生活を続ければ良いのだ。

私は大旦那様に、いつかは現世に帰りたいと、言ってしまったのだから。

「葵さんが天神屋の大旦那様をどのように思っているのかは知りませんが、私は、大旦那様ほど思慮深く、慈愛に満ちた方はいらっしゃらないと思っているのですよ。もしかしたら、大旦那様は葵さんを、現世に帰した方が良いと判断したのかもしれません」

「なぜ……？　借金はどうなるのよ」

「それは、分かりません。やはり、私ごときでは、大旦那様の考えを全て測る事はできませんから」

「…………」

すっかり黙り込んで、悩みに悩み始めた私を、小さな蜘蛛の姿の鈴蘭さんはじっと見つめていた。後悔のない選択をすると良いでしょう、と、彼女は優しく諭した。

私は困ったように笑い、頷《うなず》く。そして、そう言えばお弁当を作ったんだったと、大学のカバンからお弁当箱を取り出した。

「これ、鈴蘭さんにって、作ってきたのだけれど」

「まあ嬉《うれ》しい。ですが、それは史郎様に供えてはいかがです？」

「おじいちゃんに？」

「史郎様は、葵さんの手料理を食べたいと思うのですよ」

「で、でも」

「分かっています。大丈夫です。日が暮れて、夜になったら、勿体《もったい》ないので私がいただきますよ。それまでは、ぜひお気持ちだけでも、どうか史郎様に……」

鈴蘭さんの提案は、私に対する一つの救いでもある。

私はずっと、祖父が死んだ最後の食事が、自らの手料理ではなかった事を悔やんでいた。

鈴蘭さんにその話をした事はなかったが、彼女もまた祖父を知っているからこそ、出てきた提案だったのだろう。

まあ、とは言っても鈴蘭さんに食べて欲しくて、鈴蘭さんのリクエストで作ったのだけど……おじいちゃんの事だから、そのような事は気にしないか。

私はそっと、墓前にお弁当を置いた。

そして、鈴蘭さんにお礼を言って、この場を去る事にする。

鈴蘭さんも、私に「連れてきてくださって、ありがとうございました」と言った。

二度と会えない、という気はしない。

私が再びここへ足を運ぶ事があるのなら、その時にまた、彼女に会えるだろう。


祖父の墓参りを済ませた私の悩みは、やはり、これからどうするのかという事だった。

すっかり夕方になってしまったけれど、私は自分の家へ帰る気になれない。

かといって、隠世へ戻るのかと言われても、いまいちピンと来ない。

〝かくりよ〟という世界は、本当にあったのか？

鈴蘭さんと別れただけで、元々あんな異世界などなかったのではとさえ思えてきた。

でも、あれだけ戻りたいと思っていた現世にも、もう未練がない。

『人生最後の食事は、葵の手料理が良い』

そう言った祖父の願いを叶《かな》える事が出来なかった深い後悔を、やっと、溶かしていく事が出来そうだからだ。お弁当を持って、お墓参りに行った、ただそれだけで。

きっと大旦那様が、私におじいちゃんの死と向き合うきっかけを下さったのだわ……

大旦那様は何も言わなかったし、不器用で分かり辛いけれど、そう思う。

お墓のあった寺の、すぐ側の公園のベンチに座り込んでいたら、公園でボール遊びをしていた小学生の男の子とその妹らしき女の子を、母親が迎えに来た。

「ほら、もうすぐ暗くなるから、お家《うち》に帰るわよ」

「今日の晩ご飯は何？」

「今日はね～、何でしょう？」

おどける母親に対して、兄妹は、口を揃えて声を上げた。

「カレー！」

母親は「正解」と笑顔で答える。

ごく当たり前にある、家族のやり取りだ。この兄妹にとっては、どんなにこだわった高級な料理より、母の作るカレーの味の方が、特別美味《おい》しく感じられるのだろう。

自分を満たして、生かしてくれる、愛情と、安心の味……

ねえ、私はどうすれば良いのかな、おじいちゃん。

祖父はあやかしたちとの約束を、数多く破った罪深い男であった。だけど、私にお料理を教えてくれた。

難しい事を考えてはダメだ。あやかしたちと、語り合う為の術《すべ》を。

私は、約束を守らなくてはならない。それだけで良い。

今、私にある最優先の〝約束〟と言えば、祖父の借金を、大旦那様に返す事だ。

その為に隠世で働くと言った。大旦那様は私のわがままを聞いてくれ、嫁ぐという婚姻の約束を、一時的に保留にしてくれたのだ。

そして、借金を返す方法は、一つだけ。

あのお宿で、あやかしたちの為の、お料理を作るという事だけ。

今となっては、あのお宿で食事処《どころ》を築くというのは私の欲でもある。

「……カレーかあ。美味しそうだなあ」

そうして出てきた言葉が、これだった。

そうだ。ずっとカレーが食べたいって思っていた。だんだんと、いても立ってもいられなくなる。

私は無意識に立ち上がり、この公園を出る。先走りがちな思いを胸に、最初に見つけたスーパーで、様々な材料を買い込んだ。カレーの材料だ。

とにかく、後先考えずに買えるだけ買って、重いなあと思いながら電車に乗り込み、二駅を移動し、魚町商店街の最寄りの駅で降りた。

また重いなあと思いながら、ビニール袋を二つ、天秤《てんびん》のようにふらふらしながら持って、いつも通る川辺を歩いていた。

「ぎゃっ」

そんな時、思わず蹴飛《けと》ばしてしまったものがいた。蹴鞠《けまり》のようだった。

と思ったら、緑色の小さな手鞠河童《かっぱ》だった。あの、いつも食いそびれるチビで弱い奴。

「ちょっ、そんな所にいたから、蹴《け》っちゃったじゃない。ごめんなさいっ」

慌てて荷物を置いて、手鞠河童を掬《すく》うようにして抱き上げる。手鞠河童はつぶらな瞳《ひとみ》をぱちくりとさせて、私を見ていた。

「葵しゃんがずーっと来なくて、人生ハードモードなのでしゅ……」

またしてもそんな厳しい現実を口にする。何だか痩《や》せこけているようにも見えた。

「もしかして、お腹が空《す》いているの？」

手鞠河童は弱々しく頷いた。

「でも悪いわね。今は何も食べるものを持っていないのよ」

「がーん、でしゅ」

「あんた、仲間は？　みんなにご飯を分けてもらえないの？」

「あいつらは僕を置いてどっかへ行ってしまったのでしゅ。葵しゃんのいないこの土地に用はなかったのでしゅ」

「は、はあ……なるほど」

確かに、このチビ以外の手鞠河童が出て来ない。何だか、一人置き去りにされたチビが哀れになってきた。自分が餌付《えづ》けしてしまった訳だし。

多分、このチビも、現世出身の、厳しいこの世界しか知らないあやかしなんだろうな。あの蜘蛛《くも》の兄妹《きょうだい》が、かつてそうだったように。

「じゃあ、あんた私と一緒に来なさいよ。良い所へ連れて行ってあげるわよ」

「……どこでしゅ？」

「まあ、行けば分かるわよ」

手鞠河童は、目をぱちくりとさせた。またカチカチと、くちばしを鳴らす。

「僕は葵しゃんのご飯が食べられる場所へ行きましゅ」

「そう……なら、一緒においで。カレーを作ってあげるから」

私はその弱った手鞠河童を、手のひらで掬って、肩に乗せた。河童は着物の襟にしがみついている。

その後はもう、両手に重い荷物を持って、迷う事はなくただ暗い道をまっすぐにまっすぐに、魚町商店街の方へ歩んだ。

私は、自分を隠世へと連れていった、あの鬼と出会った神社の、石段の下の鳥居を越えていた。

明るい月に照らされる夜桜の向こう側、石段を上りきった場所にある赤鳥居。

その赤鳥居の足を背もたれにして煙管《キセル》を吹いている、黒髪の鬼がいる。

ああ、やっぱりいるんだな……

彼がそこにいる事を確信していた訳ではないけれど、私は単純にそう思った。

緊張もあったし、大きな安堵《あんど》も、意味の分からない嬉しさもあった。

「一つ聞いても良いかしら、大旦那様《おおだんな》」

石段の下から声をかけると、彼はそっけない視線を私に向けた。

私もまた、彼をまっすぐに見つめる。

「ねえ、カレー食べる？　大旦那様は、カレーって好き？」

「………………」

大旦那様には不意な質問だったようで、彼は目を細めた。

だけど落ち着いた声で答える。

「現世のカレーは好きだよ。日本の市販のカレールーも、家庭の味という感じで、好きだ。あれが嫌いな者はいないだろう?」

「まあ、そうよね。カレーが嫌いな人はあまりいないわね。私、材料を買ったから、天神屋に戻ったら作るわ。食べてくれるでしょう?」

一歩一歩、石段を上る。上る足取りは、思っていた以上に軽い。

「……隠世へ、また来てくれるのかい?」

大旦那様もまた、私とは逆に、一歩一歩石段を降りてきた。

「何を言っているのよ。私はまだ借金を返していないわ。それに、鈴蘭さんを無事におじいちゃんのお墓まで送ったのだから、あの天神屋の離れで食事処を開いても良いのよね」

お互いが石段の途中で出会い、向き合う。

私はひたすらに、大旦那様を見上げていた。

「お前がやりきると言うのならね」

「勿論《もちろん》、頑張るわよ」

「……そうかい。だが、あの場所は手強《てごわ》いよ」

「受けて立ってやろうじゃない。鬼門の中の鬼門を、立て直してやるわ。あの場所は私の居場所になるの。私にだって、野望はあるわよ」

力強く断言すると、大旦那様は何が面白かったのか、声を上げて笑った。

荷物を持ってくれそうな素振りを見せたので、私はそれを、素直に手渡す。大旦那様に重い方の荷物を手渡した事で、いっそう身軽になった。

「ああ、でもOKを出すには、カレーの味を確かめてからじゃないと」

「うそ。ま、待ってよ。カレーじゃないのにしましょう、それは」

流石に慌てた。だってこれは市販のカレールーよ。ちょっとのアレンジは出来ても、そんなに味が変わるものじゃないわよ……

しかし大旦那様は顎《あご》を撫《な》でながら、意地悪な態度だ。

「だって僕は、隠世では、まだ一度も葵の手料理を食べていないんだよ」

「あれ、そうだっけ？」

ああ、でもそっか。私は大旦那様にお弁当を渡した事はあっても、隠世で温かい手料理を振る舞った事はないのだった。

「銀次には手料理を振るまい、暁とは一緒に料理までしていたというのにね。本当に、まいってしまうよ。僕の花嫁殿は色々と自覚がなくて」

「私はまだ大旦那様の嫁じゃないから、そんな事は知らないわ」

「でも、その椿のつぼみが大輪の花になる頃には、お前は僕の花嫁になるよ」

大旦那様は、私の髪に挿さった簪《かんざし》の、椿のつぼみをコツンとつついた。

私は変わらない大旦那様の調子に「はいはい」と適当な返事をしたが、後からこっそりと、椿のつぼみに触れる。

あとどのくらいで、このつぼみは咲くのだろう。

「ねえ、大旦那様?」

「何だい」

「大旦那様の、一番の大好物はなに?」

これから食事処を開く事になれば、大旦那様は食べにきてくれるだろうか。

もし、大旦那様が食事処に来てくれたなら、大旦那様の大好物を作りたい。

婚姻の約束や、借金返済の事情も、今ばかりは忘れ、素直にそう思っていた。

ただ大旦那様が喜んでくれるものを作れたらなと思って、私は三度目の、この問いかけをしたのだった。

だけど大旦那様は不敵な笑みを浮かべただけで、好物も何も答えはしなかった。今なら教えてくれるかなと思ったけれど、やはり、なかなか手厳しい。

石段を上りきってしまったら、私はまた、不意に暗闇に呑み込まれた。

どこまでも落下し、反転するような感覚に見舞われたが、あまり恐怖はない。大旦那様が、側にいる気がしていたからだ。

しばらくして、閉じていた瞼《まぶた》を開けると、私たちは天神屋の正面入り口に近い吊《つ》り橋の前に立っていた。

隠世らしい祭り囃子《ばやし》が聞こえる。灯を抱いて浮かぶ遊覧船も、轟々《ごうごう》と音をたてながら上空を通り過ぎて行く。現世とは違う匂いの物悲しい風が吹いて、私は異世界を意識した。

ここは隠世。

あやかしの世界。

しばらくはここで、強く生きていかなければならない。

だけどこの時の私は、これから天神屋で、私の開く食事処で、何度あやかしたちに料理を振る舞うだろうか、という事を考えている。

料理を作り続けていたら、大旦那様の大好物も、突き止められる日が来るかもしれない。

今度は自らの意思で、生まれ育った世界を発《た》った。

驚くほど未練は無かったが、やっぱり少しだけ切ない。その物悲しさの中でも、そこはかとない希望や野望はある。

むしろ、そういうものの方が、より強く私の中で燃え始めていたのだった。

あとがき

はじめまして、友麻碧《ゆうまみどり》と申します。かっぱなんたらとかいう別名義でもこそこそ書いておりましたので、お久しぶりの方もいらっしゃるかもしれません。

今回書かせていただいたのは、あやかしのお宿に嫁入りしなくてはならない女子大生が、祖父に叩《たた》き込まれた料理の腕をもって、あやかしの住む世界で奮闘する物語でした。

今まで書籍では西洋系のファンタジーばかりを書いていて、あやかし系和風ファンタジーが初めてな友麻ではあったのですが、これでも某低級あやかしの名を背負っていた作家……張り切って書かせていただきました。

この物語は、主に、あやかしたちと「ごはん」を通して語り合うお話です。食べる事が好きな友麻には、書いていて大変お腹の空《す》く作品となりました。

食べる事、と言えば……友麻は九州の片田舎出身なのではありますが、大学進学のため東京に出て来て驚いた事の一つに〝お醤油《しょうゆ》の味〟というのがあります。

「うおあっ、辛っ。辛いやんかーっ!!」

最初に東京で買ったお醬油を舐《な》めた時の感想は、素直にこれでした。九州のお醬油、特に我が家で愛用していたお醬油は、本当に甘かったようです。

お醬油の味が違うと様々な料理の味も変わってくるもので、単純に九州醬油で育って来たせいではあるのですが、最初は本当に大変でした。大好きなお寿司やお刺身を食べるときが、何より醬油の味の違いを苦しく感じる瞬間でしたね……

友麻は九州のお醬油が恋しくて、あちこち探し求め、沢山買ってみたりして……でも理想的なお醬油を見つける事が出来なくて、いよいよ実家に送ってもらう事となり、今でもずっと実家で愛用していたものを使っております。

とは言え最近では東京のお醬油にも慣れ、むしろこっちじゃないとと思う事もあり、お料理によって使い分けたりしております。

東京（関東）と九州では、お醬油の味以外にも、様々な調味料、料理の味付けの具合が違ったりします。でも友麻の知る限り絶対的な相違点は、とにかく九州の方が何でも甘いという事でした。納豆のタレの味も、九州はとっても甘かったりするんです。

余裕が出てくると、お醬油含め、なぜこんなにも調味料や料理の味付けの傾向が違うのだろうかと、一人勝手に興味を持って調べたりしておりました。今回、友麻の人生において衝撃的だった「醬油事件」で得たものを、少しだけ内容に含ませております。

皆様も、もし機会がありましたら、各地方のお醬油の味の違いを確かめてみてください。

面白い発見があるかもしれません。

最後になりましたが、この作品を書くにあたり、ずっとお世話になりました担当編集様。前作より何かと好き勝手な友麻をスマートに導いてくださり、また新ペンネームも名付けてくださり、本当に感謝しております。

また素敵な表紙を描いてくださったLaruha様。友麻はLaruha様のイラストに一目惚《ひとめぼ》れした者ですから、描いていただけた事、本当に嬉《うれ》しかったです。ありがとうございました。

そして、読者の皆様。楽しんでいただけたらなと、心から願っております。この作品に興味を持ってくださり、お手に取ってくださり、ここまで読んでくださり、本当にありがとうございました。

さて、友麻に醤油事件があったように、あやかしたちの世界にも、沢山の「ごはん」と、それにまつわるエピソードがあるに違いありません。葵《あおい》や大旦那《おおだんな》様と共に、〝お宿〟という場所を通して、今後もそれを探っていきたい所存です。

また皆様にお会いできます日を、心待ちにしております。

友麻碧

富士見L文庫

かくりよの宿飯《やどめし》
あやかしお宿《やど》に嫁入《よめい》りします。

友麻《ゆうま》 碧《みどり》

平成27年4月20日　初版発行

発行者　郡司　聡
発行所　株式会社KADOKAWA　http://www.kadokawa.co.jp/

企画・編集　富士見書房　http://fujimishobo.jp
〒102-8177　東京都千代田区富士見2-13-3
電話　営業　03(3238)8702　編集　03(3238)8641

印刷所　旭印刷
製本所　本間製本
装丁者　西村弘美

定価はカバーに表示してあります。

落丁・乱丁本は、送料小社負担にて、お取り替えいたします。KADOKAWA読者係までご連絡ください。（古書店で購入したものについては、お取り替えできません）
電話 049-259-1100（9:00～17:00／土日、祝日、年末年始を除く）
〒354-0041 埼玉県入間郡三芳町藤久保550-1

ISBN 978-4-04-070575-0 C0193　©Midori Yuma 2015　Printed in Japan

「さあ、願いを言うがいい」
「なら言うわ。とっとと帰って」

富士見L文庫

王女コクランと願いの悪魔

入江君人
イラスト／カズアキ

王女コクランのもとに現れた、なんでもひとつだけ願いを叶えてくれるというランプの悪魔。願うことなどなにもないと言い放つコクランにつきまとう悪魔が知った、真実の願いとは――？　運命を狂わす悪魔と孤独な王女の恋物語。

株式会社KADOKAWA　富士見書房　富士見L文庫

富士見Ｌ文庫

女装王子の深遠にして優雅なたくらみ

一石月下

イラスト／双葉はづき

貴族の視線を一身に受ける美姫ルイーゼ。しかしその実態は……王女として育てられた王子！　どＳなお付きのレクトルに悪態をつかれながらも型破りな日々を送るルイーゼだったが、花婿選びが行われることになり……？

株式会社KADOKAWA　富士見書房　富士見Ｌ文庫

富士見Ｌ文庫

ひとしずくの星

淡路帆希
イラスト／えいひ

「シーステイ。
君を悲しませたりしない。
この先ずっと」

『星の災禍』という天災により故郷と家族を失ったラッカウス。その真実を探るため禁忌の森に忍び込んだ彼は、無垢なる少女シースティと出会う。だが、その邂逅は、触れてはいけない世界の秘密に繋がっていて……？

株式会社KADOKAWA　富士見書房　富士見Ｌ文庫

富士見Ｌ文庫

東京怪異案内処

この街の憑《よ》り道、お連れします。

和智正喜
イラスト／六七質

お散歩専門店“とうきょう堂”。そこは東京に数多ある不思議スポットを訪れて以来、怪異に悩む人々がやってくる案内処。店の住人“先生”が、相談事に示す解決方法とは――「さあ、あとはお散歩をするだけです」

株式会社KADOKAWA　富士見書房　富士見Ｌ文庫